충절의 아이콘

백이와 숙제

● 서사와 이미지 변용의 계보학

충절의 아이콘

백이와 숙제

● 서사와 이미지 변용의 계보학

성균관대학교
출 판 부

목 차

꽤 오래 전 사마천司馬遷의 『사기史記』「백이열전伯夷列傳」을 읽은 적이 있다. 그런데 아무리 생각해도 주무왕周武王을 막아서는 백이伯夷와 숙제叔齊의 행동을 이해할 수 없었다. 폭군인 주왕紂王을 제거하여 백성들을 구하려 했던 주무왕을 백이와 숙제는 왜 막아섰던 것일까? 더군다나 백이와 숙제가 주무왕을 막아선 이유 중 하나가 "신하된 자로서 군주를 시해하려" 했기 때문이었다는 것은 더더욱 이해되지 않았다. 한번 군주가 되면 아무리 못된 짓을 해도 그냥 바라만 봐야 하는가 싶은 반발심이 생겼다.

투표를 통해 대통령을 뽑는 지금의 정치 체제와 2000여 년 전의 정치 체제가 다르다는 것은 알고 있다. 그러나 「백이열전」에 보이는 백이와 숙제는 고통 받는 민초들을 염려하기보다 기득권을 지닌 군주의 사정에 더 신경 쓰는 존재로 보여 「백이열전」을 읽고 나서 찜찜했었다.

그러던 중 청초淸初 애납거사艾衲居士가 지은 『두붕한화豆棚閑話』란 작품을 접하게 되었다. 이 책에는 예전부터 전해져 내려오던 이야기들을 새로운 시각으로 해석한 작품들이 수록되어 있었는데, 이 가운데 특히 제7칙 「수양산숙제변절首陽山叔齊變節」이란 작품이 필자의 관심을 끌었다. 「백이열전」에서 형 백이와 함께 충절의 대명사로 꼽혔던 숙제가 수양산에서 변절하여 내려왔다는 내용이기 때문이었다. 게다가 작품은 숙제의 변절을 일방적으로 비난하지 않고 나름대로 설득력 있게 풀어내고 있었다. 그 후 노신魯迅의 『고사신편故事新編』「채미采薇」를 읽게 되었는데, 여기서는 충절의 대명사인 백이와 숙제를 철저하게 조롱하며 비판하고 있었다. 이를 계기로 백이와 숙제의 이미지에 관심을 갖게 되어 이 이야기만을 전문적으로 다룬 글도 꽤 오래 전에 발표한 바 있다.[1]

백이와 숙제에 대한 관심은 여기서 끝일 줄 알았다. 그런데 10여 년 전부터 관심을 두고 있던 연행록燕行錄을 살펴보다가 대부분의 연행사들이 연행 노정 중간에 이제묘夷齊廟, 즉 백이와 숙제 사당에 들러 이들에게 제사를 올렸다는 사실을 알게 되었다. 이에 백이와 숙제에 대한 관심이 다시 일게 되었고, 중국뿐 아니라 조선의 관련 기록들도 찾아보게 되었다. 조선에도 백이와 숙제 관련 기록은 차고 넘쳤다. 왕조 교체, 왕위 찬탈이 있었던 때는 여지없이 백이와 숙제가 소환되고 있었다. 본격적으로 중국은 물론, 조선까지 아우르는 백이와 숙제의 고사를 살펴보고 싶은 호기심이 생겨났다. 이 책은 이런 호기심의 결과이다.

이 책의 제1장에서는 선진先秦 시기 백이와 숙제 관련 기록들을 살펴볼 예정이다. 필자는 무엇보다 우리 뇌리에 충절의 상징으로 강하게 각인되어 있는 백이와 숙제의 이미지가 『사기』「백이열전」이전에도 있었는지 궁금했다. 이에 제자백가 가운데 중국을 대표하는 유가 · 도가 · 법가 등의 문헌들 속에서 백이와 숙제 관련 기록들을 뽑아 『사기』 이전 그들의 이미지가 어떠했는지 살펴보려 한다.

　제2장에서는 진한秦漢 시기 백이와 숙제 관련 기록들을 살펴볼 것이다. 우선 사마천의 『사기』「백이열전」을 살펴보고, 「백이열전」과는 작지만 중요한 차이를 보이고 있는 여불위呂不韋의 『여씨춘추呂氏春秋』에 나오는 백이와 숙제 관련 기록을 소개한다. 더불어 왕충王充의 『논형論衡』에 등장하는 백이와 숙제가 소개된다.

　제3장에서는 위魏의 조조曹操가 쓴 글에 등장하는 백이와 숙제를 소개하고, 양梁의 은운殷芸이 지은 『소설小說』에 등장하는 백이와 숙제에 대한 평가를 살펴볼 것이다. 그리고 「백이열전」의 맥을 이으면서 두 인물을 확고한 충절의 상징으로 자리 잡게 만드는 데 기여한 당대唐代 한유韓愈의 「백이송伯夷頌」을 집중적으로 살펴본다.

　제4장에서는 송대 왕안석王安石의 「백이론伯夷論」과 「삼성인론三聖人論」을 다룬다. 왕안석의 작품들은 기존 「백이열전」과 한유의 「백이송」에서 보이는 충절 이미지에 강력한 파열을 내는 작품이기도 하다. 또한 송대

의 소식蘇軾은 「백이열전」과 「백이송」의 계보를 따르는 「무왕론武王論」 등의 작품을 썼다. 송대는 성리학이 탄생한 시대로, 이에 이정二程 가운데 한 명인 정이程頤와 주희朱熹의 백이와 숙제 관련 기록도 함께 소개할 예정이다. 더불어 남송말 원元의 회유에도 굴하지 않고 죽음을 택한 문천상文天祥의 「화이제서산가和夷齊西山歌」와 금나라와 화친을 맺어 중국인에게 만고의 역적으로 비난받는 진회秦檜의 백이와 숙제 관련 글도 소개할 것이다.

제5장에서는 명대明代 초대 황제인 주원장朱元璋의 「박한유송백이문駁韓愈頌伯夷文」과 명나라 건국에 크게 공헌한 유기劉基의 「사탐사식食」과 양명좌파陽明左派로 이름 높은 이지李贄의 백이 관련 작품을 살펴볼 것이다.

제6장에서는 청대淸代 황종희黃宗羲의 『명이대방록明夷待訪錄』에서 언급된 백이·숙제와 애납거사艾衲居士의 『두붕한화豆棚閑話』에 등장하는 백이·숙제에 대한 묘사를 고찰해볼 것이다.

백이와 숙제는 현대 중국에서도 계속 소환된다. 제7장에서는 노신魯迅의 『고사신편故事新編』과 함께 중국 혁명의 아버지라 불리는 모택동毛澤東이 백이·숙제와 관련하여 쓴 글과 그 상황에 대해 소개한다. 또한 당대當代 중국에서 활용되고 있는 백이와 숙제 관련 상황들도 살펴볼 것이다.

제8장에서는 조선의 기록들에 등장하는 백이와 숙제를 소개한다. 조선 건국에 함께하지 않는다는 이유로 정몽주鄭夢周를 제거한 태종太宗 이방원 李芳遠 역시 백이와 관련해 흥미로운 언급을 남겼다. 더불어 단종端宗을 몰아내고 세조世祖가 왕이 된 후 단종 복위 운동을 벌이다 처형된 사육신과 생육신 가운데 성삼문과 김시습의 백이와 숙제 관련 글을 소개할 것이다. 조선시대 정계와 사상계를 이끌었던 허목許穆의 백이 관련 언급과 김창흡金昌翕의 백이 관련 언급에 대한 정조의 반응도 살펴볼 것이다. 마지막으로 각 시기별 연행록들과 박지원朴趾源의 『열하일기熱河日記』에 등장하는 백이 · 숙제 관련 기록과 그의 「백이론伯夷論」 상 · 하의 의미도 함께 고찰해본다.

　제9장에서는 백이와 숙제의 고사가 중국과 조선뿐만이 아니라 한자 문화권인 베트남과 일본에까지 널리 퍼져 있는 상황을 간단하게나마 소개할 예정이다.

예부터 중국과 조선에는 백이와 숙제 관련 기록들이 넘쳐났기에, 이를 모두 소개하는 것은 현실적으로 불가능하다. 사실 많은 기록들이 유사한 내용을 반복하고 있기 때문에, 굳이 이를 다 소개할 필요도 없다. 이는

국 맛을 보기 위해 냄비의 국물을 모두 마실 필요가 없는 까닭과 같다. 다만 그 맛을 내는 데 어떤 재료들이 중요한 역할을 했는지 살펴보는 것은 의미 있다고 생각한다. 이에 이 책에서는 백이와 숙제와 관련하여 각 시대별로 의미 있는 변화를 초래한 작품들과 특별한 상황에서 관련 인물들이 백이와 숙제의 이미지를 어떻게 소비하고, 또 활용하고 있는지 그 배경과 의미를 밝히는 데 역점을 두었다.

2020년 봄날
봄내 봉의산 기슭에서 김민호

백이와 숙제의 고사를 화폭에 담은 이당(李唐, 宋)의 「채미도採薇圖」

왕위를 뒤로 한 채 산속에서 고사리를 캐먹으며 은거한 고죽국孤
竹國의 두 왕자 백이와 숙제. 사마천은 충의와 절개의 상징으로
이들을 열전의 첫 번째 인물로 내세운다. 그러나 이들의 충절
이미지는 시대와 인간의 입장에 따라 다양하게 변주되었다.

제 1 장

선진시대의 백이와 숙제

1

초기 기록 속의 백이와 숙제

『서경』과 『국어』

'백이'라는 이름의 등장

백이라는 이름이 처음 보이는 곳은 『서경書經』이다. 『서경』은 오경五經 중 하나로 『상서尚書』로도 불렸으며, 공자가 이 책을 중히 여겨 번잡한 것을 정리해 다시 편찬했다는 설이 있는 문헌이다. 유교에서는 모든 경전들 가운데 『서경』을 정치서로는 으뜸으로 꼽았으며, 바로 그곳에 유교에서 가장 이상적인 제왕으로 추숭追崇하는 요堯·순舜 이외에 우禹·탕湯·문무文武 삼왕이 그 덕으로써 나라를 다스린 상황이 기록되어 있다고 본다. 백이라는 이름은 『서경』 중 「순전舜典」과 「주서周書」 「여형呂刑」에 나오는데, 「순전」을 보면 다음과 같은 내용이 있다.

> 순임금님이 말씀하셨다. "저 사악이여! 나의 삼례三禮[천지인天地人]를 맡을 만한 사람이 있겠소?" 여럿이 아뢰었다. "백이입니다." 임금님이 말씀하셨다. "그렇소. 백이여! 그대를 질종秩宗에 임명하니 이른 새벽부터 밤까지 공경히 곧고 밝게 하시오." 백이가 머리를 조아리며 기夔와 용龍에게 사양하니, 임금님께서 말씀하시기를 "좋소, 가서 공경히 하오."[1]

「여형」에는 "백이는 법을 펴 백성들을 형벌로부터 보호했다"[2]라고 기록되어 있다. 이때의 백이는 우리가 아는 「백이열전」에 등장하는 백이가 아니라 우임금 그리고 직稷과 함께 순임금을 보좌한 사람이다. 그리고 좌구명左丘明의 『국어國語』「정어鄭語」 권16에는 "백이는 신神에 대한 예에 능하여, 요임금을 보좌한 사람이다"[3]라고 기록되어 있다.

은나라 말기, 주나라 초기를 대략 기원전 1,050년경으로 잡고, 순임금 시대는 이것보다 다시 천년을 더 올라가야 하는 시대이기에 요순시대의 백이는 우리가 알고 있는 은말주초의 백이와는 다른 사람이다. 그러나 위의 기록들을 보면, 비록 우리가 아는 백이와는 동명이인이긴 하나 백성들을 형벌로부터 보호하는 등 긍정적인 평가가 이뤄지고 있는 다른 인물임을 알 수 있다.

백이와 숙제 이름의 유래

동한東漢 왕부王符의 『잠부론潛夫論』「찬학贊學」을 보면, "하나라를 세운 우임금이 묵여墨如를 스승으로 삼았다[禹師墨如]"고 기록하고 있다. 그는 하나라를 건립한 후 묵여의 아들 태초胎初를 고죽국의 왕으로 봉했다고 한다. 태초는 아버지의 이름을 성으로 삼아 사람들이 묵태초墨胎初로 불렀다. 이를 보면 고죽국은 건국 4천년의 역사를 가진다고 볼 수 있다. 이에 고죽국의 왕자인 백이와 숙제의 성은 묵태씨가 된다.[4]

백이의 성은 묵태이고, 이름은 윤允, 자는 공신公信이며, 숙제의 이름은 지智 혹은 치致, 자는 공달公達이다. 백이의 백伯은 중국에서 전통적으로 형제의 순서를 의미하는 백중숙계伯仲叔季의 백으로 첫째를 의미하고, 이夷는 시호諡號이다. 숙제의 숙叔은 셋째를 가리키는 것이고, 제齊 역시 시호이다. 주무왕이 백이를 시호로 삼은 이유로는 충성스럽고 인효仁孝했던

자신의 죽은 형 백이고伯夷考의 이름을 따서 백이를 존중하는 의미를 나타
낸 것이라는 해석이 있다.[5]

또 고죽국의 백이 이전에도 백이라는 두 글자가 들어간 저명한 인물들
이 있다. 백이보伯夷父는 현제玄帝 전욱顓頊의 스승으로, 『산해경山海經』「해
내경海內經」을 보면 "백이보가 서악을 낳고 서악이 선룡을 낳고(……)"[6]란
기록이 있다. 곽박郭璞이 주에서 말하기를 "백이보는 전욱의 스승으로 현
재 저강은 그의 후손이다"[7]라고 주를 달았다. 고죽국의 장자 묵태윤은
현수玄水에 거했는데, 주무왕이 현제의 스승인 백이보의 이름을 시호로
내려준 것은 그를 존숭하는 뜻으로 해석할 수 있을 것이다.[8]

또 사악백이四嶽伯夷가 있는데, 그는 순임금의 제사나 예악을 담당하는
관리인 질종秩宗으로 알려져 있다. 순제는 사악의 추천을 거쳐 백이를 질
종으로 삼아 천지인天地人 삼전三典에 드리는 제사를 담당하게 하였다. 당
시 백이는 질종의 자리를 기夔와 용龍에게 양보하였다고 한다. 『사기』「오
제본기五帝本紀」에 "백이가 예를 주관하면 상하가 모두 양보하였다"[9]라는
기록이 있다. 또 『사기』「하본기夏本紀」에 순이 우를 기용해 아버지의 뒤
를 이어 치수작업을 맡게 하고, 또 백이를 수관水官으로 삼아 우의 치수를
돕게 하였다는 기록도 있다.[10]

고죽국과 수양산 고찰

고죽국孤竹國이 어디인지, 또 수양산首陽山이 어디인지 아직 정설定說은 없
다. 그러나 그 위치에 대해 선인들은 다양한 기록을 남기고 있다. 조선
후기 학자 조재삼(趙在三, 1808~1866)은 백과사전 형식의 유서類書 『송남잡
지松南雜識』를 엮어 다양한 부문을 분류해 서술하였는데, 그중 권3 「상제
류喪祭類」「청성묘淸聖廟」조에는 다음과 같은 내용이 수록되어 있다.

『수서隋書』「배구전裵矩傳」에서 "고구려는 원래 고죽국이다"라고 하였다.[11] 이첨李詹은 "지금의 해주海州이다"라고 하였다. 이제 살펴보니 『대명일통지大明一統志』에서 "영평부永平府에 고죽국군孤竹國君이 봉한 땅이 있다"라고 하였다. 또 "고죽 삼군三君의 무덤이 있고, 또 백이와 숙제의 사당이 있다"라고 하였다. 청성묘는 해주海州 수양산首陽山의 청풍동清風洞에 있다. 『풍고집楓皐集』에서 발하였다.

『사기』의 주석에 중국에는 다섯 개의 수양산이 있고, 조선에는 한 개의 수양산이 있으니 모두 여섯 개다. 당나라 이발(李渤, 773~831)이 "수양산은 조선에 있는 것을 정론定論으로 삼아야 한다"라고 하였다. 하물며 기자箕子의 땅과 인접해 있고, 산에 고사리가 많이 나니, 이상하다. 조선의 숙종이 '청성清聖'이라고 사액하였다. 또 사당은 고죽성에 있으니 바로 요동의 중국으로 들어가는 길목이다.

성삼문成三問이 그 비석에 다음과 같이 시를 지었다.

풀과 나무도 주나라의 우로를 맞고 자랐는데
그대들이 수양산 고사리 먹은 것이 부끄럽네

이는 고사리를 캐던 아낙이 백이와 숙제에게 했던 말과 같은 것인데, 비석이 땀을 흘렸다고 한다.

남회와南晦窩는 "백이와 숙제에게 제사지낼 때 고사리 한 접시만 올리니, 만약 안회顏回에게 제사를 지낸다면 한 도시락의 밥과 한 표주박의 물만 써야 하는가?"라고 하였다.[12]

조재삼은 위의 기록처럼 중국 역사서인 『수서』에 고구려의 기원이 고죽국이었다는 기록을 언급하면서 고죽국이 중국으로 들어가는 길목인 요동 영평부에 있다고 기록하고 있다. 더불어 수양산이 조선에 있었을 가능성이 높다면서 당나라 이발의 언급을 인용하고 있다. 이발은 은거하며 독서하던 곳에서 흰 사슴을 키우며 길들였는데, 이 사슴이 그를 항상 따라다녔기에 백록선생白鹿先生이라 불렸으며, 그곳 역시 백록동이란 이름을 갖게 되었다.

훗날 송대 주희(朱熹, 1130~1200)가 1178년 현재 강서성江西省 구강시九江市와 여산시廬山市에 위치해 있는 남강군南康軍의 지사知事로 임명된 후, 백록동서원白鹿洞書院을 다시 세운다. 그는 여기서 삼강오륜三綱五倫과 『중용中庸』을 학생들에게 강의하고, 또 육학陸學을 정립한 육상산(陸象山, 1139~1192) 등의 명사를 초빙하는 등 유교의 이상 실현에 힘썼다. 이에 백록동서원은 점차 유명해져 중국 제일의 학교가 되었다. 주희는 「백록동서원중수기白鹿洞書院重修記」에서 이 백록동이 당나라 이발이 은거하며 독서를 했던 곳이라 기록하고 있다. 이발은 수양산의 위치는 조선에 있는 것으로 봐야 한다는 견해를 밝혔고, 조재삼은 해주의 수양산에 고사리가 많이 난다며 이발의 견해에 동조하고 있다.

1777년 동지겸진주사冬至兼陳奏使의 부사副使 신분으로 북경을 방문했다 돌아와 『연행기사燕行記事』를 쓴 이갑(李坤, 1737~?)은 이 수양산의 위치를 좀 더 자세하게 언급한다.

> 상고하건대, 세상에서 말하는 수양산은 자그마치 다섯 군데가 있다. 혹은 말하기를, "하동河東 포판蒲坂 화산華山 북쪽 하곡河曲 가운데에 있다" 하고, 혹은 "농서隴西에 있다"고도 하며, 혹은 "낙양洛陽 동북 언사현偃師縣에 있다" 하고, 혹은 "요성遼城에 있다" 하고, 혹은 "주紂를 피하여 북해北海 가에 살았다"는 등 '전기傳記'에 섞여 나오는 것이 모두 근거가 있다. 그러나 『지리지地理誌』에, "영평부성永平府城 동남 15리에 탕산碭山이 있는데 일명 양산陽山으로 이것이 곧 수양산이다"라고 하였고, 또 말하기를, "노룡현盧龍縣 남쪽 20리에 고죽고성孤竹古城이 있다"

백록동서원 입구(위)와 예성전(禮聖殿, 아래)

라고 하였다. 그런데 현재의 난하灤河 좌편, 동산峒山 북쪽에 고죽사孤竹祠가 있으니, 지금 상고해 보면 이 사당은 실로 동산 북쪽 난수 좌편에 있고, 주성州城으로부터 바로 서북에 있는데 남쪽에 있다고 한 것은 무슨 까닭인가, 예전의 현치縣治는 난수 북쪽에 있어서 그러한 것인가? 알 수 없는 일이다.[13]

조선시기 북경을 방문했던 연행사燕行使들은 관례적으로 도중에 있는 노룡현의 백이와 숙제의 사당에 들러 제사를 올렸다. 이갑 일행 역시 이 사당에 들르는데, 이곳에서 그는 세상 사람들이 수양산이라 일컫는 곳을 열거한다. 화산 북쪽 하곡 가운데에 있는 것, 농서에 있는 것, 낙양 동북쪽 언사현에 있는 것, 요성에 있는 것, 북해 가에 있는 것 등 중국의 다섯 지역을 언급한 뒤 영평부성 동남쪽 15리에 있는 탕산을 양산으로도 부르는데 이것이 곧 수양산이라는 『지리지』의 기록을 인용하고 있다.

2

유가 기록 속의 백이와 숙제

『논어』와 『맹자』

인을 구해 인을 얻다

유가儒家의 창시자 공자孔子는 『논어論語』의 「공야장公治長」, 「술이術而」, 「계씨季氏」, 「미자微子」 등 네 편에서 백이와 숙제를 언급하고 있다. 먼저 「술이」편에 나오는 문장은 이렇다.

> "옛날의 백이와 숙제는 어떠한 사람이었습니까?" 공자 대답하기를 "옛날의 현인들이었지." 또 묻기를 "그 사람들이 나중에 원망이라도 하였습니까?" 공자 대답하기를 "그 사람들은 인仁을 추구하여 인을 얻은 사람들인데 또 무슨 원망이 있었겠는가?"[14]

위의 기록을 보면 공자는 백이와 숙제를 현인이라며 긍정적 평가를 내리고 있다. 더불어 유가의 핵심 중 하나인 인을 구해 얻은 자들이기에 어떤 원망도 갖지 않았을 것으로 평가한다. 공자가 백이와 숙제의 어떤 행동을 보고 인을 구해 인을 얻은 사람들이라고 한 것인지 알 수는 없다. 다만 문장의 분위기를 보면, 일반 사람들이 보기에 뭔가 억울하고 부당한 일을 당했음에도 불구하고 자신의 지조를 지켜낸 사람들이기에 긍정적으로 평가되고 있음을 느낄 수 있다.

공자는 「공야장」편에서도 "백이와 숙제는 묵은 원한에 연연치 않았기에 원망이 적었다"[15]며 이들이 원망을 품었던 자들이 아니라며 긍정적으로 평가하고 있다. 학자들에 따라 '묵은 원한'을 고죽국 왕자 시절 부모형제간에 있었던 일로 읽기도 하고(정약용 『논어고금주』), 역성혁명을 증오한 것으로 읽기도 하며, 그게 아니라 '인의 실현'이라는 인간으로서의 마땅한 행위로 이해하기도 하는(배병삼 『한글세대가 본 논어』) 등 다양하게 해석하고 있지만, 여기서 '묵은 원한'이 구체적으로 무엇을 가리키는지 우리는 단정할 수 없다. 또 「계씨」편에는 다음과 같은 내용이 나온다.

> 제경공에겐 말 네 마리가 끄는 마차 천 대가 있었으나 죽는 날이 되자 백성들은 덕이 있다고 칭하지 않았다. 백이와 숙제는 수양산에서 굶어 죽었으나 백성들은 지금에 이르기까지 그들을 칭찬한다. 이를 말함입니까?[16]

위의 인용문을 보면 당시 사람들도 백이와 숙제가 수양산에 들어가 굶어 죽었던 인물임을 알고 있었다. 또한 공자 당시에도 백성들이 이들을 긍정적으로 평가하고 있었다는 사실을 읽어낼 수 있다. 공자는 「미자」편에서 다음과 같이 언급한다.

> (절조와 행실이) 뛰어난 사람〔逸民〕은 백이와 숙제, 우중虞仲, 이일夷逸, 주장朱張, 유하혜柳下惠 그리고 소련少連이다. 공자께서 말씀하셨다. "그 뜻을 굽히지 않고 그 몸을 욕되게 하지 않은 이는 백이와 숙제일 것이다."[17]

공자는 백이와 숙제를 행실이 뛰어난 사람으로 인정하면서 자신의 뜻을 굽히지 않고 그 몸을 욕되게 하지 않았다며 칭찬하고 있는 것이다.

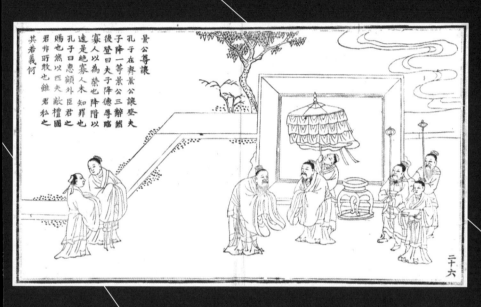

『공자성적도』「경공존양景公尊讓」
제경공이 공자를 높여 양보하다 (ⓒ 성균관대학교박물관)

흥미로운 것은 이 구절에 대한 정현(鄭玄, 127~200)의 주이다. 후한後漢 말의 유명한 재야 유학자였던 정현은 "그 뜻을 굽히지 않고 그 몸을 욕되게 하지 않은"이란 구절에 대해 "그들은 자기의 마음을 곧게 행하여, 용렬한 군주의 조정에 들어가지 않았음을 말한다"[18]라고 주를 달고 있다. 다시 말해 주무왕의 조정을 "용렬한 군주의 조정"이라 평가한 것이다.

이는 백이와 숙제의 '두 임금을 섬기지 않는[不事二君]' 충절을 숭앙하면서 주무왕마저 높여버리는 사마천 『사기』와는 분명 다른 평가이다. 오히려 여불위呂不韋의 『여씨춘추呂氏春秋』 속 기록에서 보이듯 주무왕이 "어지러움으로써 포악함을 바꿨기에[以亂易暴]" 주무왕을 떠난 백이와 숙제의 모습에 더 근접하다고 해석해볼 수 있다.[19]

요컨대 『논어』에 등장하는 백이와 숙제의 관련 기록들에 따르면, 이들은 수양산에 들어가 굶어 죽었으되 자신의 뜻을 굽히지 않았고, 유가의 핵심 가치 가운데 하나인 인을 구해 인을 얻은 현인으로서, 자신의 행동과 구악에 원망이 없던 인물들이었다.

성인 중 맑은 자

『맹자孟子』에는 「공손추상公孫丑上」, 「등문공하滕文公下」, 「이루상離婁上」, 「만장하萬章下」, 「고자하告子下」, 「진심하盡心下」 등에서 백이와 숙제 관련 언급이 나온다. 「만장하」에 "백이는 (……) 주왕紂王 때에 북해 해변에 살며 천하가 맑아지는 것을 기다렸다"[20]라는 언급이 있듯이, 이들의 시절이 명백히 은나라의 마지막 왕인 주왕 시기라는 것을 밝히고 있다. 맹자는 백이를 높이 평가하고 있는데, 「공손추상」에서는 그를 유하혜柳下惠, 공자와 함께 성인의 반열에 올려놓고 있다.

"백이와 이윤伊尹은 어떻습니까?"

"백이와 이윤은 도道가 같지 않았네. 섬길 만한 군주가 아니면 섬기지 않고, 부릴 만한 백성이 아니면 부리지 않아서 세상이 다스려지면 나아가고 어지러워지면 물러간 것은 백이이고, '누구를 섬긴들 임금이 아니며, 누구를 부린들 백성이 아니겠는가?' 하여, 다스려져도 나아가고 어지러워도 나아간 것은 이윤이며, 벼슬할 만하면 벼슬하고 그만둘 만하면 그만두며, 오래 머무를 만하면 오래 머물고 빨리 떠날 만하면 빨리 떠난 것은 공자이시니, 이분들은 모두 옛 성인이시네. 나는 아직 그런 것을 행할 수 없지만 내가 원하는 것은 공자를 배우는 것일세."

"백이와 이윤이 그처럼 공자와 동등합니까?"

"아닐세. 사람이 있은 이래로 공자 같은 분은 계시지 않았네."[21]

위 인용문을 보면 비록 맹자는 공자를 제일 높은 수준의 성인으로 평가하고 있긴 하지만, 각각의 성향이 다른 백이와 유하혜 역시 자신의 수준을 뛰어넘는 성인으로 여기고 있다.

그런데 맹자는 또 흥미로운 언급을 한다. 백이가 섬길 만한 군주가 아니면 섬기지 않았고, 또 부릴 만한 백성이 아니면 부리지 않았기에 세상이 잘 다스려졌을 때만 나아간 인물이라고 한 것이다. 이는 다시 말해 백이와 숙제가 세상에 '나아간' 적이 있었고, 또 주무왕의 치세 기간을 '어지러운' 때로 평가하고 있다는 것을 의미한다. 이러한 맹자의 태도는 계속 이어진다.

맹자께서 말씀하셨다. "백이는 눈으로는 나쁜 색을 보지 않았고, 귀로는 나쁜 소리를 듣지 않았으며, 섬길 만한 올바른 임금이 아니면 섬기지 않았고, 부릴 만한 올바른 백성이 아니면 부리지 않았다. 세상이 다스려지면 나아가고 혼란하면 물러나 은둔하여, 나쁜 정치가 나오는 곳과 나쁜 백성들이 사는 곳에는 차마 살지 못하였으며, 예를 모르는 무식한 시골 사람과 같이 있는 것을 마치 조복朝服과 조관朝冠 차림을 하고 진흙탕과 숯 위에 앉은 것처럼 생각하였다. 은나라 폭군 주의 시대를 당하여 북쪽의 바닷가에 살면서 천하가 맑아지기를 기다렸다. 그러므로 백이의 풍도風度를 들은 자들은 탐욕스러운 사람도 청렴해지고 나약한 사람도 뜻을 세우게 된다." (……) 맹자께서 말씀하셨다. "백이는 성인 중 맑은 자이셨고, 이윤은 성인 중 책임감이 강한 분이셨으며, 유하혜는 성인 중 조화로운 분이셨고, 공자는 성인 중 때에 맞게 행동한 분이셨다."[22]

여기서도 맹자는 백이가 제대로 된 임금이 아니면 섬기지 않았고, 세상이 혼란하면 물러나 있었으며, 나쁜 정치를 하고, 또 그 백성들이 바르지 않은 땅에는 살지 않았다고 언급하고 있다. 이를 통해 우리는 맹자가 혁명을 일으켜 주나라를 세운 무왕의 치세를 훌륭하지 않았다고 평가하였음을 확인할 수 있다. 물론 『사기』「백이열전」의 기록에 의거해 백이가 '불사이군不事二君'의 충정으로 인해 주무왕의 치세를 거부한 것으로도 해석할 수 있다.[23]

그런데 폭군이자 은나라의 마지막 군주인 주紂의 치세 기간에는 북쪽의 바닷가에 살면서 천하가 맑아지기를 기다렸다고 한 백이의 입장과 비교해보면, 폭군을 옹호하여 '불사이군'을 소리치는 백이는 쉽게 상상이 가지 않는다. 이에 다른 각도에서 접근하여, 여불위의 『여씨춘추』에 나오는 기록인 "이란역폭以亂易暴", 즉 "(주왕의) 포악함을 (주무왕의) 어지러움으로 바꾼다"라는 것과 연계하여 생각해볼 필요가 있다고 생각한다.[24] 실제로 맹자는 계속하여 백이가 나쁜 임금 밑에서는 신하 노릇을 하지 않으려 했다고 주장하고 있다. 『맹자』「공손추상」에는 다음과 같은 기록이 나온다.

맹자께서 말씀하셨다. "백이는 제대로 된 임금이 아니면 섬기지 아니하며, 제대로 된 벗이 아니면 벗 삼지 아니하며, 나쁜 사람의 조정에는 서지 않으며, 나쁜 사람과는 말하지 아니하였다. 나쁜 사람의 조정에 서는 것과 나쁜 사람과 말하는 것을 마치 조정에서 입는 옷을 입고 조정에서 쓰는 갓을 쓰고서 진흙이나 숯에 앉아 있는 듯이 하였으며, 악을 미워하는 마음을 미루어서, 향인鄕人과 서 있을 때 그 갓이 바르지 못하면 횡하니 거기를 떠나서 마치 곧 더럽혀질 것처럼 생각하였다. 이 때문에 제후들 중에 비록 말을 잘 가다듬어서 찾아오는 자가 있더라도 받아들이지 아니하였으니, 받아들이지 아니한 것은 이 또한 나아가는 것을 좋게 여기지 않았기 때문이다." (……)

맹자께서 말씀하셨다. "백이는 마음이 비좁고, 유하혜柳下惠는 공경스럽지 아니하니, 마음이 비좁거나 공경스럽지 아니한 것은 군자가 말미암지 아니하는 것이다."[25]

위 인용문처럼 맹자는 백이가 제대로 된 임금이 아니면 섬기지 아니하였다며 일관되게 그를 평가하고 있다. 이는 『맹자』의 성향에서 기인하는 것일 것이다. 맹자는 "백성은 귀하지만 임금은 가볍다〔民貴君輕〕"는 생각을 갖고 있었다. 이에 『맹자』 「진심하盡心下」에서 "백성이 가장 귀중하고, 사직社稷이 그 다음이고, 임금은 가벼운 존재이다. 그러므로 백성의 마음을 얻으면 천자가 되고, 천자에게 신임을 얻으면 제후가 되고, 제후에게 신임을 얻으면 대부가 된다"[26]라고 주장한다. 군주의 입장에서 기득권을 옹호하는 '불사이군'의 이데올로기가 아니라 백성을 위한 행동인가 아닌가가 평가의 기준이었던 것이다. 이에 백이를 높이 평가하면서도 한편으로는 그 원리주의적인 깐깐함에 "마음이 비좁고"라 부정적인 평가를 한 것으로 여겨진다.

맹자의 이러한 평가에 대해 북송의 왕안석王安石은 「삼성인론三聖人論」

에서 당시 백이가 처한 상황에서 그 폐단을 교정하려다 보니 그런 행동을 한 것이라는 해석을 하고 있다. 즉, 이윤이 성군일 때나 혼군일 때나 신하로 들어가 정치를 바로 잡으려 한 것을 보고서 후대 선비들이 무조건 신하로 나아가려 하는 폐단을 보이자 백이가 혼군에게는 나아가지 않고 물러나는 모습을 보였다는 것이다. 그러자 후대 선비들에게 물러나는 것만이 능사인 줄 아는 폐단이 생겨났고, 이에 맹자가 이를 비판하면서 백이는 다만 당시의 폐단을 바로잡으려 혼군일 때는 나아가지 않았다고 왕안석은 주장한 것이다.[27]

다른 차원에서 맹자의 성향을 강렬하게 느껴볼 수 있는 기록이 「양혜왕하梁惠王下」에 있다.

> 제齊 선왕宣王이 묻기를 "은殷의 탕왕湯王이 하夏의 걸왕桀王을 쫓아내고 주周의 무왕武王이 은의 주왕紂王을 정벌하였다 하니, 그러한 일이 있습니까?"라고 하니, 맹자께서 대답하시기를 "옛 책에 있습니다"라고 하였다. 왕이 "신하가 그 군주를 시해함이 가합니까?"라고 물으니, 맹자께서 대답하시기를 "인을 해치는 자를 적賊이라 이르고, 의를 해치는 자를 잔殘이라 이르고, 잔적殘賊한 사람을 '한 사내〔一夫〕'라 이릅니다. 한 사내인 주왕을 주벌하였다는 말은 들었고, 군주를 시해하였다는 말은 듣지 못하였습니다"라고 하였다.[28]

이 대화는 후대 학자들에 의해 많이 인용되었다. 특히 주목을 받은 부분은 "신하가 그 군주를 시해함이 가합니까?"에 대한 맹자의 답변이었다. 전통 시기 군주를 시해하는 것은 당연히 불가한 일이었다. 그러나 그 군주가 폭군이었을 때 상황은 복잡해진다. '불사이군'이라는 이데올로기와 폭군이라는 현실이 부딪히기 때문이다.

위 인용문에 언급된 제선왕(B.C.?~301)은 천하의 학자를 제나라 수도

임치臨淄의 도성 남문인 직문稷門 아래에 초빙하여 저택을 제공하고 후하게 대접한 인물로, 이 시기의 학술을 '직하학궁稷下學宮'이라 했다. 제나라 선왕은 하의 걸왕, 은의 주왕 같은 폭군일지라도 신하가 군주를 시해하는 것은 불가하다는 입장에서 이 질문을 하였을 것이다. 그러나 맹자의 대답은 달랐다. 인을 해치고, 의를 해치는 자는 군주 될 자격이 없는 '일개 사나이[一夫]'에 불과하기에 그를 주벌한 것은 하등의 문제가 없다는 견해를 보인 것이다.

『사기』「백이열전」에서 백이와 숙제는 주무왕을 신하의 신분으로 군주를 주벌하였다며 비판하였지만, 맹자의 입장에서 주무왕은 군주 자격이 없는 '일개 사나이'를 죽인 것이었기에 그의 혁명을 비판하지 않는다. 다시 말해 맹자는 주무왕의 혁명은 지지하였지만, 혁명 후의 정치에 대해서는 비판적이었다. 이는 백이와 숙제가 나쁜 사람의 조정에는 서지 않았다는 위 인용문들을 통해 확인할 수 있다.

이렇게 『맹자』 속의 백이에게는 두 임금을 섬기지 않는다는 충절을 상징하는 이미지가 없었음을 확인할 수 있다. 맹자가 백이를 높인 이유는 그가 두 임금을 섬기지 않는 충신이었기 때문이 아니라 "성인 중 맑은 자[聖之淸者]"였을 뿐이기 때문이다.

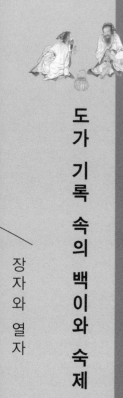

3

도가 기록 속의 백이와 숙제

장자와 열자

표주박을 들고 구걸하는 거지

도가道家는 유가와 달리 '명분名分', '인위人爲' 같은 가치들을 부정적으로
평가하고 '스스로 그러함[自然]'을 제일 높은 가치로 치는 사상 체계이다.
이에 자신의 뜻을 위해 수양산에서 굶어 죽은 백이와 숙제에 대한 평가
역시 유가와는 달랐다. 도가의 창시자는 춘추 말기 사상가인 이이(李耳,
B.C.?~?)로 그는 서쪽으로 떠나면서 관문지기의 요청으로『노자老子』혹은
『도덕경道德經』이라 불리는 책 상·하 2편을 써주었다고 한다. 그러나『노
자』에서 백이와 숙제 관련 기록은 찾아볼 수 없다.

　　노자의 사상은 전국시기 장주(莊周, B.C.369~289?)에게 계승되는데, 그는
자신의 책『장자莊子』에 백이와 관련한 기록들을 많이 남겨 놓고 있다.
『장자』에는「잡편雜篇」의 제28「양왕讓王」과 제29「도척盜跖」,「내편內篇」
의 권6「대종사大宗師」,「외편外篇」의 제8「변무騈拇」와 제17「추수秋水」
등 여러 편에서 백이가 등장한다. 먼저「잡편」제28「양왕」을 보자.

　　옛날 주나라 왕조가 발흥하던 시기에 선비 두 사람이 고죽이라는 나라
　　에 살고 있었는데 형 백이와 동생 숙제였다. 두 사람이 상의하여 말하
　　기를 "우리가 들으니 '서방의 어떤 인물[주의 문왕文王]이 있는데 그가

명대의 화가 장로張路가 그린 소를 탄 노자[老子騎牛]

도를 체득한 사람인 것 같다'고 하니 어디 한 번 가보자"라 하고 기산岐山의 남쪽 기양岐陽이라는 곳에 이르렀다.

(이때 문왕은 이미 세상을 떠났고, 그 아들) 무왕武王이 이 두 사람에 대한 이야기를 듣고서 동생 주공周公 단旦으로 하여금 가서 이 두 사람을 만나 보게 하였다. 주공은 이 두 사람에게 맹세하여 말하기를 "녹봉은 제이등第二等을 주고 관위官位는 제일렬第一列에 나아가게 할 것이다" 라 하고는 희생을 죽여 그 피를 발라 맹세한 뒤 (맹약의 문서를) 땅속에 묻었다.

두 사람은 서로 바라보고 웃으면서 말했다. "아아! 기이한 행동이로다. 이것은 우리가 말하는 도가 아니다. 옛날에 신농씨神農氏가 천하를 다스릴 때에는 사시四時의 제사에는 공경을 다할 뿐 행복을 기원하는 일은 없었으며, 백성들을 대함에는 충신忠信으로 다스림의 도리를 다하였을 뿐 백성들에게 요구하는 일은 없었으며, 더불어 정치하는 것을 즐거워하면서 정치를 했고, 더불어 다스리는 것을 즐거워하면서 다스려서 타인의 실패를 자기의 성공으로 여기지 아니하고, 타인의 신분이 낮다고 해서 자기의 신분을 높게 여기지 아니하고, 좋은 때를 만났다고 해서 그것을 자기의 이익으로 삼지 아니하였다.

그런데 지금 주나라는 은나라의 어지러움을 보고서 갑자기 선정을 행하려 하며, 모략을 숭상하고 뇌물을 바치고, 군대를 믿고 무력으로 지키며, 희생을 갈라 그 피로 맹세하여 사람들이 신의를 지키도록 하며, 자기의 행동을 선전하여 민중을 기쁘게 하며, 전쟁으로 사람을 죽이고 나라를 정벌하여 이익을 요구하니, 이것은 난정亂政을 미루어 폭정과 바꾸는 것일 뿐이다. 우리는 일찍이 들으니 '옛날 사람들은 치세를 만나서는 자기가 해야 할 임무를 피하지 않았고, 난세를 만나서는 구차하게 살려 하지 않았다'고 하였다. 지금 천하는 암흑의 시대가 되었는데 주나라의 덕은 쇠약하니, 이 주왕조 아래 나란히 살아서 우리 몸을 더럽히기보다는 차라리 이 주나라 세상에서 도망쳐 우리의 행동을 깨끗하게 하는 것이 낫겠다"라고 했다.

백이와 숙제 두 사람은 북쪽으로 수양산에 이르러 드디어 산속에서 굶어 죽었다. 이 백이나 숙제와 같은 인물은 부귀에 대해 가능한 한 새삼 절의를 내세우거나 세상에 역행하는 행동을 하려 하지는 않았다. 그러나 어찌할 수가 없어서 홀로 자기 뜻을 관철하며 즐기고, 세상에 나와 일하지 않았으니 이것이 이 두 사람의 절의이다.[29]

위의 인용문은 흥미로운 내용들을 담고 있다. 우선 『사기』 「백이열전」처럼 백이와 숙제가 전쟁을 하러 가는 무왕을 주동적으로 막아선 것이 아니라 무왕이 동생인 주공 단을 시켜 그들을 먼저 찾아갔다는 것을 주목할 필요가 있다. 자신의 꿈에 나타나지 않는다고 걱정했을 정도로 공자가 존경했던 주공 단이 백이와 숙제를 찾아와 두 번째로 높은 봉급을 주고, 첫째 줄에 설 정도로 높은 관직을 제공하겠다며 그들을 회유하고 있기 때문이다.

『장자』의 사상적 성격이 유교와는 많이 다르지만, 일단 이 부분은 그와 관계없이 주공 단이 찾아온 '팩트'를 언급하고 있다. 물론 이 '팩트'가 정확한지 여부는 현재 알 수 없다. 그러나 위 내용이 우리가 익히 알고 있던 『사기』 「백이열전」 속 백이와 숙제의 이야기와는 전혀 다른 이야기라는 것은 분명하다.

여기서 백이와 숙제는 주나라의 폭정을 강력하게 비판한다. 뇌물 등의 계략을 써서 사람들을 끌어들이고 있고, 무력을 사용하고 있으며, 자신의 행동을 백성들에게 선전할 뿐 아니라 전쟁을 벌여 사람을 죽음에 이르게 하고, 또 이익을 추구하고 있다는 것이다.

이때 백이와 숙제가 무왕의 주나라를 비판하는 포인트는 『사기』 「백이열전」에서의 그것과 완전히 다르다. 『사기』 「백이열전」에서는 아버지 장

명대의 화가 육치陸治가 그린 「장자」

례조차 치르지도 않고 전쟁을 벌이거나 신하가 임금을 친다는 효와 인의 유교적 가치관을 기준으로 주무왕을 비판한다. 그러나 여기서는 은나라의 어지러운 정치를 주나라의 포악한 정치로 바꾸는 것에 불과한 것이라며 비판하고 있다. 즉, 주의 무왕이나 은의 주왕이나 정치에 있어 큰 차이가 없다고 비판하였던 것이다.

이는 앞서 살펴보았던 『맹자』의 내용과 크게 다르지 않다. 『맹자』 역시 "어지러움으로써 포악함을 바꾸었다"라고 주장하고 있기 때문이다. 이는 백이와 숙제에 대한 평가 이전에 주무왕에 대한 평가들을 먼저 생각하게 만든다. 과연 주무왕은 후대 사람들이 그를 기렸듯이 정말로 훌륭한 정치를 펼쳤던 이였을까? 비록 위 인용문이 전후반의 논지가 서로 어긋나고, 구성도 조잡하다는 평가도 있지만[30] 주무왕에 대한 평가는 다시 한 번 고민해봐야 할 것으로 여겨진다.

『장자』「잡편」 제29 「도척盜跖」에는 다음과 같이 흥미로운 내용이 또 나온다.

세상 사람들이 말하는 어진 선비로 백이와 숙제가 있다. 백이와 숙제는 고죽국의 군주 자리를 사양하고 수양산에서 굶어 죽었고, 그들의 유해는 어느 누구도 장사지내지 않았다. 주나라의 은자였던 포초는 고결한 행위로 세상을 비난하다가 나무를 껴안은 채 죽었다. 주나라의 현자였던 신도적은 임금에게 간언을 했으나 들어주지 않자 무거운 돌을 짊어지고 스스로 황하에 몸을 던져 물고기의 밥이 되었다. 개자추는 지극한 충신으로서 피난길에 몹시 굶주린 진나라 문공을 위해 자신의 넓적다리 살을 베어내 먹여 살렸으나, 문공이 왕궁으로 복귀한 후 자신을 저버리자 분노하며 그곳을 떠나 나무를 껴안은 채 불에 타죽었다. 노나라 사람 미생은 한 여자와 다리 밑에서 만나기로 약속했으나 그 여자가 나타나지 않았다. 홍수로 물이 계속해서 불어났지만 그는 그곳을 떠나지 않았고, 결국 다리의 기둥을 껴안은 채 죽음을 맞이했다. 이들 여섯 사람은 제물로 받치기 위해 걸어놓은 개나 물에 떠내려가는 돼지, 그리고 표주박을 들고 구걸하는 거지와 다를 게 없다. 모두가 명분에만 집착한 채 죽음을 가볍게 여겼고, 본래부터 타고난 수명을 기를 생각도 하지 않은 사람들이다.[31]

『장자』에서도 백이와 숙제는 수양산에서 굶어 죽은 사람으로 묘사되고 있다. 다만 그들의 행위에 대한 평가는 전통 유가의 해석과 완연히 다르다. 유가에서 숭앙하는 인·의 등 명분을 위해 목숨을 바친 이들이 도가에서는 "제물로 받치기 위해 걸어놓은 개나 물에 떠내려가는 돼지" 혹은 "구걸하는 거지"로나 평가되고 있기 때문이다.

전통적으로 백이와 숙제는 고죽국의 왕자들이었음에도 서로 왕위를 양보하고, 또 주무왕을 비판하며 수양산에 들어가 굶어 죽은 것으로 세상 사람들의 칭송을 받아왔다. 그러나 도가적 입장에서 보면 『여씨춘추』 등에서 주무왕의 포악함을 보고 떠난 백이와 숙제도, 『사기』에서 효와 인이라는 기준으로 주무왕을 비판한 백이와 숙제도 모두 자연스러움을 거부하였다는 이유로 부정적으로 평가된다. 명분에만 집착해 타고난 본래의 수명을 단축시킨 사람들이 『장자』에서는 비판의 대상이었던 셈이다. 같은 행동일지라도 세계관의 차이, 철학의 차이에 의해 해석이 180도로 달라질 수 있음을 위 인용문은 잘 보여주고 있다.

이 같은 『장자』적 세계관은 「대종사」, 「변무」편에서도 계속 이어진다. 「대종사」편에서 백이와 숙제는 "남의 일에 쓰이고, 남의 즐거움의 도구가 되어 스스로 즐거움을 즐기지 못한 자들"[32]로 비판받는다. 또 「외편」 제8 「변무」에서는 절의의 대명사 백이나 악인의 대명사 도척 모두 소인에 불과하다고 비판하고 있다.

백이는 수양산 아래에서 명예를 위해 죽었고, 도척은 동릉산 위에서 이익을 탐하다가 죽었다. 이 두 사람이 목숨을 바친 목적은 같지 않으나 생명을 해치고 본성을 손상시킨 것은 마찬가지이다. 어찌 꼭 백이를 옳다 하고 도척을 그르다 하겠는가. 천하 사람들은 모두 목숨을 바친다. 그런데 그가 따라 죽은 것이 인의이면 세속 사람들이 군자라고 일컫고, 그가 따라 죽은 것이 재물이면 세속 사람들이 소인이라고 일컫는다. 따라 죽은 것은 마찬가지인데 이 가운데 군자가 있고 소인이 있으니 생명을 해치고 본성을 손상시킴에 이르러서는 도척이 또한 백이와 같을 뿐인데 또 어찌 그 사이에서 군자와 소인의 차이를 가릴 것인가?[33]

일반적으로 백이와 도척은 한 명은 성인, 다른 한 명은 악인의 대명사로 불린다. 도척은 부하 9천 명을 거느리고 천하를 횡행했으며, 태산泰山 기슭에서 사람의 간을 회로 썰어 먹었을 정도로 잔인한 도적떼의 우두머리였다. 그러나 장자는 일반적인 세속의 기준으로 사람을 평가하지 않는다. 성인으로 추앙받는 백이도 인의라는 규범에 얽매여 있던 존재였고, 또 인의와는 정반대의 삶을 산 도척도 재물이라는 세속적 가치에 매달려 있던 존재에 불과하다. 다시 말해『장자』속의 백이와 숙제는 인위와 명분에 얽매여 자신의 본성을 해친 한심한 인간으로 평가받았던 것이다.

청렴을 지나치게 자랑하다

도가 계열로 분류되는 열어구(列禦寇, B.C.?~?)의 『열자列子』에도 백이와 숙제에 관련된 내용이 나온다. 「양주楊朱」편 제7에 다음과 같은 내용이 보인다.

"실체에는 이름이 없고, 이름에는 실질이 없습니다. 이름이 난다는 것은 거짓에 불과한 것입니다."

"옛날 요순 두 임금은 허유許由와 선권善卷이란 두 사람에게 천하를 양여하여도 받지 않을 것을 뻔히 알면서도 거짓으로 천하를 허유와 선권에게 양여하려고 했지요. 마침내 요순은 천하를 남에게 주지 않고 자기 혼자 백 년 동안 행복을 누렸지요. 이와 반대로 백이와 숙제 두 형제는 그의 아버지 고죽군이 진실로 자신의 임금 자리를 양여하려고 했는데, 마침내는 서로 사양하여 결국 나라를 망치고, 수양산에서 굶어 죽었습니다. 실제와 가짜의 분별은 이처럼 잘 살펴야 하는 것입니다."[34]

『열자』「양주」편은 극도의 이기주의자인 양주(楊朱, B.C.440?~360?)가 노나라를 유람할 때 맹씨孟氏란 사람 집에 묵으며 그와 대화하는 형식으로 구성되어 있다. 맹자에 의하면 양주의 이기주의 사상은 묵적(墨翟, B.C.470?~391)의 겸애주의 사상과 함께 일세를 풍미하였다고 한다. 양주의 사상도 인위적이고 형식적인 생활 방식으로부터 사람들을 해방시켜 자신의 감정과 욕망이 지향하는 대로 사는 것이 가장 자연스러운 생활이라 여겼기에, 도가의 기본 입장에서 크게 벗어나 있다고 보기는 어려울 것이다.[35]

맹씨는 위 인용문에 앞서 무엇 때문에 이름을 날리려 애를 쓰냐는 질문을 한다. 양주는 부유해지고, 그 혜택이 자손들에게까지 미치기에 이름을 추구하는 것이라 대답한다. 그리고 세상에 이름을 드높인 사람들 가운데 가짜가 많은데 대표적인 이들이 바로 요순이라고 지적한다. 지금도 요순시대라고 하면 태평성대의 대명사로 쓰일 정도로 요임금과 순임금은 한자 문화권에서 성군으로 이름이 높다. 순임금은 선권에게 천하를 물려주려 했으나 그는 이를 거절하고 왕산汪山에 은거했다고 한다. 또 요임금은 허유에게 천하를 물려주려 했으나 허유는 이를 거절한 뒤 더러운 소리

명대의 화가 장로張路가 그린 열자

를 들었다며 영수潁水로 가 귀를 씻은 이야기는 아직까지도 유명하다.

그런데 열자는 성군의 대명사인 요순의 이런 행위가 위선적이었다고 비판하고 있다. 즉, 선권과 허유가 천하를 받지 않을 것임을 뻔히 알면서도 요순은 스스로 양보하는 이미지를 만든 뒤, 그 뒤로도 계속 권력을 유지해 천하를 다스렸다는 것이다. 열자가 보기에 요순은 그 명성과 실체가 달랐다.

반면 백이와 숙제는 실제로 권력을 양보하였다. 그러나 결국에는 나라도 망치고, 스스로 수양산에 들어가 굶어 죽는다. 이에 열자는 이름을 추구하는 일이 어떤 도움이 되는지 물으며, 세속적 명성을 추구하는 것의 허망함을 비판한다. 열자가 보기에 백이와 숙제는 명성을 위해 나라도 망치고, 자신들도 수양산에서 굶어 죽은 부정적 존재일 뿐이었다. 다음 문장의 비판은 이보다 더 직접적이다.

> 양주가 말했다. 백이는 욕심이 없었던 것이 아니다. 청렴을 지나치게 자랑하다가 보니 굶게 된 것이다. 전계展季는 정욕이 없는 것이 아니다. 정결을 지나치게 자랑한 끝에 그 자손을 쇠미하게 만든 것이었다. 청렴이니 정결이니 하는 것의 해독의 심함이 이와 같다.[36]

양주의 입을 빌린 것이지만, 이처럼 도가 계열인 『열자』는 청렴·정결 등 유가나 세속에서 추앙하는 가치들을 비판적으로 평가한다. 사람이란 무에서 생겨나 무로 돌아가는 존재인데, 인의니 예악이니 하는 인위적 덕목에 사로잡혀 자연이 준 본성을 손상시키는 일은 어리석다는 것이다. 이러한 배경 위에 서 있는 양주의 이기주의는 당연히 긍정적으로 평가되지만, 백이와 숙제의 행동은 자연스럽게 비판받는다.

도가는 유가와 함께 중국 사상계를 유지하는 큰 축 가운데 하나다. 유가가 인의 등의 가치를 높게 평가함에 반해, 도가에서는 이를 인위적인

것이라 평가절하 한다. 도가에서 추구하는 것은 '자연', 즉 '스스로 그러함'
이다. 다시 말해 태어난 본성에 따라 현재를 즐기며, 인위적인 명성을
위해 자기 본능을 억누르지 말라는 것이다. 이에 백이와 숙제가 수양산에
들어가 굶어 죽음으로써 자신의 인을 구한 행위는 인위적인 것으로 비판
받는다. 유가가 자기 신체를 포기할지라도 인은 이뤄내야 할 대상이라
여기는 것과 부딪치는 지점이 바로 여기다. 도가와 유가의 이러한 근본적
인 세계관 차이는 백이와 숙제의 평가에도 고스란히 반영되었다.

4

법가 기록 속의 백이와 숙제

한비자의 「무익한 신하 백이」

법가法家는 법에 의한 통치를 중시하는 사상으로 유가의 덕치德治와는 일정 정도 거리를 두고 있다. 특히 법가는 실용을 중시하고, 민본보다는 군본君本, 즉 제왕의 통치에 도움을 주는 구체적 방법들을 중심에 두는 사상이라 할 수 있다.

이러한 법가 사상의 대표적 사상가로 한비자(韓非子, B.C. 280~233경)를 들 수 있다. 한비자는 성악설의 주창자인 순자(荀子, B.C. 298~238)에게서 배웠는데, 그의 저술 「고분孤憤」과 「오두五蠹」를 읽은 진시황이 이사李斯에게 감탄을 연발하며, "이 사람을 한번 만나 이야기를 나눌 수 있다면 죽어도 여한이 없겠다!"라는 말을 했을 정도로 뛰어난 재주를 지니고 있었다. 한비자와 동문수학했던 이사는 한비자를 진시황에게 소개하였으나 한비자의 능력에 질투를 느껴 결국 그를 모함해 죽음에 이르게 한다.

한비자는 제왕의 통치에 역점을 둔 『한비자』를 저술했다. 여기서도 어김없이 백이와 숙제가 등장하지만, 기존의 유가나 도가와는 다른 관점에서 평가되고 있다.

옛날 백이와 숙제는 주나라의 무왕이 천하를 넘겨주려고 하자 받지 않고, 마침내 수양산에서 굶어 죽었다. 이와 같은 신하는 엄한 형벌도 두려워하지 않고 후한 상도 탐하지 않으니 벌을 주어 금지할 수도 상을 내려 장려할 수도 없다. 이들을 가리켜 무익한 신하라고 하는 것이다. 나는 그들을 경시하여 내쳐야 할 신하로 여기지만, 지금 세상의 군주들은 그들을 중시하여 구하려 하고 있다.[37]

위 글에서 한비자는 백이와 숙제에게 "무익한 신하"라는 독특한 평가를 내린다. 즉, 군주의 입장에서 이들과 같은 사람을 어떻게 평가할 것인지가 한비자의 관심이었던 것이다. 유가는 인仁이나 백성의 관점에서, 도가는 천天이나 자연의 관점에서 백이와 숙제를 평가하였다. 그런데 한비자는 군주의 관점에서 백이와 숙제를 평가하였고, 그 결과 이들은 군주에게 무익한 신하라는 결론이 내려진다.

군주가 신하나 백성을 부리려면 상벌을 사용해야 하는 것인데, 백이와 숙제처럼 자신의 뜻이 분명하고 상에 흔들리지 않으며 벌도 두려워하지 않는다면, 결국 군주가 이들을 활용할 방법은 없다고 한비자는 생각하고 있었다. 따라서 일반적인 군주들이 이들을 높여 끌어들이려 하고 있지만, 한비자의 입장에서 보면 백이와 숙제는 군주에게 아무런 도움도 되지 않기 때문에 그대로 무시하고 내쳐야 할 존재였다.

특히 흥미로운 지점은 주나라 무왕이 그들에게 천하를 넘겨주려고 하였으나 그들은 받지 않고 수양산으로 들어가 굶어 죽었다고 한 부분이다. 『한비자』에서는 『사기』「백이열전」에서처럼 백이와 숙제가 주무왕을 막아서며 신하의 신분으로 임금을 칠 수 있느냐며 꾸짖는 내용은 보이지 않는다. 오히려 주무왕이 천하를 백이와 숙제에게 양보하려 했다는 점에서도 확인되듯이, 애당초 『사기』「백이열전」과는 그 묘사된 상황이 상당히 다르다.

한비자는 「수도守道」 제26에서도 백이에 대해 언급한다. 여기서 그는 백이와 도척을 대비시키면서 법이 있어야 백이와 같이 "군주의 자리를 넘보지 않는[不妄取]" 사람들이 "옳음을 잃지 않을 수[不失是]" 있다며,

법의 중요성을 강조한다. 또 법가 이론의 핵심적인 주장들이 고스란히 담겨져 있는 상앙(商鞅, B.C.390~338경)의 『상군서商君書』「화책畵策」제18 편에서도 형벌의 중요성을 강조하면서 백이와 도척을 대비시켜 "나라를 잘 다스리지 못하는 사람은 백이마저 의심스러운 사람"으로 만든다며, 기본적으로 백이를 긍정적인 인물로 상정하고 자신의 논지를 펼쳐나가고 있다.

***

흥미로운 것은 『사기』 이전의 기록들에는 『사기』 「백이열전」에서 보이는 것과 같은 충절의 대명사로서 백이와 숙제의 이미지가 나오지 않는다는 것이다. 주무왕을 막아서며 "신하된 자로서 군주를 시해하려 하다니 이를 인이라고 말할 수 있습니까?"라며 군주의 이익을 대변하던 기록은 그 어디에서도 찾아볼 수 없었다.

　『논어』에서는 "인을 추구하여 인을 얻은 사람들"이라고 이야기 했을 뿐, 백이와 숙제가 주무왕의 전쟁에 반대했다는 기록이 없다. 또 『맹자』에서는 폭군인 은나라 주왕을 군주가 아닌 "일개 사나이[一夫]"로 평가하고, "섬길 만한 군주가 아니면 섬기지 않"았다며 오히려 주무왕을 섬길만한 군주가 아니었던 것으로 묘사한 대목이 여럿 나온다. 다시 말해 백성의 입장에서 당시 상황을 판단하고 있으며, 백이와 숙제를 충절의 상징으로 상정하기는커녕 오히려 폭군을 제거하는 상황을 긍정하고 있다.

　『장자』의 경우 "어지러운 정치를 미루어 폭정과 바꾸는 것일 뿐"이라며 주무왕의 정치를 폭정으로 평가하면서, 아울러 도가적 세계관에 의거해 명분에 얽매여 있는 백이와 숙제를 함께 비판하고 있다. 마찬가지로 도가의 기록 역시 신하의 입장에서 어찌 군주를 칠 수 있냐며 주무왕을 막아서는, 군주의 입장을 대변하는 충절의 이미지는 찾아볼 수 없다. 법가의 기록인 『한비자』에서도 군주의 통치에 도움이 안 되는 "무익한 신하"라고 언급될 뿐, 그 어디에도 충절의 아이콘이라는 백이와 숙제의 형상은 찾아볼 수 없다.

　사마천이 어떤 자료를 근거로 백이와 숙제가 주무왕의 말고삐를 잡으며 신하된 입장에서 군주를 치는 것은 있을 수 없다고 말했는지 알 수 없지만, 『사기』 「백이열전」 이전 기록들에서는 '불사이군'하는, 군주의 기득권을 강화시키는 백이와 숙제 모습은 찾아볼 수 없다. 다만 이들이 고죽국의 왕 자리를 서로 양보하고 청렴한 삶을 살았다는 점, 그리고 수양산으로 들어가 굶어 죽은 상황은 『사기』 이전 대부분의 기록들에서 보이고 있다. 다시 말해 충절의 상징인 백이와 숙제의 이미지는 사마천이 처음 만들어낸 것이었다.

제2장

진한시대의 백이와 숙제

1

불사이군 백이의 탄생

사마천의 『사기』 「백이열전」

우리에게 익숙한 충절의 대명사 백이와 숙제의 이미지는 사마천(司馬遷, B.C.145~86경)의 『사기史記』「백이열전伯夷列傳」에서 유래한 것이다. 그 줄거리를 살펴보면 다음과 같다.

백이와 숙제는 고죽국 국왕의 두 아들이었다. 아버지는 아우 숙제를 다음 왕으로 삼으려고 하였다. 그런데 아버지가 죽은 뒤 숙제는 왕위를 형 백이에게 넘겨주었다. 그러자 백이는 "아버지의 명령이었다"라고 말하면서 마침내 피해 가버렸고, 숙제도 왕위에 오르려 하지 않고 피해 가버렸다. 이에 나라 안의 사람들은 둘째 아들을 왕으로 옹립하였다.

이때 백이와 숙제는 서백西伯 창昌이 늙은이를 잘 봉양한다는 소문을 듣고, 그를 찾아가서 의지하고자 하였다. 가서 보니 서백은 이미 죽고, 그의 아들 무왕이 시호를 문왕이라고 추존한 아버지의 나무 위패를 수레에다 받들어 싣고, 동쪽으로 은나라 주왕을 정벌하려 하고 있었다.

이에 백이와 숙제는 무왕의 말고삐를 잡고 간언諫言하기를 "부친이 돌아가셨는데 장례는 치르지 않고 바로 전쟁을 일으키다니 이를 효라고 말할 수 있습니까? 신하된 자로서 군주를 시해하려 하다니 이를 인이

사마천

라고 말할 수 있습니까?"라고 하였다. 그러자 무왕 좌우에 있던 시위侍位들이 그들의 목을 치려고 하였다. 이때 태공망太公望이 "이들은 의인들이다"라고 하며, 그들을 보호하여 돌려보내주었다.

그 후 무왕이 은나라의 어지러움을 평정한 뒤, 천하는 주왕실을 종주로 섬겼지만 백이와 숙제는 주나라의 백성이 되는 것을 치욕으로 여기고, 지조를 지켜 주나라의 양식을 먹으려 하지 않고, 수양산에 은거하여 고비를 꺾어 이것으로 배를 채웠다. 그들은 굶주려서 곧 죽으려고 하였을 때, 노래를 지었는데 그 가사는 이러하였다.

저 서산에 올라 산중의 고비나 꺾자구나
포악한 것으로 포악한 것을 바꾸었으니
그 잘못을 알지 못하는구나
신농神農, 우虞, 하夏의 시대는 홀연히 지나가 버렸으니
우리는 장차 어디로 돌아간다는 말인가?
아! 이제는 죽음뿐이로다
쇠잔한 우리의 운명이여!

마침내 이들은 수양산에서 굶어 죽고 말았다

일반적으로 우리에게 알려진 충절의 상징으로서의 백이와 숙제 이미지는 바로 이렇게 정리한 『사기』「백이열전」을 그 기원으로 하고 있다. 「백이열전」에서 사마천은 효와 인이라는 유교적 가치관을 내세워 주무왕의 전쟁을 막아서는 백이와 숙제의 형상을 만들어낸다. 아버지가 돌아가셨는데 장례는 치르지 않고 전쟁을 일으키는 것은 불효라며, 또 신하의 신분으로 군주를 시해하려 하는 것이 불인不仁이라며 주무왕의 '혁명'을 막아서는 백이와 숙제의 모습은 「백이열전」이전 기록 어디에서도 찾아

볼 수 없다.

「백이열전」 이전 기록들에 주로 나타나 있는 백이와 숙제의 이미지는 '두 임금을 섬기지 않는〔不事二君〕' '충절'이 아니라 '맑음〔淸〕', '고결함'이었다. 대부분의 기록에서 이들을 높이고는 있었으나 그 높이는 이유가 달랐던 것이다. 사마천은 자신의 「태사공자서太史公自序」에서 열전을 지은 목적을 다음과 같이 밝히고 있다.

> 정의롭게 행동하고, 기개가 있어 남에게 억눌리지 않으며, 세상에 처하여 기회를 놓치지 않고, 공명을 천하에 세운 사람들의 일들을 내용으로 70열전을 지었다.[1]

사마천은 정의를 세우고, 일반 사람들을 뛰어넘는 탁월함을 갖췄으며, 때를 잘 잡아 천하에 이름을 날린 인물들을 열전에 수록했다고 밝히고 있다. 이는 그의 지향을 잘 말해준다. 즉, 그는 각 방면에 걸쳐 뛰어난 사람들의 사적을 생생히 묘사하여, 다양한 인간 군상들의 무한한 가능성을 후세에 전하려고 열전을 지은 것이었다.

이러한 목적과 의의를 갖는 70편 열전의 첫 편이 바로 「백이열전」이다. 「백이열전」은 사마천의 감정과 세계관을 은유한 글인 동시에 70열전의 서문, 나아가 『사기』 130권 전체의 서문이라는 평가도 받고 있다.[2] 사마천이 열전의 첫 편으로 백이와 숙제의 고사를 선택한 이유는 청렴하고 훌륭한 인격을 갖췄음에도 제대로 된 시대를 만나지 못해 좌절한 개인인 백이와 숙제를 통해 사마천 자신의 불우함을 드러내려 한 것으로 보인다.

사마천은 「백이열전」을 지은 취지를 「태사공자서」에서 다음과 같이 밝히고 있다.

세상은 말세로 모두 이익을 다투던 그때, 오로지 백이와 숙제만은 인의를 추구하여 서로 나라를 양보하고 나중에는 수양산에 들어가 굶어 죽었으니, 천하가 이들의 미덕을 칭송하였다. 그래서 「백이열전」 제1을 지은 것이다.[3]

모든 이들이 자신의 안위를 위해 나서야 할 때 나서지 않거나 수단을 가리지 않고 이익을 추구할 때, 백이와 숙제는 세속의 이해에 연연하지 않고 자신들이 추구하는 바를 위해 애쓰다 결국 수양산으로 들어가 굶어 죽었다며, 사마천은 이들을 높이고 있다. 그런데 이 맥락은 사마천이 자신의 상황을 글에 투사한 것으로 해석해볼 수 있는 여지를 남긴다. 이는 사마천이 한나라의 무장 이릉(李陵, ?~B.C.74)을 변호했다가 자신의 생식기를 거세당하는 궁형宮刑에 처해졌던 사건과 관련이 있다.

이릉은 중석몰촉中石沒鏃[4]의 고사로 유명한 한나라의 명장 비장군飛將軍 이광(李廣, ?~B.C.119)의 손자로, 이광리(李廣利, ?~B.C.88)가 흉노를 칠 때 출정하여 그를 도와 공을 세웠던 인물이다. 그러나 귀로에 8만 흉노군에게 포위되었고, 온 힘을 다해 싸웠으나 보급 등이 끊겨 어쩔 수 없이 항복한 인물이다. 무제는 처음에 이릉이 흉노군과 싸우다 장렬히 전사한 것으로 알고, 그의 가족을 후대하였다. 하지만 훗날 그가 투항하여 잘 살고 있음을 알고서는 격노하여 그의 가족을 모두 죽이려 하였다.

사마천은 이 상황에서 억울하게 비난받는 이릉을 변호했다. 하지만 되돌아온 결과는 궁형이란 가혹한 형벌뿐이었다. 자신의 지조를 지켜 옳은 일을 행하였음에도, 끝내 사는 것보다 못한 치욕을 감수하면서 살아가야만 했던 것이다. 그리고 그는 이 울분을 「백이열전」을 통해 발산했다.

사마천은 「백이열전」 말미에 이렇게 적는다.

(공자는 말하기를) "군자는 죽은 뒤에 자기의 명성이 드높여지지 않을까

걱정한다"라고 하였고, 가의賈誼는 말하기를 "욕심 많은 사람은 재물 때문에 목숨을 잃고, 열사는 명분 때문에 목숨을 바치며, 권세를 과시하는 사람은 그 권세 때문에 죽고, 서민들은 자기의 생명에만 매달린다"라고 하였다. "같은 종류의 빛은 서로가 비추어주고, 같은 종류의 물건은 서로가 감응한다." "구름은 용을 따라 생기고, 바람은 범을 따라 일어난다. 그것처럼 성인이 나타나면 이에 따라서 세상 만물의 모습이 모두 다 뚜렷이 드러나게 된다." 백이와 숙제가 비록 현인이기는 하였지만, 공자의 찬양을 얻고 나서부터 그들의 명성이 더욱더 두드러지게 나타났고, 안연顏淵이 비록 학문에 독실하기는 하였지만, 공자의 명성으로 인해 그의 덕행이 더욱더 뚜렷해졌다. 암혈巖穴에서 살아가는 은사들은 출세와 은퇴를 일정한 때를 보아서 한다. 이와 같은 사람들의 명성이 파묻혀버려서 칭양되지 않는다면, 정말 비통하리라! 항간의 평민으로 덕행을 연마하고 명성을 세우고자 하는 사람이 청운지사青雲之士에 의지하지 않는다면, 어떻게 그의 명성을 후세에 전할 수 있겠는가?[5]

사마천은 백이와 숙제가 비록 현인이긴 하나 공자 같은 성인이 그들을 높이지 않았다면 이렇게까지 이름이 나지 못하였을 것이라 주장하고 있다. 이에 이처럼 훌륭한 사람들의 행적을 후세에 전할 이가 필요하고, 자신이 그 역할을 하겠다고 「백이열전」에서 밝힌 것이다.

사마천은 「보임소경서報任少卿書」에서 이릉으로 인해 자신이 겪은 어려움을 밝히면서 문왕文王은 유리羑里에 구속되어 『주역周易』을 썼고, 공자는 세상에서 어려움을 겪으며 오경五經을 정리하였으며, 굴원屈原은 상수湘水에 추방되어 「이소離騷」를 지었고, 좌구명左丘明은 실명失明한 뒤 『국어國語』를 지었다고 적는다. 이들은 모두 울분이 쌓였으나 발산할 곳이 없어 지나간 일을 서술하면서 앞으로 다가올 일들을 생각했고, 자신도 이들처럼 궁형이라는 참기 어려운 형을 당하여 맺히고 쌓인 한을 『사기』
저술로 승화한 것이라 밝히고 있다.

「백이열전」은 이와 같은 의미를 전제하면서 이어지는 70열전들의 총
서總序와 같은 역할을 하고 있다. 이에 19세기말 영재寧齋 이건창(李建昌,
1852~1898)은 그의 「백이열전비평伯夷列傳批評」이란 글에서 "제목에는 정제
正題, 반제反題, 차제借題가 있는데, 이 「백이열전」이란 차제이고, 정제는
응당 「사기전부총서史記全部總序」라 하여야 한다"고 주장하였던 것이다.[6]

「백이열전」은 『사기』 전체의 서문이라고 하여도 좋을 만큼 사마천의
사상을 압축해서 보여준다. 「백이열전」에서 사마천이 강조하고자 했던
것은 다름 아니라 백이와 숙제라는 인물을 통해 자신의 억울함을 호소하
려는 것이었다. 이릉의 일로 한무제에게 의견을 내었다가 궁형을 받은
사마천에게는 백이와 숙제 같은 사람이 필요하였다. 다시 말해 자신이
옳다고 생각하는 일을 위해서는 어떠한 상황에서도 직언을 올릴 수 있는
사람 말이다. 그리고 그들은 직언의 결과 불행한 종말을 맞는다. 사마천
은 이들의 불행한 종말을 의롭다고 높임으로써 궁형을 당한 불행한 자신
을 높이는 장치로 사용하였던 것이다.

2

주무왕의 정치에 환멸을 느껴 떠난 백이

여불위의 『여씨춘추』

여불위(呂不韋, B.C.292~235경)는 전국시대 말기 위衛나라 복양濮陽 사람으로, 원적은 양적(陽翟, 현 하남성河南省 우주시禹州市)이다. 『여씨춘추呂氏春秋』는 당시 진秦나라 승상이었던 여불위가 자신의 문객들을 조직해 저술한 잡가雜家 저작으로, 『여람呂覽』이라고도 한다. 기원전 239년에 완성되었는데, 그때는 진나라가 6국을 통일하기 직전이었다. 12기紀, 8람覽, 6론論 등 모두 26권 160편 20여만 자로 구성되었으며, 수록된 내용이 잡다하여 유가 · 도가 · 묵가 · 법가 · 병가 · 농가 · 종횡가 · 음양가 등 각종 사상들이 담겨 있다.

여불위는 당시 최고의 지식인들을 모아 이 책을 완성한 후, 이 책을 당시 진의 수도였던 함양성咸陽城 밖에 전시하였다. 그리고 이 책의 내용에서 틀린 부분을 지적하거나 빼야 할 부분과 보충해야 할 부분을 지적할 수 있다면 '한 글자당 천금을 주겠다〔一字千金〕'고 할 정도로, 이 책에 대단한 자부심을 가지고 있었다.

『여씨춘추』 권12 「계동기季冬紀」 「성렴誠廉」에 등장하는 백이와 숙제 관련 내용을 일부 살펴보자.

"이제 주나라는 은나라의 사악한 난리를 보고서 재빨리 이를 위하여 바로잡는 일과 다스리는 일을 시행하였지만, 권모를 숭상하였고, 뇌물을 써서 회유하는 일을 행하였으며, 군대의 힘에 의지하여 위세를 유지하였다. 사내四內의 땅과 공두산共頭山에 문서를 묻어두는 것에 근거하여 약속의 실행을 밝혔으며, 자신의 꿈 이야기를 널리 알려서 따르는 무리들을 신나게 만들었고, 죽이고 침으로써 이익을 구하였다. 이러한 일로써 은나라를 계승한다는 것은 어지러움으로써 포악함을 바꾸는 것이다.

내가 듣기로 옛날의 선비는 잘 다스려지는 세상을 만나서는 그가 맡을 수 있는 일을 피하지 않았고, 어지러운 세상을 만나서는 구차하게 생명을 부지하고 있지 않는다고 하였다. 이제 천하는 암울하여졌고 주나라의 덕은 쇠하였다. 주나라에 붙어서 내 몸을 더럽히느니, 차라리 이를 피하여 나의 행위를 깨끗하게 하는 편이 낫다"라고 하였다. 그리고는 두 사람이 북쪽으로 갔는데, 수양산 기슭에 이르러 그곳에서 굶어죽고 말았다.

사람의 실질에서 어떠한 것도 명분보다 더 중히 여길 것은 없고, 어떠한 것도 몸보다 더 가벼이 여길 것은 없다. 중히 여길 바가 있으면 이를 온전히 하고자 하고, 가벼이 여길 바가 있으면 이로써 중히 여기는 바를 기르는 데에 쓴다. 백이와 숙제, 이 두 사람은 모두 몸을 버리고 목숨을 버림으로써 그들의 의지를 세웠고, 가벼운 것과 중한 것이 먼저 결정된 사람들이다.[7]

『여씨춘추』에서 백이와 숙제는 무엇이 중요하고 덜 중요한지 분별할 수 있는 현명함을 갖춘 자들로, 명분을 중히 여겨 자신의 목숨을 버렸고, 이를 통해 자신의 의지를 세웠다면서 긍정적으로 평가되고 있다. 또한 『여씨춘추』는 주나라가 은나라의 사악한 난리를 보고 신속하게 이를 바로잡으려 혁명을 일으켰다며, 혁명 자체를 긍정적으로 평가하고 있다. 이는 "신하된 자로서 군주를 시해하려 하다니 이를 인이라고 말할 수 있습니까?"라며 혁명 자체를 반대했던 『사기』 「백이열전」과는 기본적으로 태도가 다르다.

무엇보다 『사기』 「백이열전」과 비교할 때 『여씨춘추』에는 작지만 중요한 차이가 있다는 점을 간과해서는 안 된다. 「백이열전」에서는 주무왕이 아버지인 문왕의 장례도 치르지 않고 전쟁을 시작하였고, 또 신하의 신분으로 임금을 쳤기에 효와 인이라는 유교의 핵심 가치관을 위배하였다고 비판한다. 백이와 숙제가 수양산으로 들어간 이유는 다름 아닌 효와 인이라는 유교의 핵심 가치관을 위배하고 혁명을 일으킨 주무왕에 반대해서이다.

그러나 『여씨춘추』에서 백이와 숙제가 수양산으로 들어가는 이유는 이와 다르다. 주무왕의 혁명에 반대해 수양산으로 들어간 것이 아니라, 주나라 건국 후 주무왕이 권모를 숭상하였고, 또 뇌물을 써서 반대하는 이들을 회유하였으며, 군대라는 무력을 사용하여 자신의 위세를 유지하였기에 수양산으로 들어간 것이다. 이는 폭력적인 은나라를 정치를 어지럽게 하는 주나라로 바꾼 것이기에〔以亂易暴〕민중의 입장에서는 다를 게 없다는 비판이었다.

정리하자면, 일단 은나라 폭군인 주왕의 폭정에 시달리던 백이와 숙제는 주무왕의 혁명을 보고 일말의 희망을 갖는다. 그러나 혁명 성공 후 주무왕의 정치를 지켜보고 있자니, 그의 권모술수, 회유, 뇌물, 무력 사용 등이 초래하는 정치 상황은 은나라 때와 본질적으로 차이가 없었고, 이에 환멸을 느껴 수양산으로 들어가 굶어 죽은 것이다.

『여씨춘추』에서도 백이와 숙제는 주무왕에 반대해 수양산으로 들어갔지만, 그 반대하는 이유와 시기가 달랐다. 억압받던 민중들은 참다운 세상을 만들어보려는 새 왕조를 희망을 갖고 지켜보았을 것이다. 그러나 혁명 성공 후에도 민중의 생활에는 변화가 없었고, 믿었던 새 왕조도 이전 왕조와 다를 바 없는 부정적인 정치 행태를 보이자, 이에 절망한 백이와 숙제는 결국 수양산으로 들어가 죽음을 선택할 수밖에 없었던 것이다.

이처럼 『여씨춘추』에 묘사된 백이와 숙제 관련 기록은 「백이열전」의 기록과 근본적으로 달랐다. 「백이열전」은 사악한 은나라를 치는 주무왕에 대해 신하가 군주를 치면 안 된다는, 다시 말해 아무리 사악한 군주라도 신하된 입장에서 역성혁명易姓革命을 일으켜서는 안 된다는 군주의 입장에서 백이와 숙제의 이야기를 풀어내고 있다. 반면 『여씨춘추』는 이와 달리 고통 받는 백성의 입장에서 당시 상황을 서술하였다는 근본적인 차이가 존재한다.

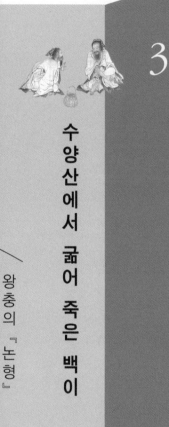

3

수양산에서 굶어 죽은 백이

왕충의 『논형』

후한後漢의 사상가인 왕충(王充, 27~104)은 그의 대표작인 『논형論衡』에서 전한前漢의 동중서董仲舒로부터 후한에 이르는 유가 사상을 대놓고 비판했으며, 당시 교육의 갖가지 폐단 역시 공격했다. 뿐만 아니라 유가에서 성인聖人으로 떠받드는 공자와 아성亞聖으로 존중하는 맹자에게도 무조건 승복하지 않는다며 「공자에게 묻다〔問孔〕」, 「맹자를 꾸짖다〔刺孟〕」와 같은 문장을 써서 『논어』와 『맹자』에 기록된 내용들을 비판하기도 했다. 이에 통치 계급은 그를 이단시하였고, 『논형』은 비밀리에 전해질 수밖에 없어서 그가 죽은 뒤 천년이 지나서야 제 빛을 볼 수 있었다.

왕충은 스스로 뛰어난 재주를 갖고 있다고 자부하였으나 벼슬길은 순탄하지 않았고, 높은 벼슬에도 나가지 못했다. 그는 벼슬하는 것과 벼슬하는 사람의 능력은 하등 관계가 없는 것이라고 주장했는데, 능력 없는 자가 높은 자리를 차지하고 있는 경우가 비일비재하기 때문이라 하였다. 사마천 역시 이와 비슷한 취지로 「백이열전」에서 하늘에 과연 도가 있기냐 하냐며 의문을 표한다.

어떤 사람은 말하기를 "천도는 특별히 가까이하는 사람이 없고, 항상 선한 사람과 함께한다"라고 한다. 백이와 숙제와 같은 사람은 선한 사람이라고 할 수 있을 것이다. 그렇지 않은가? 그런데 인을 쌓고 행동을 깨끗하게 하기를 이와 같이 했는데도 굶어죽었다. (……) 하늘이 착한 사람에게 보답하는 것이 과연 어떠한가? 도척은 날마다 무고한 사람을 죽이고, 사람의 간을 내어 먹으며, 포악하고 방자하게 무리 수천 명을 모아 천하를 횡행했는데 끝까지 수명을 누리고 죽었다. 이것은 무슨 덕을 따랐기 때문인가? (……) 내가 매우 의심하는데, 이른바 천도란 옳은 것인가, 그른 것인가?[8]

왕충 역시 사마천과 같은 의문을 가지고 있었다. 그런데 왕충의 답은 상당히 냉소적이었다. 하늘의 도는 인간의 행위와 전혀 관계가 없다는 것이 그의 결론이었다. 착한 사람이 화를 받기도 하고, 악한 사람이 복을 받기도 하는 게 인생이라고 결론을 내렸던 것이다.[9]

왕충의 『논형』에 나오는 백이와 숙제 관련 언급을 살펴보자.

무왕은 은나라 서쪽 지방의 패자이기는 하지만 주왕의 신하였다. 즉, 신하의 신분으로 주군을 정벌했다. 백이와 숙제는 이 일을 수치스럽게 여겨 말고삐를 쥐고 말렸지만, 무왕은 듣지 않았다. 이에 두 사람은 주나라에서 나는 곡식 먹기를 거부하고 수양산에 들어가 굶어 죽었다. 그러나 고조高祖는 진秦나라의 신하가 아니며 광무제光武帝는 왕망王莽 아래서 벼슬한 적이 없다. 악한 진나라 군주를 죽이거나 무도한 왕망을 정벌한 일이므로 현인의 비난이 따르지 않는다. 무왕이 주왕을 정벌한 일보다도 더욱 순리에 가깝다.[10]

왕충 역시 사마천의 『사기』 「백이열전」 속 묘사처럼 신하의 신분으로 주군을 친 주무왕을 수치스럽게 여겨 수양산으로 들어가 굶어 죽은 백이와 숙제의 이미지를 따르고 있다. 그리고 그들이 불사이군의 충절을 갖추고 있었던 것 역시 긍정적으로 평가하고 있다.

다만 왕충은 여기서 백이와 숙제의 충절을 내세우고자 한 것이 아니라 한고조漢高祖 유방劉邦과 후한을 세운 광무제光武帝 유수劉秀를 옹호하고, 주무왕을 비판하고자 백이와 숙제를 끌어들이고 있다. 이는 일정 정도 자기가 속한 왕조에 자부심을 갖는 모습이면서, 동시에 법가 사상가들처럼 역사는 진보한다고 믿는 진보적 역사관에 따르는 자연스런 결론으로 볼 수도 있다.[11]

즉, 왕충은 백이와 숙제가 곁을 떠나간 주무왕의 혁명과 한고조와 광무제의 혁명은 상황이 다르다고 판단했으며, 이에 근거하여 한조의 개국 황제들을 옹호한 것이었다. 한고조는 진의 신하가 아니었고, 후한 광무제도 전한을 무너뜨리고 신新을 세운 왕망王莽의 신하가 아니었기에, 이들의 혁명은 신하가 주군을 친 주무왕의 상황과는 다르다는 입장이다. 더구나 위 인용문 앞에 한나라 개국이 은나라나 주나라를 개국하는 것보다 더 힘들었다는 내용이 있는 것으로 보면, 왕충은 한나라의 개국을 한층 더 높이고 있음을 알 수 있다.

* * *

진한 시기의 백이와 숙제 관련 문헌은 『사기』와 『여씨춘추』로 대표될
수 있다. 사마천의 『사기』「백이열전」에서 백이와 숙제는 "부친이 돌아가
셨는데 장례는 치르지 않고 바로 전쟁을 일으키다니 이를 효라고 말할
수 있습니까? 신하된 자로서 군주를 시해하려 하다니 이를 인이라고 말할
수 있습니까?"라며 효와 인이라는 유교의 핵심 가치를 내세워 무왕의 전
쟁을 반대한다. 백이와 숙제의 아이콘인 충절 이미지는 바로 여기에서
시작되었고, 이 이미지는 현재까지도 가장 큰 영향력을 미치고 있다.

　한편 '일자천금'이란 사자성어가 나올 정도로 당대에 권위 있던 『여씨
춘추』는 백이와 숙제 관련 기록에 있어서 「백이열전」과는 작지만 근본적
인 차이를 보여준다. 『여씨춘추』에 의하면 백이와 숙제는 주무왕의 혁명
에 동참할 뜻이 있었다. 그러나 혁명의 성공 후 주나라 무왕의 폭력적인
정치를 목도하고 절망해 수양산으로 들어간다. 이들은 군주의 기득권을
공고히 하는 불사이군 이데올로기에 봉사하지 않았다. 이들은 군주가 아
닌 백성들의 입장에 섰던 인물들로 『여씨춘추』는 기록하였던 것이다.

제3장

위진과 당대의 백이와 숙제

1

작위를 버린 어리석은 백이

조조의 「의전주양봉교」와 「도관산」

조조(曹操, 155~220)는 소설 『삼국지연의三國志演義』에서 간웅奸雄으로 이름을 떨친 인물이다. 그는 후한의 마지막 황제인 헌제獻帝를 옆에 끼고 정치를 하다 결국 자신의 아들 조비(曹丕, 187~226)를 위魏의 초대 황제로 만들었다. 다시 말해 '불사이군'을 외치며 수양산에 들어가 굶어 죽은 『사기』「백이열전」 속 백이와는 정반대로 행동한 인물이다.

이런 그가 백이와 숙제에 대해 언급하고 있다. 그가 내린 교지教旨 「의전주양봉교議田疇讓封教」를 보자.

> "옛날에 백이와 숙제가 작위를 버리고 무왕을 꾸짖은 것은 어리석은 일이라 일컬을 만하다. 그러나 공자는 오히려 그들을 가리켜 '인을 구하여 인을 얻었다〔求仁得仁〕'고 여겼다. 전주田疇가 지키고자 한 것은 비록 도에는 합당하지 않았지만, 맑고 높은 기개를 지키고자 함이었을 뿐이다. 천하의 모든 사람들을 전주의 뜻과 같이 한다면, 이는 곧 묵적墨翟이 겸애를 숭상한 것과 같은 일이며, 노담老聃이 백성들에게 결승結繩의 도를 가르친 것과 같다. 비록 외부의 논의가 옳았다고 하지만, 다시 사례司隸에 명하여 그것을 결정하도록 한 것이다."[1]

역사서인 『삼국지三國志』「위서魏書」「원장량국전왕병관전袁張涼國田王邴

管傳」제11에 의하면 전주(田疇, 169~214)는 조조가 북쪽으로 노룡盧龍 지역을 정벌할 때 큰 공을 세운 인물이다. 조조는 자신을 도운 전주에게 몇 차례에 걸쳐 관직을 내리려 하였으나 전주는 한사코 사양한다. 이에 주위에서는 개인의 고상한 뜻은 이루었을지 모르나 왕법에 크게 위배된다며 벌을 내리라는 주청까지 있을 정도였다. 그러나 조조는 결국 전주의 뜻을 받아들이면서 위 인용문과 같은 교지를 내린다. 여기서 조조는 백이와 숙제가 관직을 버리고 주무왕을 나무란 것을 어리석은 행동이라 비판하고 있다. 조조의 입장에서는 전주 같은 인재가 자신의 밑에서 관직을 맡아야 한다고 생각했기 때문이다. 이에 그는 백이와 숙제를 어리석다고 평가한 것으로 보인다.

위 인용문에서 더 생각해볼 만한 부분은 백이와 숙제가 작위를 버렸다고 언급한 부분이다. 이들이 은나라 주왕에게서 작위를 받았다는 기록은 「백이열전」은 물론, 그 이전 기록에서도 찾아볼 수 없다. 그렇다면 이들이 버리고 간 작위는 주무왕에게서 받은 것이라 추정해볼 수 있다. 앞서 살펴본 『장자』, 『한비자』 등의 문헌에서도 주무왕이 백이와 숙제를 회유하려 한 기록이 있다. 이를 통해 조조가 알고 있던 백이와 숙제는 '불사이군'하는 충절의 상징이 아니라, 주무왕에게서 작위를 받긴 하였으나 그의 정치에 실망하여 그를 비판하고 떠나간 이들이란 해석이 가능해진다. 정리하자면, 조조는 절개를 지키고자 수양산에 들어갔던 백이와 숙제를 비판한 것이 아니라, 주무왕의 작위를 버리고 떠나간 백이와 숙제를 비판했던 것이다.

위 인용문 외에도 조조는 자신의 정치사상을 서술한 「도관산度關山」이란 시에서 "세상에서 백이를 찬탄하는 것은, 세속을 바로잡고자 하는 것이네"[2]라며 백이의 올곧은 행위를 긍정하고 있고, 「선재행善哉行」에서도 "백이와 숙제는 옛날 어진 이들로, 나라를 사양하여 받지 않고, 수양산에 들어가 굶어 죽었다"[3]라며 이들을 긍정적으로 평가하기도 한다. 그러나 조조가 긍정한 백이와 숙제는 절개를 지켜 수양산으로 들어간 이들이 아니라 서로 나라를 양보하는 이들로, 익히 알려진 『사기』「백이열전」속 충절의 상징인 백이와 숙제와는 거리가 멀었다.

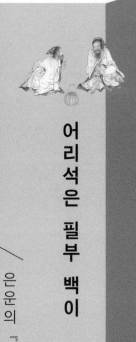

2

어리석은 필부 백이

은운의 『소설』

『소설小說』은 양梁나라 은운(殷芸, 471~529)의 저서로 유의경(劉義慶, 403~444)이 쓴 『세설신어世說新語』의 뒤를 이어 나온 지인류志人類 필기 문헌이다. 은운이 이 책을 쓴 목적은 양 무제(武帝, 464~549)의 칙명을 받아 정사에 실을 수 없는 내용을 구별하기 위한 것이었다. 『소설』이 포괄하고 있는 내용은 역대 문인 명사들의 일화와 행적 외에 민간 전설과 산천 풍물, 심지어 지괴志怪 고사까지 광범위하다.

은운의 『소설』은 후에 송宋나라 태종(太宗, 939~997)의 칙명으로 977년에 편집된 『태평광기太平廣記』에 수록되었다. 『태평광기』는 종교 관계 이야기와 정통 역사에 실리지 않은 기록 및 소설류를 모은 것으로, 당시의 유명했던 학자 이방(李昉, 925~996)을 필두로 하여 12명의 학자와 문인이 그 편집에 종사하였다. 475종의 고서에서 골라낸 이야기를 신선·여선女仙·도술·방사方士 등의 내용별로 92개의 항목으로 나누어 수록하였다. 그중 「동방삭」조에 한무제가 백이와 숙제에 대해 동방삭(東方朔, B.C.154~93)에게 묻는 부분이 나온다.

한나라 무제가 백이와 숙제의 초상을 보더니 동방삭에게 물었다. "그들은 어떤 사람들인가?" 동방삭이 대답했다. "예전의 어리석은 필부이옵니다." 무제가 말했다. "무릇 백이와 숙제는 천하의 청렴한 선비인

동방삭

데, 어째서 어리석다고 하는가?" 동방삭이 대답했다. "신이 듣자온대 현자는 세상에 머물 때 세상의 추이와 함께하며 외물에 얽매이지 않는다고 하옵니다. 저들은 어째서 주나라의 조당朝堂에 올라 주나라의 술을 마시면서 마치 물위에 둥둥 떠 있는 오리처럼 주나라 사람들과 노닐지 않았던 것인지요? 천자께서 거처하시는 도성에서도 은거할 수 있는데, 어째서 스스로 수양산에서 고통을 겪은 것인지요?" 무제는 〔그 말을 듣고〕 한숨을 내쉬며 탄식했다.[4]

여기서 한무제는 삼천갑자三千甲子, 즉 18만 년을 살았다는 전설적인 동방삭에게 백이와 숙제에 대해 묻고 있다. 그러자 동방삭은 그들을 어리석은 보통 사람이라 평가한다. 다시 한무제는 그들이 청렴함으로 유명한데 왜 어리석다고 하는지 묻는다. 그러자 동방삭은 현명한 사람은 세상에 머물 때 세상의 흐름과 함께 자연스럽게 움직이며 수양산이 아닌 도성 안에서도 은거할 수 있었는데 그러지 못하였기에 그렇다고 대답한다. 이는 앞에서 보았던 도가에서의 백이와 숙제에 대한 평가와도 맥을 같이 하는 것이다.

은운의 『소설』은 『세설신어』를 잇는 지인 소설이다. 지인 소설이란 당시 유명한 사람들의 일화를 기록한 것으로, 동방삭 역시 한무제 때 관리를 지냈던 실제 인물이다. 야심만만한 무제가 즉위하여 사방으로 인재를 구할 때 글을 올려 스스로를 추천함으로써 낭郎이 되었고, 그 뒤 상시랑常侍郎, 태중대부太中大夫 등의 벼슬을 거쳤다.

그는 또한 유머와 재치 그리고 장수長壽의 대명사로 오랜 세월 사람들로부터 사랑받아온 인물이다. 자신의 기이한 행동에 비난을 일삼는 동료들에게 "나는 말하자면 조정 한가운데 숨어 세상을 피하는 사람이라 할 수 있지. 옛 사람은 깊은 산속에 숨어 세상을 피했지만…"이라 여유 있게 대처했다고도 한다. 동방삭의 유유자적한 달관의 경지는 훗날 도교 사상에도 적지 않은 영향을 미쳤다. 도교에서 그는 신선으로 추앙되기도 한다. 이처럼 처세에 능했고, 산속이 아닌 세속에 있으면서도 세상을 피할 수 있었던 그였기에, 수양산으로 들어가 굶어 죽은 백이와 숙제를 어리석다 평가할 수 있었던 것이다.

여기서 또 한 가지 우리가 주목해야 할 대목은 백이와 숙제의 이미지가 '충절'이 아니라 '청렴'에 있는 지점이다. 이렇게 남조南朝 양나라 당시에도 『사기』「백이열전」속의 충절의 상징과 같은 백이와 숙제의 이미지는 아직 자리 잡지 않았음을 알 수 있다.

3

우뚝 서서 홀로 나아간 백이

한유의 「백이송」

앞에서 살펴본 것처럼 『사기』 이전에는 '불사이군' 이데올로기를 강조하는 백이와 숙제의 이미지는 잘 보이지 않는다. 오히려 주무왕과 함께할 수도 있었으나 그의 정치가 폭압적이었기에 주무왕을 떠나 수양산으로 가는 상황이 더 자주 보인다.

『사기』 이후에도 충절의 상징으로서의 백이와 숙제 이미지는 확고하게 자리 잡은 것처럼 보이지는 않는다. 비록 왕충이 『사기』 속 백이와 숙제의 이미지를 따르고 있지만, 조조 관련 기록을 통해 본 백이와 숙제는 무왕으로부터 작위를 받은, 다시 말해 무왕의 혁명에 참여했던 존재로 그려지고 있다. 이는 충절과 거리가 먼 이미지다.

「백이열전」에서 보이는 전형적인 충절 이미지가 다시 강화되는 때는 당대唐代 한유(韓愈, 768~824)의 「백이송伯夷頌」이 나오면서부터라 할 수 있다.

선비가 우뚝 서서 홀로 나아가면서 의로움에 맞게 할 뿐 남의 시비를 신경 쓰지 않는 자는 모두가 위대하고 뛰어난 선비로서 도를 믿음이 독실하고 스스로 앎이 밝기 때문이다. 한 집안이 그를 비난하더라도 힘써 나아가면서 미혹되지 않는 사람은 드물고, 한 나라와 한 주州가 그를 비난함에 이르러서도 힘써 나아가면서 미혹되지 않는 사람은 아마도 천하에 한 사람뿐일 것이다. 만일 온 세상이 그를 비난함에 이르러서도 힘써 나아가면서 미혹되지 않는 사람은 백년이나 천년에 한 사람 나올까말까 할 뿐이다.

저 백이 같은 사람은 천지를 다하면 만 세대에 미치도록 아무것도 돌아보지 아니한 사람이니 밝은 해와 달도 족히 밝다고 할 수 없었고, 우뚝한 태산도 높다 하기에 부족했으며, 웅장한 하늘과 땅도 넓다 하기에 족하지 못하였었다.

은나라가 망하고 주나라가 일어날 때를 맞이하여, 미자微子는 현인으로 제기祭器를 안고 은나라를 떠났으며, 무왕과 주공은 성인으로 천하의 현자와 자못 천하의 제후들을 함께 거느리고 가서 그들을 공격하였었는데, 일찍이 그들을 비난하는 자 있었다는 말을 듣지 못하였다.

그러나 저 백이와 숙제만은 홀로 옳지 않다고 여겼었다. 은나라가 멸망하여 온 천하가 주나라를 떠받들었지만, 저 두 사람은 주나라 녹속祿粟을 먹는 것을 부끄럽게 여기고 굶어 죽으면서도 거들떠보지 않았었으니, 이로써 말할 것 같으면 어찌 바라는 것이 있어서 그렇게 했다고 할 수 있겠는가! 진실로 도 믿기를 돈독히 하여서 스스로의 앎이 명철했던 때문이었던 것이다.

지금 세상의 이른바 선비라는 사람들은 보통 사람 하나가 그를 칭찬하기만 해도 곧 스스로 여유 있다고 여기고, 보통 사람 하나가 그를 비판하기만 해도 곧 스스로 부족하다고 여기고 있다. 저 백이와 숙제만이 홀로 성인들을 비난하고 스스로 옳다 함이 이와 같았던 것이다. 무릇 성인은 곧 만세의 표준이 되는 자들이다.

내가 그러므로 말하건대, '저 백이 같은 사람은 빼어난 뜻을 가지고 탁월한 행동을 하여, 천지를 다하고, 만고에 미치도록 아무것도 돌아보지 않았던 사람이다'라고 한 것이다. 비록 그러나 백이와 숙제가 없었더라면 난신적자亂臣賊子가 후세에 발자취를 이었을 것이리라.[5]

우선 우리는 위 인용문의 제목이 「백이송」임을 유의해야 한다. '송頌'은 고대 문체의 하나로 누군가의 공덕을 칭송하고 높일 때 사용되곤 했다. 즉, 「백이송」은 제목부터 '백이의 공덕을 칭송'하기 위한 것임을 명백히 밝히고 있다. 그렇다면 한유가 칭송하려 한 백이의 공덕은 무엇일까? 결론부터 말하자면, 주위 눈치 보지 않고 '불사이군'하는 그의 충절 행위다.

한유는 「백이송」시작에서부터 선비는 "우뚝 서서 홀로 나아가야[特立獨行]"한다며 강하게 자신의 의견을 내세운다. 보통 사람들은 주위에서 겨우 한 사람이 칭찬해도 우쭐대거나 한 사람만 뭐라 하여도 풀이 죽기 마련인데, 온 세상이 비난할지언정 자기 신념대로 행동할 수 있었던, 그리하여 백년이나 천년에 한 번 나올까 말까 싶은 백이를 상찬하고 있는 것이다.

특히 혁명을 일으킨 무왕과 함께 그의 동생 주공 역시 성인이라 하였고, 또 이들과 함께했던 천하의 현자들과 제후들을 비난하는 자가 있었다는 이야기를 들은 적이 없었다며, 혁명의 주체들을 높인 부분은 주목할 만하다.

이는 기본적으로 무왕의 혁명을 긍정한 것이다. 무왕의 혁명을 긍정하면 무왕을 막아선 백이와 숙제의 행동은 부정될 수밖에 없다. 성인으로 추앙받는 무왕이 폭군인 주왕을 제거하는 혁명을 일으켰다면, 당연히 혁명에 동참하는 것이 옳은 행동이었을 것이다. 그런데 한유는 주무왕의 혁명에 반대한 백이 역시 칭송한다. '불사이군', 즉 두 임금을 섬겨서는 안 된다는 충절을 평가 기준으로 삼고 있기 때문이다. 이는 기본적으로 두 임금을 섬겨서는 안 된다는 「백이열전」의 백이 이미지를 갖고 온 것이다.

주무왕과 그를 막아선 백이를 모두 칭송하는 모순되어 보이는 상황에 대해 청대 심덕잠(沈德潛, 1673~1769)은 다음과 같이 한유를 위한 변명을 해준다.

백이와 숙제는 어찌하여 칭송을 받아야 하는가? 백이와 숙제를 칭송하는 것은 영원한 신하의 도를 세웠기 때문이다. 그 의도는 대단원에 모두 드러난다. 무왕이 주왕을 주벌하였기에 천하를 구할 수 있었고, 백이와 숙제가 주나라의 곡식 먹기를 수치스러워 하였기에 신하의 도를 지킬 수 있었다. 이 두 상황은 함께함에 모순이 되는 것이 아니다.[6]

심덕잠은 청나라 때의 문학자 겸 시인으로, 도덕적인 문학관에 기반을 두고 바른 골격 위에서 음률의 조화를 찾아야 한다는 격조설格調說을 주창한 것으로 유명하다. 그는 한유가 「백이송」에서 주무왕과 그의 혁명에 반대한 백이를 모두 칭송한 모순적인 상황에 대해, 위의 인용문에서처럼 주무왕은 천하를 구하기 위해 혁명을 일으킨 것이고, 백이는 군주에게 충성해야 하는 신하의 도리를 지킨 것이기에, 이 두 상황이 결코 모순되는 것이 아니라며 한유를 변호해주고 있다.

한유는 자신이 유가의 적통을 이어받은 자라 자부하고 있었으며, '문이 재도文以載道', 즉 '문장이란 도를 나르는 도구'에 불과하다는 생각을 가질 정도로 유가적 이상을 펼치려 했던 인물이다. 이에 수많은 저항에도 불구하고 당대를 풍미하던 형식미에 치중한 변려문騈儷文에 반대했고, 문장을 꾸미는 것보다 그 내용이 중요하다면서 고문운동古文運動을 벌여 큰 성과를 내기도 하였다.

또한 그는 당시 헌종憲宗이 부처의 진신사리를 궁궐에 들이려 할 때 유가적 관점에서 「불골표佛骨表」를 지어 황제까지 비판한 탓에, 현재 중국 광동성廣東省에 위치한 조주潮州의 자사刺史로 좌천되기도 하였다. 자신의 뜻을 펼치고 신념을 지키기 위해 온 힘을 쏟으며 세상을 살아온 그에게는 백이와 숙제 같이 신념을 위해 목숨까지 버린 인물이 필요하였다. 그리고 그러한 삶을 살아온 자신의 존재 이유를 위해서도 백이와 숙제를 높일 필요가 있었다. 이에 "백이와 숙제가 없었더라면 난신적자가 후세에 발자취를 이었을 것이다"라며 자기 신념에 따라 행동한 것을 정당화하였던 것이다.

한유는 당송팔대가唐宋八大家 가운데 한 명으로 도교와 불교를 배격하였으며, 송대 이후 성리학의 선구자가 되었다. 후대 유가들은 그를 한자韓子로 높여 부르는 등 그의 영향력은 막강하였다. 이에 『사기』「백이열전」에서 비롯된 백이와 숙제의 충절 이미지는 한유의 「백이송」 출현 이후 고착되기 시작한다.

4

지조 지킨다고 쓸데없이 배곯은 백이

이백의 「소년자」와 「행로난」

백이와 숙제를 읊은 것은 당나라 시인 이백(李白, 701~762)도 예외가 아니었다. 이백은 자를 태백太白, 호를 청련거사靑蓮居士라 하였고, 두보杜甫와 함께 '이두李杜'로 병칭되는 중국의 대표 시인이자 시선詩仙으로 불린 인물이다. 남성적이고 용감한 것을 좋아한 그는 젊어서 도교에 심취해 산중에서 지낸 적도 많았다. 그의 시는 도교의 영향으로 환상적인 경향이 많았고, 인간 세상의 윤리나 가치 기준을 초월하였다. 이에 그가 언급한 백이와 숙제 역시 유가적 윤리에 근거하지 않고, 특유의 도가적 사상과 기풍으로 그려지고 있다.

> 청운의 뜻을 품은 젊은이들
> 활 옆에 끼고 장대의 왼편에서 놀고 있네
> 안장 없는 말 타고 사방으로 내달리니
> 갑자기 쏟아져 내리는 유성처럼 빠르다네
> 금 탄환으로 나는 새도 떨어뜨리고
> 밤에는 화려한 기루에서 즐긴다네
> 백이와 숙제는 어떤 사람이기에
> 홀로 서산에서 지조 지킨다고 배를 곯았을꼬?[7]

이백은 잡곡가사雜曲歌辭 가운데 「소년자少年子」라는 시에서 당시 호방하고 부유한 젊은이들이 말 타고 사방을 달리며 새 사냥을 하고, 밤에는 기루妓樓에 가서 즐기는 상황을 묘사하고 있다. 이백은 젊음을, 인생을 이렇게 즐겨야 한다고 생각했다. 지조를 지킨다고 수양산에 들어가 굶어 죽은 백이와 숙제를 이백은 전혀 드높일 생각이 없었다. 왜 쓸데없는 명분에 얽매여 배를 곯다가 굶어 죽는가? 이백은 이들을 타박한다. 이는 앞서 『장자』「변무」편에서 인위적 규범을 쫓는 존재로 백이와 숙제를 비판했던 맥락과 궤를 함께한다.[8]

이백은 「행로난行路難」의 세 수 가운데 세 번째 시에서도 이들의 행동을 비판한다.

귀 있다고 영천潁川의 물로 귀를 씻지 말 것이요
입 있다고 수양산의 고사리 캐 먹지 말 것이라

빛을 숨기고 세상과 뒤섞여 무명無名을 귀하게 여길지니
어찌하여 고고孤高함을 운월雲月에 비기는가?

내 자고로 현달한 사람들을 보았더니
공 이룬 후 물러나지 않은 자 모두 몸을 망쳤다네

오자서伍子胥는 이미 오강吳江에 버려졌고
굴원屈原은 끝내 상수湘水의 물속으로 몸을 던졌지

육기陸機의 뛰어난 재주로도 어찌 스스로를 지키겠는가
이사李斯의 휴식은 너무나도 늦었으니

화정華亭의 학 울음소리 어찌 들을 수 있었으며
상채上蔡의 푸른 매 어찌 족히 말하리오?

그대는 보지 못했나
오중吳中의 장한張翰이 달관한 삶이라 일컬어짐을
가을바람에 문득 생각나 강동江東으로 떠났네

다만 생전의 한 잔 술 즐길 뿐이지
어찌 꼭 죽은 다음에 천년의 이름 남기리오?⁹

　이백은 이 시에서 "입 있다고 수양산의 고사리 캐 먹지 말 것이라"라며 백이와 숙제처럼 명분을 위해 수양산에서 고사리를 캐 먹는 일은 하지 말라면서 그들의 충절을 부정하고 있다. 그 이유는 다름이 아니라 사람은 모름지기 자신의 빛을 감추고 재주와 지혜를 간직한 채 세상과 뒤섞여 보통 사람처럼 이름 없이 지내는 삶을 귀하게 여겨야 하는 것인데, 왜 자신의 고고함을 드러내어 하늘의 구름과 달에 스스로를 견주냐는 것이다. 이백에게 공명과 명성이란 자신의 몸을 망치고 죽음에 이르게 하는 것일 뿐이었다. 그는 죽은 뒤의 명성이 무슨 의미가 있냐며 살아서 술 한 잔 하는 것이 훨씬 중요하다는, 도가 사상에 기반을 둔 자신의 생각을 피력하고 있다. 이백의 도가적 가치관에 의하면 천년 후의 명성은 술 한 잔의 즐거움만 못한 것이었다.

『사기』에 처음 등장한 백이와 숙제의 충절 이미지는 위진 시기에는 군건하게 자리 잡지 못한다. 조조의 「의전주양봉교」를 보면 이들은 작위를 버리고 무왕을 꾸짖는다. 이 기록은 이들이 무왕의 조정에서 작위를 받았음을 암시한다. 이는 『여씨춘추』의 기록처럼 주무왕과 뜻을 함께했으나 그의 정치에 실망해 작위를 버리고 무왕을 꾸짖은 것으로 해석이 가능하다. 그리고 은운의 『소설』 「동방삭」에 수록된 내용을 보면, 백이와 숙제는 어리석은 필부에 불과하다고 비판받는다. 동방삭은 굳이 수양산으로 들어가 굶어 죽을 필요가 없었다며 도가적 입장에서 이들을 어리석은 필부라며 비판하였다.

백이와 숙제의 충절 이미지는 당대 한유가 「백이송」을 지으면서 확고하게 자리 잡게 된다. 그는 「백이송」에서 모든 사람들이 주무왕을 찬양했을 때도 백이와 숙제는 미혹되지 않고 '우뚝 서서 홀로 나아가' 주무왕의 혁명에 반대했다며, 충절의 상징으로서 백이와 숙제 이미지를 확고하게 각인시킨다. 유가의 맥을 잇는다고 자부했던 한유는 후대 유학자들의 청송을 받았고, 이에 그의 「백이송」 역시 후대 학자들에게 지대한 영향을 끼친다.

반면 도가적 성향을 지닌 이백은 자신의 시에서 수양산에 들어가 굶어 죽은 백이와 숙제를 명분에 얽매여 쓸데없는 행동을 일삼았다며 비판적으로 묘사한다. 유가였던 한유의 그것과 큰 대비를 이루는 지점이다.

제4장

송대의 백이와 숙제

1

백이와 숙제의 충절 이미지를 깨려 하다

왕안석의 「백이론」과 「삼성인론」

송대 왕안석(王安石, 1021~1086)이 등장하면서 사마천의 『사기』 「백이열전」
과 한유의 「백이송」 계열의 '불사이군'하는 백이의 이미지에 일정 정도
파열이 발생한다.

당나라와 송나라 시절에 고문古文을 잘 쓰기로 유명한 당송팔대가唐宋
八大家 가운데 한 명인 왕안석은 신법新法이라 불리는 정책을 입안하고 추
진한 개혁적 정치 사상가로 널리 알려져 있다. 자는 개보介甫이고, 노년의
호는 반산半山으로, 무주撫州 임천臨川 사람이었다. 그는 신종神宗의 신임을
받아 참지정사參知政事가 되어 균수법均輸法, 청묘법青苗法 등 신법을 시행
한다. 그러나 보수파는 이 신법 시행에 반발했고, 결국 신종 사망 후 철종
哲宗이 즉위하자 왕안석의 가장 큰 정적이던 사마광司馬光이 문하시랑門下
侍郎으로 국정을 맡아 신법을 차례로 폐지하였다.[1]

왕안석은 전문적으로 훈련되고 질서 있게 규율 잡힌 관료기구를 통해
유교적인 도덕 사회를 실현하려는 이상을 가진 관료였다. 그는 기존의
제도를 개혁하려 하였을 뿐만 아니라 관료들과 일반 민중의 행동을 올바
르게 인도하기 위해 새로운 제도를 창안하려 한 제도 개혁가였다. 그는
이상적인 사회질서의 구현을 위해 풍속의 쇄신을 궁극적인 목표로 삼았
다.[2] 그리고 유가 경전뿐 아니라 제자백가와 소설까지 다양한 서적들을
읽으며 기존의 해석을 벗어난 자신의 생각을 자유롭게 표출하였다. 이에

그의 사상은 유교 전통에서는 제대로 평가받지 못했고, 특히 성리학性理學에서 구법당舊法黨의 사상을 정론正論으로 받아들이면서 배척의 대상이 되기도 하였다.

그가 사마천의 「백이열전」과 한유의 「백이송」에서 도드라졌던 백이와 숙제의 충절 이미지를 논리적으로 부정하고 있는 「백이론伯夷論」을 보자.

> 무릇 상이 쇠함에 주가 어질지 못함으로써 천하를 해치니, 천하에 누군들 주를 원망하지 아니 하리오만은, 더 심하게 원망했던 자가 백이였다. 일찍이 강태공과 더불어 서백이 노인들 섬기기를 잘한다는 소문을 듣고 곧 가서 귀의하려 하였다. 이때 주를 멸하고자 했던 마음에 있어 이 둘이 어찌 달랐겠는가? 무왕이 한 번 떨침에 강태공이 도와서 마침내 진흙과 숯불덩이 가운데에서 백성을 구출했거늘, 백이가 곧 참여하지 않음은 왜일까? 대저 이 두 어르신은 이른바 천하의 큰 노인으로 나이가 80여세 되었으니 춘추가 진실로 높다 할 것이다.
> 바닷가에서 문왕의 도읍에 다다르려면 수천 리이고, 문왕이 일어나 무왕의 때에 이르기까지도 최소 10여 년이 되니 어찌 백이가 서백에게 귀의하려 하였으나 뜻을 이루지 못하여, 혹 북해에서 돌아가셨을까? 아니면 오다가 길에서 돌아가셨을까? 혹은 문왕에게는 왔으나 무왕 시대에까지는 살지 못하고 돌아가셨을까? 이렇게 얘기한다면 백이는 이 치상 당시 살아있지 않았을 것이다. 게다가 무왕 창이 천하에 대의를 펼치는데 강태공은 가서 그 혁명을 성사시켰는데 홀로 아니라고 한 것이 어찌 백이이겠는가?
> 천하의 도는 둘로, 인仁함과 불인不仁함이 그것이다. 주가 왕 노릇한 것은 불인이요, 무왕이 왕 노릇 한 것은 인이다. 백이가 본디 불인한 주를 섬기지 않은 것은 인한 자를 기다린 것이다. 그런데 후에 무왕의 인함이 나왔음에도 섬기지 않는다면 백이는 누구를 섬긴단 말인가? 이

에 나는 '성인과 현인은 아주 밝았지만 후세에 편견을 갖고 홀로 아는 척하는 자들이 그 기본을 잃었다'고 말하노라. 아아, 슬프도다. 백이가 죽지 않고 무왕의 시대에까지 살았다면, 그 공이 어찌 강태공 혼자에게만 있었겠는가?[3]

왕안석은 포악한 주왕을 치는 어진 무왕을 돕지 않는 것은 성인인 백이와 숙제의 행동과 맞지 않다고 생각하였다. 왕안석은 '인함'과 '불인함'으로 천하의 도를 나누었고, 폭군인 주가 왕 노릇한 것은 불인이고, 불인한 주를 몰아내려 일어선 무왕은 인한 사람이었다며, 단순하면서도 합리적인 해석을 내린다. 그리고 백이가 불인한 주를 섬기지 않은 것은 인한 자를 기다린 것이었는데 인한 무왕이 나타났음에도 그를 섬기지 않는다는 것은 있을 수 없는 일이라고 적고 있다. 이에 백이와 숙제가 고령으로 무왕 시대까지 살아 있을 가능성이 무척 낮았을 것이라는 나름대로 논리적인 설명을 하고 있다.

주지하다시피 왕안석은 신법을 통해 기존 세력을 개혁하려던 정치가였다. 불합리한 상황이 있다면 이를 합리적으로 고치려 했다. 이에 신하의 신분으로 임금을 칠 수 없다며 무왕을 막아서는 백이와 숙제를 그는 이해할 수 없었다. 이런 상황에서 왕안석은 충절의 대명사로 자리 잡은 백이와 숙제를 비판하기보다는 고령 등의 이유로 이들이 직접 무왕의 혁명에 동참할 수 없었을 것이라 상정하면서 「백이론」을 서술하고 있다. 이미 성인의 반열에 오른 충절의 상징을 비판하기엔 큰 부담이 따랐을 것이고, 또 이미 성군으로 자리 잡은 주무왕을 비판할 수도 없었기에 백이와 숙제가 주무왕의 시대까지 살지 못하고 세상을 떠났으리란 가정을 세운 것이다.

그는 또한 이러한 충절의 이미지가 "후세에 편견을 갖고 홀로 아는 척하는 자들", 즉 사마천이나 한유 같은 자들이 만들어낸 것이라는 의견도 덧붙인다. 앞서 살펴보았지만, 충절의 상징으로서 백이와 숙제의 이미지는 사마천의 「백이열전」 이후에나 등장하는 것으로, 당대 한유의 「백이송」이 나오고 나서야 비로소 확고하게 자리를 잡는다. 개혁가인 왕안석에게 폭군을 옹호하고, 백성을 위해 혁명에 나선 주무왕을 반대하는 백이와 숙제는 받아들여질 수 없었다. 「백이론」은 「백이열전」과 「백이송」이 만들어낸 이미지에 그가 던진 파열의 시도였다. 이 「백이론」이 등장함으로써 이후 중국에서는 백이와 숙제를 충절의 아이콘으로 떠받드는 주류적 시각과 함께 주무왕을 막아선 그들의 행동을 비판하는 또 다른 시각도 공존하게 된다.

백이와 숙제의 충절 이미지를 약화시키려는 왕안석의 시도는 「삼성인론三聖人論」에서도 엿보인다. 여기서 그는 백이, 이윤伊尹, 유하혜柳下惠를 세 성인으로 보고, 이들의 행동이 당시에는 옳았지만 후대 사람들이 이들의 뜻을 헤아리지 못해 변질되었다고 언급하고 있다.

맹자께서 백이, 이윤, 유하혜 등을 평하시면서 모두 "성인이다" 하시고, 또 "백이는 마음이 좁고, 유하혜는 공손하지 못했는데, 마음 씀이 좁은 것과 공손하지 않은 것을 군자는 따르지 않는다" 하셨다.

대저 움직이고, 말하고, 보고, 듣는 것이 진실로 예에 합치되지 않으면 대현인이 되기에도 부족한데, 성인이라는 명칭은 대현인도 이와 비견할 수가 없으니, 어찌 마음이 좁은 사람과 공손하지 못한 사람이 참람僭濫되게 그 칭호를 얻을 수 있겠는가.

듣건대, 성인의 언행은 구차함이 없고, 장차 이로써 천하의 법도가 되게 하고자 해야 한다. 옛적에 이윤이 그 도덕과 행위의 준칙을 천하에 제정하며 말하기를 "뜻에 맞지 않는 군주를 섬긴들 어떠하며, 뜻에 맞지 않는 백성을 부린들 어떠랴. 나라가 잘 다스려질 때에도 나아가 벼슬하고, 나라가 어지러울 때에도 나아가 벼슬하였노라" 하였다.

그런데 후세의 사士들 가운데 이윤의 마음을 제대로 헤아릴 수 없었던 이들이 많아서, 이 때문에 벼슬에 나가기를 추구하는 사람은 많고 물러나려는 사람은 드물게 되었으며, 구차스런 방법으로라도 벼슬을 얻고자 하여 의리를 해치는 일이 있게 되었으니, 이런 기풍이 전해 내려와 말세의 폐습이 되었다.

성인이 그 폐단을 근심하시어, 이에 백이를 드러내어 이를 바로잡아 도덕과 행위의 준칙을 천하에 제정하며 말하기를 "치세에는 나아가 벼슬하고, 난세에는 물러나 있으며, 바른 임금이 아니면 섬기지 않고, 바른 백성이 아니면 부리지 않는다" 하였다.

그런데 후세의 사들 가운데 백이의 마음을 제대로 헤아릴 수 없었던 이들이 많아서, 이 때문에 벼슬에서 물러나고자 하는 사람은 많아지고, 벼슬에 진출하려는 사람은 드물게 되었으며, 지나치게 청렴을 강조하고 또한 각박하게 따지게 되었으며, 이런 기풍이 유전되어 말세적 폐습이 되었다.

성인이 다시 그 폐단을 근심하시어, 이에 유하혜를 드러내어 이를 바로잡아 도덕과 행위의 준칙을 천하에 제정하며 말하기를 "혼암한 군주를 섬기는 것을 부끄럽게 여기지 않고, 낮은 벼슬도 거절하지 않았으며, 벼슬에서 물러나게 되어도 원망하지 않고, 곤액困厄을 겪게 되어도 번민하지 않았다" 하였다.

그런데 후세의 사들 가운데 유하혜의 마음을 제대로 헤아릴 수 없었던 사람이 많아서, 이 때문에 부정한 관리가 많아지고 청렴한 관리가 드물게 되었고, 자기와 의견을 달리하는 사람은 미워하고 같은 사람은 숭상하게 되었으니, 이런 기풍이 유전되어 말세의 폐습이 되었다.[4]

왕안석은 이 글을 통하여 백이와 이윤과 유하혜가 모두 성인이지만 각자 처세 방법은 달랐다고 설명하고 있다. 각 시대마다 병폐가 있을 수밖에 없으며, 이러한 병폐를 없애는 방법 또한 고정된 것이 아니라 때에 맞게 적당한 행동이 있었다고 말하고 있다. 하지만 문제는 후대 사람들이 성인들이 왜 그런 행동을 했는지 근본적으로 인식하지 못하고, 겉으로 보이는 행동만을 추구하다보니 병폐가 생겼다고 본 것이다.

백이가 수양산으로 들어가 굶어 죽은 것은 어떻게 보면 너무 극단적이라고 비판받을 수 있다. 그러나 백이가 그렇게 한 이유는 바로 전대의 이윤이 자기 뜻에 맞지 않는 군주여도 섬기고, 또 자신의 뜻에 맞지 않는 백성들도 부리고, 또 나라가 잘 다스려질 때는 물론 나라가 어지러울 때에도 나아갔기 때문이다. 이윤 같이 훌륭한 이가 성군과 혼군을 가리지 않고 벼슬길에 나가자 후대 선비들이 이윤을 핑계 삼아 벼슬만을 추구하는 폐습이 생겼고, 이에 하늘이 백이를 내려 이러한 폐습을 끊으려 했다는 게 왕안석의 주장이다.

그러나 왕안석은 백이가 주무왕을 거부하고 수양산으로 들어간 것을 긍정할 수 없었다. 더구나 백이와 숙제는 이미 충절의 상징으로 자리 잡고 있는 상태였다. 이에 왕안석은 여기서 이들의 충절 이미지는 건드리지 않되, 얼핏 극단적으로 보이는 이들의 선택도 총체적인 관점에서 보면 긍정적인 역할을 한다고 주장하고 있는 것이다.

그렇다고 왕안석이 백이를 칭송하지는 않는다. 그는 사마천이 「백이열전」에서 "무왕이 주를 침에, 백이가 말을 두드리면서 간하였고, 천하가 주를 종주국으로 하거늘 그를 부끄럽게 여겨, 의리상 주의 곡식을 먹지 아니할 새 고사리를 캠의 노래를 하였다"라고 한 내용과 한유가 「백이송」에서 "백이와 숙제가 아니었다면 난신적자가 자취를 후세에 이었으리라"고 한 내용을 직접 「백이론」에서 거론하면서 "크게 그렇지 아니하다"라고 비판하고 있다. 즉, 사마천과 한유가 만든 충절의 상징으로서의 백이의 이미지에 왕안석은 동의할 수 없었다.

그럼에도 불구하고 왕안석의 「백이론」과 「삼성인론」은 기본적으로 「백이열전」과 「백이송」에서 상정한 충절의 상징 백이라는 프레임 안에서 이를 비판하고 부정하고 있음을 볼 수 있다. 다시 말해 송대에 이르면, 백이와 숙제는 충절의 상징으로 확고하게 자리 잡았던 것이다.

2

종통을 흔든 비판받아 마땅한 백이

소식의 「무왕론」과 「유개정홍숙현」

송대에는 왕안석처럼 개혁파만 있었던 것이 아니다. 왕안석이 신법을 펼칠 때 이에 반대하는 구법당의 일원으로 활동한 소식(蘇軾, 1037~1101)과 같은 이도 있었다.

소식은 북송의 문신으로 자는 자첨子瞻·화중和仲, 호는 동파東坡이며, 아버지 소순(蘇洵, 1009~1066), 동생 소철(蘇轍, 1039~1112)과 함께 3소三蘇라 불리면서 함께 당송팔대가에 들 정도로, 가족 모두가 문명을 떨쳤다. 소식은 왕안석의 신법당에 반대하는 구법당의 일원으로서, 정치 상황에 따라 항주杭州, 황주黃州, 해남도海南島 등 여러 지역으로 전출과 유배를 가기도 하였다. 특히 그가 황주에서 쓴 「적벽부赤壁賦」는 천하의 명문으로 그 이름이 높다.

그는 황주로 유배를 가기 전에는 유가를 중심으로 선종 불교와 도가 사상을 융합하는 대일통大一統의 문예사상을 품고 있었다. 어려서부터 나라에 충성하고 백성을 사랑하는 유가 사상을 지니고 있었으며, 당세에 그 뜻을 펼치려 하였다.[5]

그러나 그는 「박박주이수薄薄酒二首」란 시에서 "백이와 숙제나 도척이나 모두 정작 지켜야 할 양을 잃었으니, 차라리 눈앞에 있는 술이나 마시고 잔뜩 취해, 옳고 그름도 우수와 쾌락도 다 잊는 게 낫겠네"[6]라며, 인생이란 덧없는 것이니 시비나 근심걱정은 잊어버리고 현재에 만족하자는

「소식기려도 蘇軾騎驢圖」

소극적인 태도를 숨기지 않는다.7 그의 나이 41세 때인 1076년 밀주密州에서 지어진 이 시를 통해 「적벽부赤壁賦」에서 엿볼 수 있었던 인생 초탈의 감정이 다시 한 번 드러난다. 그는 이렇게 불로사상에 근거를 둔 현실 도피적인 문제를 지적하면서도 자신의 작품 속에 바로 그러한 불로사상적 요소를 고스란히 드러내놓곤 했다. 이 시 역시 백이와 숙제가 명분에 얽매여 자신의 본능을 억누른 비판받아야 할 존재로 묘사하고 있다.

하지만 현실에 대해 소극적인 태도를 지니고 있었음에도 불구하고, 소식은 현실 정치에 발을 담그고 있었기에 유가적 입장을 견지하고 있었다. 주무왕의 혁명을 부정하고, 백이와 숙제의 충절을 드높이고 있는 「무왕론武王論」 역시 그의 글이다.

소자蘇子는 말한다. 무왕은 성인이 아니다. 옛날에 공자가 무왕과 탕왕을 비판하였으나, 다만 스스로 당신이 은나라의 후손이고 주나라 사람이라고 여기셨기 때문에 감히 드러내놓고 비판하지 못하신 것이다. 그러나 공자는 여기에 대해서 여러 번 뜻을 다하셨으니, 말씀하시기를 "위대하다, 높고 높은 요임금과 순임금이여"라고 하셨고, "우임금은 내가 흠잡을 데가 없다"라고 하셨으니, 이는 탕왕과 무왕에 대해서 부족하게 여기신 것이 또한 분명하다.

그리고 또 말씀하시기를 "무왕의 음악은 극진히 아름다우나 극진히 선하지는 못하다"라고 하셨고, 또 말씀하시기를 "문왕은 천하를 셋으로 나눔에 3분의 2를 소유하고도 은나라를 섬기셨으니, 주나라의 덕은 지극한 덕이라고 이를 만하다"라고 하셨다. 백이와 숙제는 무왕에 대하여 군주를 시해했다고 여겨서 이를 부끄러워하여 그 녹봉을 먹지 않기까지 하였는데, 공자께서 백이와 숙제를 인정해주셨으니, 그렇다면 무왕을 비판함이 심한 것이니, 이것이 공씨의 가법인 것이다. 세상의 군자들이 만일 공씨 이래로 반드시 이 법을 지켰더라면 국가의 존망과 백성의 사생이 장차 여기에 달려 있을 것이니, 그 누가 감히 엄격히 지키지 않았겠는가.

그런데 맹가孟軻가 처음으로 이것을 어지럽혀서 말씀하기를 "나는 무왕이 독부獨夫인 주를 죽였다는 말은 들었고, 군주를 시해했다는 말은 듣지 못했다"라고 하였다. 이로부터 배우는 자들이 탕왕과 무왕이 혁명한 것을 성인의 정도라고 여겨서 당연한 것처럼 생각하게 되었으니, 이는 모두 공씨의 죄인이다. 만일 당시에 동호董狐와 같은 훌륭한 사관이 있었더라면, 탕왕이 남소南巢에서 걸왕桀王을 정벌한 일을 반드시 반역이라고 썼을 것이요, 무왕이 목야牧野에서 주왕을 정벌한 일을 반드시 시군弑君이라고 썼을 것이며, 만일 탕왕과 무왕이 인인仁人이라면 반드시 장차 법을 위해서 악명을 받아들였을 것이다.

주공이 「무일無逸」편을 지어 말씀하기를 "은왕 중종中宗과 고종高宗과 조갑祖甲과 우리 주 문왕 네 분이 명철함을 실천했다"라고 하여 위로는 탕왕에게 미치지 않고 아래로는 무왕에게 미치지 않았으니, 이는 또한 이 때문일 것이다. 문왕 때에 구하지 않았는데도 제후들이 스스로 찾아왔으므로 문왕이 천명을 받고 왕을 칭해서 천자의 일을 행하였으니, 주나라가 왕 노릇하고 왕 노릇하지 않는 것은 주왕이 존재하느냐 망하느냐에 관계가 없는 것이다. 만약 문왕이 살아 계셨더라면 반드시 주왕을 정벌하지 않았을 것이니, 주왕이 정벌을 당하지 않아서 천수를 누렸거나 혹은 내란에 죽었다면 은나라 사람들이 새로 군주를 세워서 주나라를 섬겼을 것이니, 두 분 왕(문왕과 주왕)의 후손에게 명하여 은나라를 제사 지내게 했다면 군신의 도리가 어찌 두 가지 모두 온전하지 않았겠는가?

무왕이 맹진孟津에서 관병觀兵을 하고 돌아왔는데도, 주왕이 만약 잘못을 고치지 않았다면 은나라 사람들이 군주를 바꿔 세웠을 것이니, 무왕이 은나라를 대함은 또한 이와 같이 하여야 했을 뿐이다. 천하에 훌륭한 군주가 없어서 성인이 나와 천하가 그에게 돌아가는 것은 성인이 사양할 수 없는 것이다. 그런데 마침내 군대를 동원해서 점령을 하고 군주를 추방하여 죽이는 것이 옳겠는가?[8]

소식은 왕안석의 신법당에 반대한 구법당 일원답게 왕안석의 백이 평가와는 결을 달리하는 평가를 내리고 있다. 그는 「무왕론」에서 "무왕은 성인이 아니다"라고 단정적인 결론을 내리면서 자신의 주장을 펼친다. 그는 무왕이 성인이 아니라는 주장의 근거로 공자가 요순을 위대하다 높였고, 우임금에 대해서도 흠잡을 데 없다고 하셨지만, 탕왕과 무왕은 비판했다고 주장한다. 그러면서 공자가 백이와 숙제를 인정하였다면 이는 무왕을 비판한 것이라며 공자의 백이와 숙제에 대한 인정을 무왕 비판의 근거로 삼고 있다.

그러나 소식이 언급하고 있는 백이와 숙제는 무왕이 군주를 시해했기에 그가 주는 녹봉을 받지 않는, 다시 말해 『사기』 「백이열전」 속의 백이와 숙제다. 또 그가 무왕이 성인이 아니라고 단정한 이유 역시 신하의 신분으로 군대를 동원해 군주를 추방하여 죽였기 때문이다. 즉, '불사이군'의 관점에서 무왕을 비판하였던 것이지, 『여씨춘추』 등에 기록된 '이란역폭', 즉 폭군인 주왕을 제거한 무왕이 정치를 어지럽게 잘못하였기 때문에 부정한 것이 아니었다.

소식 생각에 군주는 아무리 심한 잘못을 하였더라도 추방하여 죽일 수 없는 존재였다. 그렇기에 무왕이 일개 사나이인 주를 죽였다는 말은 들었지만 군주를 시해했다는 말은 듣지 못했다고 한 유가의 아성亞聖인 맹자까지 비판하였던 것이다. 뿐만 아니라 소식은 성인으로 떠받들어지는 은나라의 시조 탕왕과 주나라의 시조 무왕 역시 혁명을 하였기에 공자의 죄인이라고 비판하고 있다. 권세를 두려워하지 않고 기탄없이 역사를 기록해 동호지필董狐之筆이란 성어를 남긴 춘추시기 진晉나라 사관 동호가 있었다면, 폭군인 하나라의 걸왕을 정벌한 은나라 시조 탕왕의 혁명을 반역이라고 썼을 것이고, 또 주나라 무왕이 목야에서 주왕을 정벌한 일 역시 임금을 시해한 사건이라고 썼을 것이라며 자신의 주장을 강하게 피력하고 있다.

그러나 이러한 소식의 생각은 군주의 입장을 대변하고 있을 뿐이다. 고통 받는 백성들에게 그 폭군이 천수를 누리다 죽을 때까지 참고 견디다가 새 군주를 세우라는 주장은 얼마나 설득력이 있을 것인가? 백성을 중심에 두고 보면 이러한 소식의 주장은 받아들이기 어려운 것이다.

소식은 「유개정홍숙현劉愷丁鴻孰賢」이란 또 다른 글에서도 백이와 숙제에 대해 언급한다.

> 동한 때에 유개劉愷[9]가 아우에게 봉후封侯를 사양하자 황제가 조명詔命을 내려서 이것을 허락하였는데, 정홍丁鴻[10] 또한 거짓으로 미친 체하여 아우에게 봉후를 사양하자 친구인 포준鮑駿이 의리로써 꾸짖으니, 정홍이 마침내 봉지封地로 나아갔다. 정홍이 처음에는 아우에게 봉후를 사양하는 것을 스스로 의롭다고 여겨서 행하다가 결국에는 의롭지 않음을 알고서 돌아왔으니, 그가 능히 돌아온 것을 가지고 처음의 행위가 속임수가 아님을 알 수 있다. 이 때문에 범엽范曄이 정홍을 어질게 여기고 유개를 낮게 여긴 것이다.
>
> 범엽의 논論에 다음과 같이 말하였다.
>
> "태백太伯[11]과 백이는 일찍이 그 사양함을 자기 것으로 삼지 않았다. 그러므로 공자께서 태백을 지덕至德이라고 칭하고 백이를 현인이라고 칭하셨는데, 후세에 이르러서는 그 이름만 따르고 그 이치에는 어두우니, 이에 궤격詭激한 행실이 일어나게 되었다. 유개의 무리가 아우에게 봉후의 자리를 사양해서 아우로 하여금 받아야 할 것이 아닌 봉후를 받게 하고 자신은 사양했다는 명예를 받았으니, 이는 너무 잘못한 것이

태백을 모신 사당의 조각상(위)과 그의 묘(아래)
조각상 현판에 공자가 그를 부른 '지덕至德'이란 호칭이 씌어 있다

아니겠는가? 정홍의 마음은 충애忠愛를 위주로 하였으니, 어쩌면 그리도 끝내 깨달아서 의리를 따랐단 말인가?"

범씨가 어질게 여긴 것은 참으로 도에 맞지만, 그 미진한 부분에 대해 청컨대 내가 그 말을 다해보겠다.

선왕의 제도에 장자長子를 세움은 종통을 밝히는 것이요, 종통을 밝힘은 혼란을 막기 위한 것이니, 장자에게 사정私情을 두고 작은 아들을 저지하려는 뜻이 있었던 것이 아니다.

천자와 제후는 모두 건국한 태조太祖가 있으니, 소유한 천하와 한 나라는 모두 태조에게서 받은 것으로, 자신이 마음대로 소유할 수 있는 것이 아니다. 천자가 감히 태조의 천하를 남에게 줄 수 없고, 제후가 감히 태조의 나라를 남에게 줄 수 없으니, 이것은 천하의 공통된 의리이다.

내 알지 못하겠다, 저 유개와 정홍의 나라는 두 사람이 스스로 이룬 것인가? 아니면 또한 선조에게서 물려받은 것인가? 선조에게서 물려받았는데 뒤를 이어서는 안 되는 사람에게 물려주었다면 비록 친동생이라 하더라도 길 가는 사람과 똑같은 것이다.

저 오나라 태백과 백이는 모범으로 삼을 수 있는 것이 아니다. 태백은 장차 주나라의 왕업을 이루려고 하였고, 백이는 장차 천하 사람들에게 사양함을 가르치려고 해서 세속과 어긋나는 특이한 행동을 하였으니, 태백과 백이는 모두 모범으로 삼을 수 있는 것이 아니다.

지금 유개가 나라를 들어서 아우에게 봉후를 사양하였으니, 이는 비단 아우로 하여금 받지 않아야 할 봉후를 받게 한 잘못을 저질렀을 뿐만이 아니라, 장차 혼란을 방지하려 한 선왕의 법을 파괴하고 선조의 나라를 경시하여 홀로 이 비상한 행실을 한 것이니, 예로써 고찰하고 법으로써 가늠해보면 유개의 죄가 큰 것이다.[12]

소식은 이 글에서 「무왕론」과 맥을 같이 하는 주장을 펼치고 있다. 하지만 그는 단정적으로 오나라 태백과 백이는 모범으로 삼을 수 없다고 주장하고 있다. 「무왕론」에서는 백이를 높였는데 왜 여기서는 백이를 모범으로 삼을 수 없다고 했을까? 그 이유는 다름 아니라 백이가 세상 사람들에게 나라를 양보하는 것을 가르치려 세속과 어긋나는 특이한 행동을 하였다는 데 있다.

일반적으로 백이와 숙제를 높이는 이유는 두 가지다. 하나는 권력의 정점인 고죽국 군주 자리를 서로 양보하였다는 점이다. 우리는 역사에서 권력을 위해 혈육도 무참히 살해하는 상황을 숱하게 보아 왔다. 이에 권력을 추구하지 않고 서로 양보한 미담의 소유자로서 백이와 숙제를 존경하였던 것이다. 다른 하나는 『사기』의 관점에서 '불사이군', 즉 두 임금을 섬기지 않는 충절을 높이 사는바 백이와 숙제를 존경하는 것이다. 그런데 소식은 이 가운데 고죽국 군주를 양보한 일은 본받아서는 안 된다는 주장을 하고 있다. 그 이유는 또 무엇일까?

장자 상속제를 채용한 까닭은 종통을 밝혀 혼란을 막기 위함이다. 그런데 백이가 바로 그 종통을 흔드는 사양을 하고 말았다는 것이다. 아무리 천자라 하더라도 그 나라를 건국한 태조가 있으니 자신이 다스리는 나라 역시 자신의 소유라 할 수 없고, 그렇기에 마음대로 남에게 넘길 수도 없다. 즉, 명성을 구하기 위해 자기 소유도 아닌 것을 마음대로 양보해 종통을 흐트러뜨리는 행위는 있을 수 없다는 것이 소식의 생각이었다. 이는 기존에 정한 법칙이 있다면, 이를 충실히 지켜야 한다는 보수주의적 사고방식을 그대로 드러낸다. 다시 말해 소식은 백이가 고죽국을 숙제에게 양보하려 했던 것도 종통을 흔든 것이기에 잘못되었고, 무왕이 폭군인 주왕을 친 것도 신하가 군주를 공격한 것이기에 잘못되었다고 비판한 것이다.

3

천명도 모르고 불사이군을 주장한 **백이**

정이와 주희의 「백이·숙제론」

정이(程頤, 1033~1107)는 그의 형 정호(程顥, 1032~1085)와 함께 '이정二程'이라 불린다. 이들 형제는 북송시기 낙양洛陽을 중심으로 한 이른바 '낙학洛學'이란 새로운 학파를 창시하여 훗날 주희(朱熹, 1130~1200)가 성리학을 집대성하는 데 중요한 토대를 제공했다.

이들의 주장은 한 마디로 "하늘의 이치를 지키고, 인간의 욕망을 없애야[存天理, 滅人慾]" 한다는 말로 집약된다. 리를 중심으로 하는 정이의 철학은 보편성의 확보라는 부분을 강조하는 과정에서 다른 여지를 두지 않는 꽉꽉한 일면을 가지고 있다. 그런 점에서 '숨 막히는 도학선생'이란 별명을 얻기도 하였다. 그러나 유학적 이상을 새로운 시대에 실현하고자 했던 그의 신념은 자신이 얻을 수 있는 사회적 이득 위에 있었고, 자기 신념을 지키면서 공적 이익을 위해서는 사적 손해까지 감수하였다.[13]

정이는 백이와 숙제에 대해 다음과 같은 기록을 남기고 있다.

게다가 공자께서 "(백이와 숙제는) 옛날의 악함을 염두에 두지 않아 원망하는 것이 드무셨다"라고 말씀하셨으니 백이의 도량을 미루어 알 수 있다. 만약 백이의 맑음이 이와 같도록 하고, 또 옛날의 악함을 염두에 두게 한다면 이를 제거하고 돌을 껴안고 물속으로 빠졌을 것이다. 맹자가 이야기한 것은 단지 이를 미루어 이야기한 것에 불과하니, 반드시 거기에까지 이르지는 않았을 것이다. 그러나 성인의 도는 그 처음을 방어하여 부득불 이렇게 엄격하게 하지 않을 수 없었던 것이다.

이렇게 방어하여도 또 말류로 흐르는 자가 생기는 것이니, 백이와 유하혜의 행위에 그치지 않고, 그 말류는 맹자가 이야기 한 바에까지 다다를 것이다. 백이는 성인 중 극도로 맑은 분이고, 유하혜는 성인 중 극도로 조화로운 분이다. 성인은 이를 겸하고 계시다가 때가 되면 그 중 하나를 꺼내 행동하시는 것이다. 맑음과 조화가 어찌 한쪽에만 치우쳐 있겠는가? 그 말류인즉 분명 해독이 있다.[14]

정이는 성인은 청淸과 화和, 즉 맑음과 조화로움을 모두 갖추고 있지만, 그 시대 상황에 따라 자신이 갖고 있는 성향 가운데 하나를 드러내는 것이라고 생각하고 있었다. 이에 백이가 주무왕을 막아섰다가 수양산으로 들어가 굶어 죽은 것 역시 당시 상황에서는 필요한 행동이었기에 백이가 그렇게 한 것으로 좋게 해석하려 노력하고 있다. 그러나 그는 백이의 행동 자체에 대해서는 한쪽으로 치우친 것이라는 생각을 갖고 있었다.

무왕이 주왕을 침에 있어, 백이는 군신간의 구별만이 있음을 알았지, 무왕이 천명을 따라 '일개 사나이'를 주벌한 것은 알지 못하였다.[15]

정이는 이 글에서 백이는 군신의 의리, 즉 '불사이군'이란 것만 알았지 주무왕이 천명을 따랐음을 알아보지 못했다며 일정 정도 부정적인 평가를 하고 있다. 맹자는 『맹자』 「양혜왕하」에서 제나라 선왕이 "신하가 그 군주를 시해함이 가합니까?"라며 은의 탕왕이 하의 걸왕을 끌어 내리고, 주의 무왕이 은의 주왕을 정벌한 것이 올바른 일이냐고 묻자, 인을 해치고 의를 해치는 일개 사나이(一夫)를 주벌하였다는 말은 들었지만 군주를 시해하였다는 말은 듣지 못하였다며 천명을 받들지 못하는 폭군은 제거되어야 하다는 생각을 피력한 적이 있다.[16] 정이는 맹자의 이러한 생각을 따라 '불사이군'하는 백이를 비판하고 있는 것이다.

그렇다 하더라도 그의 백이 비판 역시 근본적으로는 송대 이후 더욱 굳건해진, 사마천의 『사기』「백이열전」에 보이는 충절의 상징으로서의 백이 이미지에 근거하고 있음을 간과해서는 안 된다.

후대에 주자朱子로 추존되는 주희는 자가 원회元晦, 호는 회암晦庵이고, 본적은 휘주徽州 무원현婺源縣, 출생지는 복건성 우계현尤溪縣이다. 그는 이학理學을 집대성한 남송의 유학자로, 정호와 정이 형제의 영향을 받아 "하늘의 이치를 지키고, 인간의 욕망을 없애야 한다〔存天理, 滅人慾〕"라는 주장을 하였다. 그는 백이와 숙제야말로 '존천리, 멸인욕'의 사상을 실천한 최고의 사례로 생각하고 있었다.

그는 「도연명유상찬陶淵明遺像贊」에서 도연명이 백이의 마음은 본받았지만, 그 행동은 본받지 못하였다며 자연으로 돌아간 도연명까지 비판한다.

> 그 재주는 크고 넓으시고, 그 뜻은 고상하시나니, 부귀는 바라는 바가 아니요, 공명은 어찌 족히 계산하리요? 오두미에 허리 굽히는 것을 심히 부끄러이 여기셨고, 성 다른 임금 섬기는 것을 더욱 부끄러워하셨다네. 돌아와 쉬시며 시와 술을 벗 삼아 즐기시도다! 아! 선생은 백이와 숙제의 마음을 얻으셨으나 백이와 숙제의 행적은 따르지 않으셨구려![17]

이렇게 봉급에 해당하는 다섯 말 곡식 때문에 존경하지도 않는 상관에게 허리를 굽힐 수 없다며 자연으로 돌아가 직접 밭을 갈며 살아간 도연명에게조차 주희는 무슨 까닭으로 백이와 숙제의 정신만 따르고 그의 행적은 따르지 않았냐며 타박을 한다. 주희의 심사대로라면 도연명은 자연으로 돌아가 굶어 죽었어야 한다.

여기에 덧붙여 주희는 또 성왕聖王으로 추앙받는 은나라의 시조 탕왕湯
王을 비판한 소식을 나무라기도 한다. 당시 소식은 사마광(司馬光, 1019~
1086)이 사망했을 때 문상과 관련해 정이와 낙촉당쟁洛蜀黨爭[18]을 벌였었
다. 정호와 정이의 영향을 받은 주희는 당연히 소식에 대해 적대적인 입
장일 수밖에 없었고, 훗날 소동파를 폄훼하는 글을 쓰기도 한다. 이러한
사연은 조선의 기틀을 다진 정도전(鄭道傳, 1342~1398)의 글에서도 확인할
수 있다.

> 어떤 자는 저더러, "이색과 우현보는 서열로 보아 그대의 선배가 되고
> 같이 유학을 공부한 옛 정이 있는데 그대가 이처럼 그들을 극력 공격
> 하는 것은 너무 각박하지 않은가?"라고 말합니다. 옛날에 소식은 주희
> 의 선배였지만, 주희는 소식이 감히 이단의 설을 내세우고 예악에 타
> 격을 가하였으며 성인의 가르침을 파괴하였으므로, 조금도 사정없이
> 큰소리로 질책하고 극력 비난하면서 말하였습니다. "나는 함부로 옛사
> 람을 질책 공격하는 것이 아니다. 성탕은 '내가 상제를 두려워하기 때
> 문에 감히 바로잡지 않을 수 없다'라고 하였는데, 저 역시 상제를 두려
> 워하는 까닭에 감히 논란하지 않을 수 없다'고 말했습니다. 그런데 소
> 식의 죄는 기껏해야 이단의 설을 내세우고 예법에 타격을 준 데 불과
> 하였으나 주자의 인자하고 관용적인 덕으로도 그를 공격하면서 심지
> 어 성탕이 걸을 죽이면서 했던 말까지 인용했던 것입니다. 하물며 다
> 른 성씨의 일당이 되어 왕씨를 저지하는 자는 조종의 죄인이며 유학을
> 붕괴시키는 적도들의 괴수이니 어찌 선배라 하여 그들을 용서하겠습
> 니까?[19]

고려 공양왕 3년(1391) 작성한 「상도당서上都堂書」에 나오는 위 내용은

당시 정도전이 이색(李穡, 1328~1396)과 우현보(禹玄寶, 1333~1400)를 죽이도록 요청한 상소문을 올리자 이색과 우현보가 관력官歷으로 보아 그의 선배인데 심하게 공격하는 것은 각박하지 않느냐는 지적에 대한 정도전의 답변이다. 정도전은 소식에 대한 주자의 비판을 인용하여 이단異端에 물든 이들을 비판하지 않을 수 없는 필연성을 설명하면서 이색과 우현보를 비판하였던 것이다. 당시 혁명파와 반혁명파로 양분되어 있던 상황에서 정도전은 주자학을 내세우며 상대 세력을 제거하려는 다분히 정치적 목적을 갖고 있었고, 위 기록은 이러한 상황을 보여주고 있다.

그렇지만 여기서 우리가 눈 여겨 보아야 할 것은 주희가 왜 소식을 비판하였는가에 대한 부분이다. 폭군인 하나라의 걸왕을 제거하고 은나라를 세운 탕왕은 자신의 혁명을 후대 사람들이 구실삼아 또 다시 역성혁명이 일어나지 않을까 걱정하였다. 이에 자신이 상제를 두려워하기 때문에 천명을 받들지 않는 걸왕을 제거할 수밖에 없었다며 자신의 혁명을 정당화하였다. 알다시피 은나라 탕왕과 주나라 무왕은 성군으로 이름이 높다. 그러나 소식은 앞서 살핀 「무왕론」에서 보이듯이 "무왕은 성인이 아니다"라며 역성혁명을 일으킨 무왕을 비판했다. 당쟁을 야기할 만큼 소식과 사이가 나빴던 정호와 정이의 후예인 주희는 이러한 소식의 주장을 이단의 설이자 성인의 가르침을 파괴한 것이라면서, "내가 상제를 두려워하기 때문에 감히 바로잡지 않을 수 없다"는 탕왕의 말까지 인용해가며 비판하였던 것이다.

정도전의 글을 통해서 보건대, 주희 역시 어떤 경우에서든 역성혁명은 안 된다고 주장한 「무왕론」의 소식을 비판하였다. 성인으로 떠받드는 탕왕을 역성혁명을 일으켰다는 이유로 비판한 소식을 주희는 참고 볼 수 없었던 것이다. 이와 마찬가지로 조선왕조 창립의 일등공신인 정도전 역시 '불사이군'을 외치며 역성혁명은 안 된다는 소식을 비판하지 않을 수 없었다.

4

간신과 충신의 동일한 백이 평가

진회와 문천상의 백이

북송의 대표적인 정치가 범중엄(范仲淹, 989~1052)은 강소성江蘇省 소주蘇州 출생으로 자는 희문希文이고, 시호는 문정文正이다. 그는 「악양루기岳陽樓記」에 '세상의 걱정을 누구보다 먼저 걱정하고, 세상의 즐거움은 제일 마지막에 즐긴다'[20]란 명구를 써 후세에까지 이름을 남긴다.

무엇보다 범중엄은 해서楷書로 유명했다. 이에 황우皇祐 3년 11월 경서 전운사京西轉運使로 부임한 소순원(蘇舜元, 1006~1054)은 그의 글씨에 깊이 탄복해 그에게 「건괘乾卦」를 써달라고 부탁한다. 그러나 범중엄은 「건괘」의 글자가 많아 힘들다며 당대 한유가 지은 「백이송」을 그에게 해서로 써준다. 이후 이 작품은 유명해져서 역대 명인들이 뒷면에 자신의 감상을 적어두곤 했는데, 그중 북송을 금에게 바쳤다고 비난받는 진회(秦檜, 1090~1155)의 글이 있다.

저 높이 계신 현인 백이는 아득히 멀리 계시지만
늠름한 생기는 남아 있네
한유와 범중엄은 날마다 있는 것이 아니니
이 마음을 누구와 함께 논할까?[21]

진회는 24년간 재상으로 있으면서 남침을 거듭하는 금나라 군대에 대

진회

악왕묘 앞에서 무릎 꿇은 진회 부부의 동상
동상 후면에 '침을 뱉지 마시오'라는 표식이 보인다(ⓒ 김민호)

처하며, 실지失地 회복을 주창하는 관료들의 이상주의적인 여론을 누르고, 1142년 회하淮河와 진령산맥秦嶺山脈을 잇는 선을 국경으로 삼아 금과 남송이 중국을 남북으로 나누는 데 주도적 역할을 하였다.

　무엇보다 그는 당시 민족의 영웅으로 추앙받던 악비(岳飛, 1103~1141)를 무고하여 옥에 가둔 뒤 살해함으로써 당시 민중들의 공분을 산 바 있다. 진회가 죽은 후 혐의가 풀린 악비는 악왕묘岳王廟에 배향되었고, 사람들은 화친론을 주창하였던 진회와 그의 부인 왕천王天 등의 모습을 철로 주조하여 악비의 무덤 앞에 무릎 꿇려 놓기도 하였다. 자신의 안위를 위해 나라

문천상

를 팔아먹었다 하여 간신으로 비판받는 진회가 충절의 상징인 백이를 높이는 시를 썼다는 것이 흥미롭다. 참고로 범중엄이 쓴 이 「백이송」은 현재 소주시蘇州市 비각박물관碑刻博物館에 소장되어 있다.

사마천의 『사기』 「백이열전」에 등장하는 백이와 숙제 이미지의 주류적 흐름을 계승하는 작품으로 원元의 회유를 거부하고 끝내 죽음을 택했던 남송의 유명한 저항 정치가 문천상(文天祥, 1236~1283)의 「화이제서산가和夷齊西山歌」를 들 수 있다.

> 소아는 다 폐하였다네, 마차 타고 고사리 캐러 가자꾸나
> 오랑캐가 중심 나라가 되었다네, 인류가 다 망해버렸구나
> 밝으신 왕께서 다시 일어나지 못한다네, 나는 그 누구와 돌아갈까나?
> 춘추를 껴안고 세상을 떠나세, 심하도다, 나의 쇠약함이여[22]

문천상은 중국은 물론 조선에서도 유명했던 저항 정치가이다. 남송이 망할 때 원의 회유를 거부하고 끝내 죽음을 택한 인물로 백이와 유사하다고 할 수 있다. 이에 마차 타고 백이와 숙제처럼 수양산으로 들어가 고사리를 캐먹다 죽겠다는 의지를 보인 것이다. 제목 자체도 '백이와 숙제에 화답해 서산으로 가는 노래'로 죽음을 각오하고 자신의 절개를 지키겠다는 의지를 드러내고 있다.

당대 한유의 「백이송」이후 백이와 숙제는 충절의 상징으로 확고하게 자리 잡는다. 그런데 송대에 들어와 왕안석은 「백이론」을 지어 사마천 『사기』 「백이열전」과 한유 「백이송」계열의 충절의 아이콘 백이와 숙제 이미지에 균열을 낸다. 왕안석은 폭군인 주왕은 불인不仁한 자이고, 이를 몰아내려 한 무왕은 인仁한 자이기에 백이가 무왕을 따르지 않는 것은 있을 수 없는 일이라고 합리적인 해석을 내린다. 나아가 사마천 「백이열전」과 한유의 「백이송」에 나오는 백이와 숙제의 충절 관련 기록을 인용하며, 그 내용을 직접 비판하기까지 한다. 왕안석은 이들이 만든 백이와 숙제의 '불사이군'하는 충절 이미지를 받아들일 수 없었던 것이다.

반면 소식은 「무왕론」등을 지어 한유 「백이송」계열의 충절의 상징으로서 백이의 이미지를 더 강화시킨다. 정이와 주희는 백이를 높이면서도 어떤 상황에서든 역성혁명은 안 된다며 주무왕까지 비판했던 소식과 달리, 무왕이 천명을 따라 '일개 사나이'인 주왕을 주벌한 것을 백이와 숙제가 알지 못했다면서 완고한 충절 이미지에 가려진 이들을 비판한 것은 다시금 주목할 만한 대목이다.

더불어 남송의 저항 정치가인 문천상 역시 그의 「화이제서산가」에서 '불사이군'하는 백이와 숙제의 정신을 계승한다. 남송이 멸망할 때 원의 회유를 거부하고 절개를 지킨 문천상은 「화이제서산가」를 통해 백이와 숙제의 충절을 따르고자 한다.

송대는 '불사이군'하는 충절의 상징으로서 백이와 숙제의 이미지가 확고하게 자리 잡는 시기다. 왕안석이 비록 이러한 이미지에 균열을 내고 있기는 하지만, 이 역시 이러한 충절 프레임을 십분 의식하고 이를 깨려는 시도였음을 인식할 필요가 있다.

제 5 장

명대의 백이와 숙제

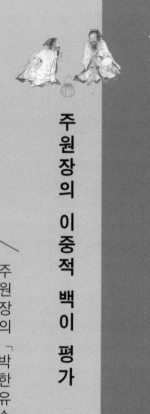

1

주원장의 이중적 백이 평가

/ 주원장의 「박한유송백이문」

당대 한유의 「백이송」 등장 이후 사마천 『사기』 「백이열전」에서 보이는 충절의 상징으로서 백이와 숙제 이미지는 주류로 자리 잡게 된다. 그러나 명을 창건한 태조太祖 주원장(朱元璋, 1328~1398)은 그 이미지에 비판적인 기록을 남긴다. 그는 「박한유송백이문駁韓愈頌伯夷文」에서 백이의 충절을 높이 산 한유를 이렇게 비판한다.

> 문득 백이를 칭송하는 문장을 보았는데, 이를 다 보고는 그 가운데 문제가 있음을 알았다. 무엇이 문제인가? [백이가] 하늘과 땅보다 뛰어나고, 해와 달도 그보다 못하다는 구절이다. 백이가 하늘과 땅보다 뛰어나고 해와 달도 그보다 못하다는데, 나는 그것이 무엇을 말하는지 모르겠다. 이게 정말 거짓인가, 허망한 것인가?[1]

주원장이 한유의 「백이송」을 비판하는 것은 너무나 당연하다. 목숨을 걸고 명을 창건한 그의 입장에서 혁명에 반대한 백이를 높이는 한유의 「백이송」을 받아들일 수는 없다. 「백이송」을 받아들인다는 것은 자신의 업적을 부정하는 것이기 때문이다.

결국 백이와 숙제는 각자의 입장에 따라 다르게 해석될 수밖에 없었다. 특히 창업 군주의 경우 주무왕의 입장이 되어 자신이 천명을 받아

혁명을 일으킨다고 생각하기에 '불사이군'을 외치며 혁명에 반대하는 이들을 비판할 수밖에 없다. 거꾸로 새 왕조에 참여하기를 거부하는 신하들은 수양산으로 들어가 굶어 죽은 백이와 숙제에 자신을 투영시키면서 새 왕조에 참여하는 인사들을 비판할 것이다. 개혁가이거나 새 왕조 건립에 동참하는 이들은 완고한 백이와 숙제를 비판할 것이지만, 혁명을 일으킨 왕에 반대하는 자들은 반대로 그들을 옹호할 것이다.

위 글에서 주원장이 백이와 숙제를 비판하고는 있지만, 그가 비판하는 이들이 「백이열전」과 「백이송」 속 충절의 상징인 백이와 숙제라는 점을 잊어서는 안 된다. 즉, '불사이군'하는 백이와 숙제 말이다. 이들은 어느새 충절의 상징으로 확고하게 자리 잡은 것이다.

흥미로운 것은 『대명태조고황제보훈大明太祖高皇帝寶訓』 권지이卷之二를 보면, "백이가 하늘과 땅보다 뛰어나고, 해와 달도 그보다 못하다는" 한유의 평가가 무슨 의미인지 모르겠다던 주원장이 홍무 21년(1388) 2월 조칙을 내려 역대 명신 37인을 제왕의 사당에 종사從祀하게 하고, 이 37인에 백이를 포함시켰다는 것이다.[2] 나라가 안정된 상황에서는 자신의 왕권을 지키고 '불사이군' 하는 백이 같은 충신이 필요했던 것이다.

참고로 주원장은 『맹자』에 부정적 인식을 갖고 있었다. 그는 전제군주에 반하는 내용이 담긴 『맹자』 가운데 89개 장을 삭제해버린다. 이는 전체 260장의 1/3에 해당하는 방대한 양으로, 이를 통해 주원장이 군주의 인정仁政보다는 권력을 중시했다는 점을 알 수 있다. 주원장은 이때 여섯 가지 원칙을 갖고 삭제를 명하는데, 그중 네 번째가 역성혁명과 관련된 구절이었다. 백이와 숙제와 관련해서는 앞서 이 책 1장 2절에서 다뤄진 『논어』와 『맹자』에서 인용한 「공손추상」, 「양혜왕하」, 「만장하」에 나오는 구절들을 모두 삭제해버렸다.[3] 이로써 보건대, 「박한유백이송」에서의 「백이송」 비판 역시 권력을 가진 주원장 자신을 변호하기 위한 것이었다고 짐작해볼 수 있다.

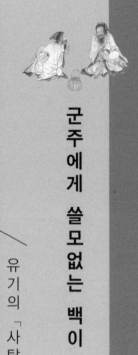

2

군주에게 쓸모없는 백이

유기의 「사탐」

유기(劉基, 1311~1375)는 자가 백온伯溫이고, 시호는 문성文成으로 절강성 문성文成 남전南田 사람인데, 이곳은 원래 청전靑田이었기에 사람들이 그를 유청전劉靑田이라고도 부른다. 명 홍무洪武 3년(1370)에는 성의백誠意伯으로 봉해졌기에 사람들이 또한 그를 유성의劉誠意라고도 불렀다. 원말명초의 걸출한 군사 전략가, 정치가, 문학가이며 사상가였으며, 명나라 개국 공신으로서 뛰어난 계략과 전략으로 유명했다.

그는 「사탐使貪」이란 글에서 백이와 숙제를 거론한다.

객중에 오기吳起의 단점을 위의 무후에게 고하는 자가 있었다. "오기는 탐욕스러우니 써서는 안 됩니다." 무후가 오기를 소홀히 대했다. 공자 성이 들어와 알현하여 아뢰었다. "왕께서는 어찌 오기를 소홀히 대하십니까?" 무후가 말했다. "사람들이 오기가 탐욕스럽다고 말하기에 과인이 불쾌해서요." 공자 성이 말하였다. "왕의 잘못입니다. 무릇 오기의 능력은 천하의 선비들이 그 앞에 나올 수 없습니다. 오직 그 탐욕으로 인해 위나라에 와 왕을 섬기는 것입니다. 그게 아니라면 왕께서는 어떻게 그를 신하로 삼으실 수 있겠습니까? 왕께서는 은탕왕과 주무왕 중 누가 더 현명하다고 생각하십니까? 무광과 백이는 천하가 다 아는 탐욕이 없는 자들입니다. 은탕왕도 무광을 신하로 삼지 못하였고, 주무왕도 백이를 신하 삼지 못하였습니다. 지금 이 두 사람처럼 탐욕이 없는 자들이 왕의 신하가 되길 원할 것 같습니까?

지금 왕의 나라는 동쪽으로는 제나라, 남쪽으로는 초나라, 북쪽으로는 한나라, 조나라, 서쪽으로는 호랑이와 늑대 같은 진나라와 맞닿아 있습니다. 군주께서는 홀로 사방 전쟁터의 한가운데에 처하고 계시며, 저 다섯 나라들이 군사를 주둔시켜 좌시하고 있으면서도 위나라를 공격하지 못하는 것은 왜인지 아십니까? 위나라에 오기 장군이 있기 때문입니다." (……) 무후가 말했다. "훌륭하도다." 오기를 다시 기용하였다.[4]

유기는 「사탐」을 통해 사람들은 보통 청렴결백한 신하들을 좋아하지만 그런 사람들은 군주가 부리기에 그다지 큰 쓸모가 없다며, 실용적이지 않고 명분에만 집착하는 도덕지상주의적 세계관을 비판하고 있다. 주원장을 도와 명나라 개국에 큰 공을 세웠기에, 주원장은 여러 차례 그를 한나라의 초대 황제인 유방(劉邦, B.C.247?~B.C.195)을 도와 한나라를 건국한 장량(張良, B.C.250?~B.C.186?)에 비유하곤 하였다.

그는 「사탐」을 통해 법가인 한비자의 입장과 유사한 백이와 숙제에 대한 평가를 내리고 있다. 한비자는 백이와 숙제를 무익한 신하라며 경시하여 내쳐야 할 사람들이라고 주장한 바 있다. 이렇게 군주를 위해 복무하는 실용적인 법가의 사고방식을 가진 이가 바로 유기였다.

그는 백이와 무광 같은 이들은 세속적 욕심이 없기에 은탕왕이나 주무왕 같이 훌륭한 군주에게도 가지 않았다고 지적하고 있다. 다시 말해 군주의 입장에서 백이와 무광 같은 신하는 필요 없는 존재라는 것이다. '탐욕'이 있는 오기 같은 사람만이 자신의 욕심을 채우고자 군주를 위해 성심을 다한다는 논리이다. 이 주장은 전통적인 유가의 덕치와 상당히 거리가 있지만, 명나라를 개국해 실질적인 일들을 해야 할 그에게 유능한 인재의 유치는 현실이었다. 이에 백이와 숙제처럼 자신의 뜻이 확고해 말 잘 듣는 군주의 도구가 되지 않는 신하보다 탐욕이 있어도 활용할 수 있는 오기 같은 신하를 더 선호했던 것이다.

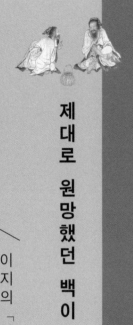

3

제대로 원망했던 백이

이지의 「분서」

이지(李贄, 1527~1602)는 명말의 사상가로 천주부泉州府 진강현晉江縣에서 태어났다. 그의 초명은 임재지林載贄였으나 장성하여 종가의 성을 따라 이지李贄라고 개명했다. 호는 탁오卓吾이고, 이 외에 굉보宏甫, 탁오자卓吾子, 이화상李和尙, 독옹禿翁, 백천거사百泉居士 등의 별호가 있다.

이지는 독립적인 개인은 응당 스스로 자신만의 정치적 견해와 사상을 갖고 있어야지 맹목적으로 다른 사람을 따라서는 안 된다고 생각하였다. 그는 유교적 권위에 맹종하지 않고 자아중심의 혁신 사상을 제창하였는데, 그것은 유교적 수양이 아닌 어린아이의 마음, 즉 본능에 충실하여야 한다는 동심설(童心說)이었다.

그는 금욕주의나 신분 차별을 강요하는 예교禮敎를 부정하며 남녀평등을 주장하다가 반反유교적이라는 이유로 투옥된 뒤 스스로 목숨을 끊었다. 그는 자신의 사상이 받아들여지지 않을 것을 알고서 자기 저서를 '태워버려야 할 책'이란 의미로 『분서焚書』, '숨겨둬야 할 책'이란 의미로 『장서藏書』라고 이름 지었다. 실제 그의 저서는 모두 금서가 되었다. 그의 『분서』에서도 백이와 숙제가 언급된다.

"선비란 '자신을 위하는 것〔爲己〕'을 귀하게 치고, '스스로의 즐거움을 찾기〔自適〕'에 힘쓴다. 만약 스스로 만족하지 못하면서 남의 기쁨이나

이지

쫓아다닌다면 제아무리 백이와 숙제 같은 이라도 다 같이 사악하고 음란해지며, 자신은 위할 줄 모르면서 남을 위하는 데만 힘쓴다면 요순 같은 성인도 똑같이 흙먼지 구덩이의 쭉정이가 되고 만다."5

이 글에서 이지는 자기중심을 잡지 못하고 남을 맹목적으로 따른다면 백이와 숙제 같이 훌륭한 사람도 사악하고 음란해진다며, 타인의 기준이 아닌 자신의 기준으로 세상을 살아갈 것을 요구하고 있다. 여기서 우리가 주목할 부분은 이지 역시 기본적으로 백이와 숙제를 선한 인물로 평가하고 있다는 것이다. 이지는 자신의 저작에서 백이와 숙제에 대해 여러 차례 다루는데, 그중 전문적으로 백이에 대해 쓴 글이 있어 소개한다.

진서산眞西山이 말했다. "이 전은 일단 문장이 볼 만하다." 양승암楊升庵이 진서산의 말에 대해 논평했다. "이 말은 황당하기 이를 데 없다. 도리에 어그러짐이 있으면 문장 자체가 성립하지 않는다. 문장과 도리가 어찌 따로 노는 두 가지 일이겠는가? 이로써 진서산이 문장에는 문외한인 줄을 한층 잘 알게 되었다. 그런데 우리 왕조에서도 「백이열전」을 보충하고 개정한 사람이 있다니, 그것도 이상하구나!"
또 다음과 같은 말씀도 있었다. "공자께서 백이를 두고 '인을 구하다 인을 얻었으니 또 무슨 원망이 있을꼬?'하고 말씀하셨다는 것을 주자께서 언급하셨다. 이제 태사공이 지은 「백이열전」을 보면 뱃속에 원망만 가득할 뿐이니, 공자의 이 말씀은 전혀 올바르지 않다. 탁오자는 말한다. '원망은 무슨 원망'은 공자의 말씀이고, '원망 덩어리'라는 평가는 사마천의 말이다. 원망 없는 상태를 뒤집어 원망 그 자체로 만들었으니, 문장이 지극히 정교하고 지극히 오묘하구나. 그런데 무엇 때문에 원망했다는 것일까?
폭력으로 또 다른 폭력을 대체한 걸 원망했고, 우나 하 같은 성왕의 시대가 열리지 않은 것을 원망했으며, 믿고 따를 만한 지향이 없음을 원망했고, 주나라의 국토에서 자란 고사리를 먹을 수 없음을 원망하다 마침내는 원한을 품고 굶어 죽었던 것이다. 이만한 원한을 어찌 적다고 폄하할 수 있겠는가? 요즘의 학자들은 감히 원망할 줄 모르기 때문에 일도 제대로 해내지 못한다."[6]

이지는 이 글에서 백이와 숙제에 대한 근원적인 평가랄 수 있는 공자와 사마천의 평가를 대비시키고 있다. 공자는 인을 구하다 인을 얻었으니 백이와 숙제에게 무슨 원망이 있겠냐고 하는 반면, 사마천의 「백이열전」에서 이들은 원망 덩어리다. 이지가 손을 들어주는 쪽은 공자가 아니라 사마천이다. 유가의 창시자인 성인 공자의 평가를 틀렸다고 한 것이다.

그렇다고 이지가 그대로 사마천을 편들어주는 것도 아니다. 백이와 숙제가 원망을 품고 있었다는 데는 동의하지만, 원망의 내용에서 또 사마천과 생각을 달리한다. 이지는 이들이 주왕의 포악한 시대가 주무왕의 폭력적인 정치로 대체된 것을 원망하였고, 또 우나 하 같은 성왕의 시대가 열리지 않은 것을 원망했으며, 믿고 따를만한 지향이 없음을 원망하였다고 밝히고 있다. 이는 결과적으로 주무왕의 정치가 형편없었음을 의미한다.

따라서 이 맥락은 사마천이 '불사이군'의 백이와 숙제를 칭송하던 것과는 궤를 달리하는 이지의 평가로 보아야 한다. 즉, 이지는 최고의 위치에 있는 공자와 사마천의 견해 모두를 폄하하고 있는 것이다. 나아가 당시 학자들은 감히 원망할 줄 모르기 때문에 제대로 일도 못한다며 사회에 분노할 줄 모르는 지식층을 비판하였던 것이다.

다음 인용은 왕안석과도 다른 백이 해석을 보여주는 이지의 글이다.

무릇 백이의 행실이 있다면 굶어 죽는 일조차 통쾌하게 여기고, 사사

(유하혜)의 담백한 성격이라면 더럽혀지지 않는 것을 미덕으로 삼는다. 사람마다 각자 좋아하는 바를 따를 뿐인 것이다. 만약 백이의 청렴을 고집하면서 유하혜의 온화함을 겸비하려 들고, 유하혜처럼 부드러우면서도 백이의 청렴까지 아우르려 든다면, 유하혜는 더 이상 유하혜가 아니고 백이는 더 이상 백이가 아니어서 모두 가짜가 될 뿐이다. 굴원은 백이와 같은 부류이고, 양웅 같은 이는 유하혜와 같은 종류라 하겠다. 비록 서로 상반된 성격이긴 하지만, 사실은 서로에 대한 이해가 깊어 서로를 아파하고 걱정하지 않은 적이 없었다.[7]

여기서 이지는 유하혜의 화和와 백이의 청淸은 둘이 각각 추구하는 바로, 이 두 가지 특성을 한 사람이 겸비하고 있다면 유하혜는 유하혜가 될 수 없고, 또 백이 역시 백이가 될 수 없다면서 왕안석이 「삼성인론」에서 했던 해석을 비판하고 있다. 왕안석은 「삼성인론」에서 백이, 유하혜, 이윤이 일견 한쪽에 치우치게 행동한 것은 시대 상황에 적합하게 맞추었을 뿐이지 이들의 성향이 편중되게 고착된 것은 아니라고 주장했었다. 그러면서 구차하게 한쪽에 치우쳤다면 현인이 되기에도 부족할 것이라고 말했다.[8] 다시 말해 여기서 이지는, 성인은 모든 성향을 다 갖추고 있다가 필요한 때 그 성향 가운데 하나를 꺼내 일반인들을 계도한다고 한 왕안석의 주장마저도 비판하고 있는 것이다.

명나라 개국 황제 주원장은 「박한유백이송」에서 충절의 상징으로서 백이와 숙제를 칭송한 한유를 비판했다. 개국 공신 유기도 이들을 쓸모없는 신하로 평가해버렸다. 새로운 왕조를 탄생시키자는 데 주무왕의 말고삐나 잡아 전쟁을 반대하던 백이와 숙제 같은 인물은 불필요한 존재들이기 때문이었다. 그러나 훗날 정권이 안정되자 다시 백이 같은 충신이 필요해진 주원장은 백이와 숙제를 제왕의 사당에 종사하게 하는 아이러니를 연출한다.

명대를 살펴보는 데 있어서 한 가지 염두에 두어야 할 점은 백이와 숙제를 비판하거나 숭앙하는지에 상관없이 일단 이들을 충절의 상징이란 프레임 안에 둔다는 것이다. 송대를 이어 명대에도 『사기』 「백이열전」에서의 전거는 강력하게 작동했다. 다만 이지의 경우 '원망'이란 키워드로써 공자와 사마천의 백이와 숙제 해석을 비교하면서 기존과 다른 그만의 독창적인 해석을 내놓고 있다. 예컨대 「삼성인론」에서 왕안석이 내린 평가와 달리, 백이와 숙제가 한쪽으로 치우친 성향을 갖고 있었기에 성인이 될 수 있었다는 독특한 평가는 여간 흥미롭지 않다.

제6장

청대의 백이와 숙제

1

백이 충절 이미지의 근본을 흔들다

황종희의 『명이대방록』

명말청초의 실천적 지식이었던 황종희(黃宗羲, 1610~1695)는 자가 태충太冲, 호는 남뢰南雷로 학자들은 그를 이주선생梨洲先生이라 불렀다. 절강성浙江省 여요현餘姚縣 황죽포黃竹浦 남뢰리南雷里에서 동림당東林黨 명사였던 아버지 황존소(黃尊素, 1585-1626)와 어머니 요씨姚氏 사이에서 5형제 중 장남으로 태어났다. 그의 아버지는 환관 위충현魏忠賢 일파의 탄압을 받아 옥사하였다.

1644년 명나라가 멸망하자, 그는 고향의 젊은이 수백 명을 모아 의용군을 조직하였고, 또한 명나라 유왕遺王인 노왕魯王을 따라 만주에서 청군에 저항하기도 하였다. 청나라 조정의 부름을 거절하고 평생토록 청나라 군주를 섬기지 않았으나 『명사明史』를 편찬할 때에는 아들과 제자를 명사관明史館에 보내기도 하였다. 그의 학문은 박람博覽과 실증을 존중하였는데, 명대의 철학사라고 할 『명유학안明儒學案』과 군주 독재를 통렬히 비판한 『명이대방록明夷待訪錄』 등은 명저로 알려져 있다.

황종희는 53세 때(1662년) 소년기 이래 파란만장한 삶의 총결산이라 할 『명이대방록』을 쓰기 시작하였다. 전통적인 사회질서가 와해되고 새로운 사회질서가 태동하기 위한 격렬한 몸부림이 곳곳에서 일어나는 와중이었다. 이렇게 한족의 명나라가 만주족인 청나라에 의해 무너지는 명말청초라는 사회 전환기에 처하여, 황종희는 명나라 멸망의 원인을 분석

황종희

하고 당시 사회의 문제점들을 해명하면서 새로운 사회질서를 모색하고 자 하였다.

그는 명나라 멸망의 원인을 전제군주제의 폐해에서 찾고, 『명이대방 록』을 통해 이를 비판하면서 새로운 정치체제를 모색하였다. 이 저술은 "천하가 주인이고, 임금은 손님"이라는 민주적 개념을 주장하고 있기에, 청말 민국초기에 왕조체제를 넘어서서 공화제를 모색하는 혁명파들에게 이론적 기반을 제공하기도 하였다.

『명이대방록』이 다루고 있는 내용은 봉건적 군주 독재체제에 대한 비 판과 군주 독재를 방지할 수 있는 구체적인 제도 개혁론이 핵심인 정치사 상과 농업뿐 아니라 상업도 근본적인 산업이라고 보는 '공상개본工商皆本' 의 경제사상으로 나눠볼 수 있다. 『명이대방록』의 '명이明夷'는 『주역周易』 64괘 가운데 하나로서, 상괘는 곤(坤, ☷)이고 하괘는 이(離, ☲)에 해당한 다. 『주역』「명이괘」에 의하면 '명'은 태양을 의미하고, '이'는 '손상·훼 손'의 의미로서, 밝은 태양이 땅속으로 가려졌다는 의미이다. 이후 '명이' 는 아둔한 군주가 현인 위에 있어 현인이 수난을 받거나 뜻을 펼치지 못 한다는 의미로 많이 쓰였다. 이에 '명이대방'의 함의는 "어려움과 고통의 외중에서 이상을 실현할 수 없으므로, 부득이 자신의 이상을 저술에 쏟아 부으면서 이후 성군이 출현하여 자신을 찾아 기용해주기를 기다리겠다"는 것으로 요약할 수 있다.[1]

따라서 『명이대방록』은 정치적으로는 명청 교체기라는 암울한 상황에 서 새로운 시대를 열어줄 현명한 군주를 고대하는 소망을 담아낸 저술이 라고 할 것이다. 황종희 자신은 이 책을 언급할 때 '대방록'이라 불렀으나 그의 제자인 전조망全祖望이 '이주선생신도비문梨洲先生神道碑文'을 지을 때 앞에 '명이'를 덧붙여 '명이대방록'이라고 하였다. 그것이 책의 내용과도 부합하는 바가 있었으므로, 이후로 '명이대방록'이 책 이름으로 통용되어 왔다.

황종희는 『명이대방록』 「원군原君」에서 군주를 섬겨야 한다는 전제에 근본적인 의문을 제기한다.

태초부터 인간은 각각 자신만을 돌보고, 각자 자신의 이익을 추구했다. 천하에 공공의 이익이 있어도 아무도 그것을 일으키지 못했고, 천하에 공공의 해로움이 있어도 아무도 그것을 제거하지 못했다. 그런 가운데 어떤 사람이 나타나 자신의 이익을 진정한 이익으로 여기지 않고 천하 사람들이 그 이익을 향유할 수 있도록 했으며, 자신의 손해를 진정한 손해로 여기지 않고 천하 사람들에게 손해가 돌아가지 않도록 했다.

이는 그런 사람이 부지런히 힘쓴 것이 반드시 천하 사람들보다 천 배만 배 열심히 노력했기 때문이다. 그 누구보다 천 배 만 배 열심히 노력했는데도 자신은 그 이익을 누리지 못하니, 반드시 천하 사람들은 왕위에 앉아 있기를 원하지 않았다. 그래서 옛날 임금의 역량을 갖춘 자 중에서 자리에 오르지 않은 자가 있었으니, 바로 허유許由와 무광務光이다. 그 자리에 있으면서도 그 지위를 내준 사람들은 요임금과 순임금이다. 처음에는 그 지위에 오르길 원치 않았으나 버리지 못한 자는 우임금이다.[2]

황종희는 군주가 권력을 갖는 지위라는 것에 근본적인 질문을 던진다. 태초에 군주라는 지위는 백성들을 위해 봉사하는 자리였다. 남들보다 천 배 만 배 열심히 일을 하여 천하 사람들에게 이익을 주었던 자들이 군주였다. 그러나 그들은 노력한 만큼의 이익을 누릴 수 없었기에 왕위에 오르기를 기꺼워하지 않았던 것이다.

이에 왕위에 오를 역량이 있었음에도 허유는 요임금이 천하를 주려고 하자 기산箕山으로 도망갔고, 또 다시 왕위를 받아달라는 요청을 받자 나쁜 소리를 들었다며 영천潁川 시냇가에서 귀를 씻었던 것이다. 은나라 때 무광은 탕왕이 천하를 물려주려하자 큰 돌을 등에 지고 물속에 빠져 죽어 왕위를 거절하기까지 한 이유가 바로 여기에 있었다고 황종희는 설명한다. 황종희가 주목한 것은 상식에 기반을 둔 인간의 욕망이었고, 옛 현자들이 왕위에 오르려 하지 않은 이유를 그 욕망에서 찾았던 것이다.

다시 말해 이전의 왕이라는 것은 요즈음 정치판에서 상투어로 쓰는 '국민의 심부름꾼'에 불과하였고, 그렇기에 고생만 하고 자신은 편안하게 혜택을 누릴 수 없었기에 그 누구도 왕위에 앉고 싶지 않았다는 것이다. 그렇다면 후대로 내려와 누구나 다 왕위를 탐내게 된 이유는 무엇일까? 황종희는 다음과 같이 그 원인을 설명하고 있다.

어찌 옛날 사람인들 오늘날 사람들과 차이가 있겠는가? 편안함을 좋아하고 수고로움을 싫어하는 것은 인지상정이다. 그러나 후세의 임금은 그렇지 않았다. 그들은 마치 천하의 이해관계에 대한 권한이 모두 자기에게서 나오며, 천하의 이익은 모두 자신에게 돌리고 천하의 손해는 모두 다른 사람에게 돌려도 괜찮다고 생각했다. 아울러 그들은 천하 사람들에게 사적인 소유를 함부로 허락하지 않았고, 감히 개인의 이익을 추구하지 못하도록 했다. 또한 그들은 자신의 사적인 이익만을 크게 넓히는 것을 천하의 가장 큰 공으로 여겼다.

군주도 처음에 부끄러워할 줄 알았지만, 시간이 오래 지나면서 차츰 익숙해졌다. 아울러 그들은 천하를 막대한 재산으로 여기고 자손에게 전해 영원토록 향유하려 했다. (……) 이것은 다른 이유 때문이 아니라 옛날에는 천하 사람들이 주인이었고 군주는 나그네였기 때문이다. 무릇 군주가 세상을 마칠 때까지 경영하는 것은 천하였다. 그러나 지금은 군주가 주인이고, 천하 사람들은 오히려 나그네다. 대개 천하의 어느 곳을 가더라도 평안하지 못한 것은 군주 때문이다. (……) 따라서 천하에 큰 해를 입히는 자는 군주일 뿐이다. 설령 군주가 없더라도 사람들은 각자의 삶을 살아갈 것이고, 사람마다 자신의 이익을 누릴 수 있을 것이다. 아! 어찌 군주의 도를 마련한 것이 진실로 이와 같단 말인가?[3]

황종희는 여기서 혁명적인 발언을 한다. 천하 사람이 주인이고, 군주는 나그네에 불과하다는 것이다. 현대적 개념인 '민주民主'의 뜻 그대로 '국민이 주인'이었다는 것이다. 임금은 나그네에 불과하였는데, 후대 군주들이 부끄러움을 모르고 뻔뻔하게 자신의 사적 이익을 마치 공익인 양 포장하여 왔다는 것이다. 그러면서 한 걸음 더 나아가 천하에 큰 해를 입히는 자는 군주일 뿐으로, 설령 군주가 없더라도 사람들은 각자의 삶을 살아갈 것이라며 군주 무용론無用論을 펼쳤던 것이다.

황종희는 이처럼 군주의 입장이 아닌 백성의 입장에서 세상을 바라보고 있다. 그렇기에 신하 된 입장에서 군주를 치는 것은 불인不仁한 것이라며 폭군인 주왕을 제거하기 위해 혁명을 일으킨 주무왕을 막아서는 『사기』「백이열전」의 백이와 숙제는 받아들일 수 없는 존재였다. 그는 이어서 백이와 숙제를 충절의 상징이라 근거 없이 전한 어리석은 선비들을 비판한다.

옛날에는 모든 사람들이 군주를 진정 사랑하는 마음으로 추대하여 아버지와 하늘처럼 여겼지만, 이는 진실로 잘못이라 할 수 없는 것이었다. 지금 천하의 모든 사람들이 군주를 원망하고 미워하는 나머지 원수처럼 여겨 일개 사나이〔獨夫〕라고 부르는 것은 진실로 당연한 일이다. 그러나 어리석은 선비들은 구차하게 군주와 신하의 의리를 천지 사이에서 피할 수 없는 자연스런 이치라고 생각한다. 심지어 그들은 걸과 주 같은 폭군도 탕왕이나 무왕이 그들을 주벌하여서는 안 되었다고 얘기하면서, 백이와 숙제의 근거 없는 일들을 제멋대로 전했다.

이는 수많은 백성과 무너진 혈육들을 길가에 문드러진 쥐와 다를 바 없이 취급한 것이다. 어찌 저 넓은 천지의 수많은 백성들 가운데 오직 군주 한 사람과 군주의 한 성씨만을 사사로이 이롭게 할 수 있단 말인가? 그러므로 무왕은 성인이요, 맹자의 말도 성인의 말이다.[4]

황종희는 명말청초의 현실을 직접 몸으로 겪은 인물이다. 그가 살았던 시대가 현실과 실천을 외면할 수 없을 만큼 절박했기에, 그의 사상은 실사구시와 경세치용을 강조하는 실천적인 측면이 강하였다. 더불어 그의 정치철학은 민본사상에 기초하고 있다. 민본사상은 정치가 단순히 한 왕조의 지배층을 위한 것이 아니라 천하 만민을 위한 것이라는 인식에서 출발한다. 이러한 인식은 민본사상의 틀을 제공한 맹자의 "백성이 존귀하고, 사직은 그 다음이요, 군주는 가볍다"는 논리에서 빌려 왔다.[5] 이에 『명이대방록』「원군」에서 신하가 군주를 바꾸는 것을 하늘이 정해준 천명을 어기는 것으로 생각하는 어리석은 선비들[小儒]을 비판하였던 것이다.

그는 군주가 제대로 된 행동을 한다면, 백성들이 그를 존경하고 대접하는 것을 자연스러운 일로 보고 있다. 그러나 포악한 군주가 있어 백성들이 그들을 원망하고 미워하는데도 군주이니 바꿀 수 없다고 하는 것은 백성을 죽어서 썩어문드러진 쥐처럼 취급하는 것이라며, 기득권의 논리를 옹호하는 어리석은 선비들을 비판하였다. 그는 왜 역성혁명을 해서는 안 되는 것이냐고 비판하면서 폭군인 주紂를 친 주무왕을 성인이라 높였다. 그리고 주무왕이 일개 사나이[獨夫]를 죽인 일은 있어도 군주를 죽인 일은 없었다며, 주무왕이 폭군인 주를 제거한 것을 긍정적으로 평가한 맹자의 말 역시 성인의 말이라고 높였던 것이다.

이처럼 폭군은 제거할 수 있다며 역성혁명에도 열린 생각을 갖고 있던 황종희였지만, 그 역시 절개를 표창하고 충의를 찬양하였다. 청의 북경

입성 후 그는 스승 유종주(劉宗周, 1578~1645)를 따라 명나라를 회복하기 위해 의병운동에 참가하였으나 결국 실패하고 만다. 그런 그였기에 당시 두려움 없이 명을 위해 희생한 민족적 영웅 장황언, 남명의 노왕 정권을 따르다가 주산에서 순국한 손가적, 중병에도 아랑곳하지 않고 절동浙東에서 처음으로 항청의 깃발을 내걸었던 전숙락, 체포의 위험에도 굴하지 않고 청병의 무수한 공격에도 무너지지 않았던 사명산 산채의 수령 왕익, 민족의 대업을 위해 전심전력을 다하다가 순국한 등기서, 웅여림, 장긍당 등을 위해 묘지명이나 전을 지어 이들의 업적을 칭송하기도 했다.[6]

그는 초야의 기개 있는 수재 왕태보王台輔가 남도의 홍광 정권이 멸망한 후, 백이와 숙제처럼 청의 곡식을 먹지 않겠다고 거부하며 집안의 양식이 한 톨도 남지 않을 때까지 기다렸다 마을 사람들을 모아놓고 공개 자살한 충절의 상황을 「왕의사전王義士傳」을 지어 드러내기도 하였다.[7] 그는 「왕의사전」에서 명의 유민遺民에 대한 생각을 밝히고 있는데, 이는 강희 연간에 박학홍사과博學鴻詞科에 응시하라는 명령을 거부하다가 결국 머리를 깎고 승려가 된 여유량(呂留良, 1629~1683)과는 일정 정도 거리가 있었다.

태사공은 백이가 의롭게 주의 곡식을 먹지 않은 사람이라고 말했지만, 백이는 이전에 주나라의 봉록에 의지하여 부모를 봉양했다. 수양산에 은거한 후에야 비로소 봉록을 받지 않은 것이다. 그러므로 (태사공은) 그가 주의 곡식을 먹지 않았다고 한 것이다.[8]

그가 보기에 새 왕조의 관록官祿을 받지 않으면 되는 것이지 굳이 새 왕조의 땅에서 나는 곡식까지 먹지 않을 필요는 없다고 생각하였다. 다시 말해 새 왕조에 출사를 하지 않는 것만으로도 유민으로서의 절의를 지키는 것이고, 새 왕조의 집권자들과 왕래하거나 소통하는 것도 정상적인 생활에 속한다고 생각하였다. 즉, 중화와 이적을 구분하는 편협한 민족주

의적 입장을 견지하지 않았던 것이다.[9]

이에 그 자신은 청조에 입사하지 않았지만, 강희제가 『명사』 편찬에 참여할 것을 요청하자 자신의 아들과 제자를 참여시켰다. 그가 아들과 제자를 『명사』 편찬에 참여시킨 이유는 명의 역사를 정확하게 남겨야 한다는 역사의식 때문이었다.[10] 이처럼 황종희는 절조를 지키면서도 변화에 순응하는 열린 생각을 가졌던 인물이다.

한 가지 흥미로운 사실은 그가 「왕의사전」에서 백이와 숙제가 주나라의 봉록을 받아 부모를 봉양했다는 구절이다. 어떤 근거로 백이와 숙제가 주나라의 봉록을 받았다고 한 것인지, 또 백이와 숙제의 부모는 고죽국의 왕이었고, 아버지가 돌아가신 후 고죽국을 떠난 것인데 어떻게 부모를 봉양했다고 한 것인지에 대해서는 추가 조사가 필요할 것으로 보인다.

2

숙제가 변절하다

애납거사의 『두붕한화』

『두붕한화豆棚閑話』는 청초에 등장한 화본소설話本小說로 작가는 애납거사艾衲居士이다. 이 작품은 아직 애납거사가 누구인지 단정하기 힘들고, 또 청초라는 사실 외에 정확한 출판 연도 역시 밝혀지지 않은 상황이다. 작품은 한 해의 봄과 가을 사이 콩 덩굴이 우거진 정자에서 더위를 식히는 한담으로 시작하여, 중간에 콩의 성장, 개화, 결실에서 콩이 시들기까지 콩의 일생과 함께한다. 이러한 전체 구도 속에 12개의 독립된 이야기가 펼쳐지는 액자식 형태는 당시로서는 쉽게 찾아볼 수 없는 구조였다. 때문에 중국 소설 연구자들이 많은 관심을 쏟고 있는 작품이기도 하다.

이런 독특한 구조와 함께 『두붕한화』가 주목을 받는 또 다른 이유는 상식을 뒤엎는 기발한 내용에 있다. 천하제일의 미인으로 이름 높은 서시西施를 평범한 여자였다고 폄하한다든지(제2칙 「범소백수장서시范少伯水葬西施」), 한식寒食 명절을 만든 주인공 개자추介子推를 두고서 불난 산속에서 뛰쳐나오고 싶었으나 질투에 불타는 부인에게 붙잡혀 그러지 못하고 불타 죽는 것으로 묘사하는 등(제1칙 「개지추화봉질부介之推火封嫉婦」), 『두붕한화』는 우리가 일반적으로 알고 있는 역사 상식을 뒤엎는 내용들을 많이 담고 있다.

특히 일곱 번째 이야기인 「수양산숙제변절首陽山叔齊變節」의 경우 충의와 절개의 대명사로 자리 잡은 숙제가 변절하는 내용을 담고 있어 많은 학자들의 관심을 끌고 있다. 그 줄거리를 살펴보면 다음과 같다.

숙제는 백이를 따라 수양산에 들어온다. 백이는 고사리를 뜯어먹고 지
내도 배고프다는 소리를 하지 않으나 숙제는 배고픔을 견디지 못했다.
그는 굶주림에 지쳐 백이를 따라 산속에 들어온 것이 잘못되었다는
생각을 하게 된다. 숙제는 기회를 봐서 혼자 하산하기로 결심하고 백
이 몰래 산을 내려온다.

숙제가 산을 떠나려 할 때 동물들이 그를 가로막고 꼬치꼬치 캐묻는다.
숙제는 자신들을 믿고 따르던 산속의 동물들에게 다음과 같이 말한다.
"백이는 그의 뜻을 행하는 것이고, 나는 나의 일을 하려는 것이다. 솔
직히 말하자면 나는 산에서 얼마동안 머물렀던 것이 후회가 된다. 너
희 동물들은 사람과는 다르며, 또 우리하고도 관계가 없다. 하늘이 너
희들을 내놓으셨으니 너희들은 잔인하고 독하게 짐승의 피를 마시고
짐승의 털도 뽑지 않고 잡아먹으며 사람 잡아먹는 일을 일삼아야 한다.
왜 모두 여기에서 배곯는 소리를 참고 이 힘든 생활을 견디고 있느냐?"
동물들은 백이와 숙제 형제에 감동 받아 충직한 충신이 되었었고 살아
있는 동물을 잡아먹는 일을 중단했었다. 숙제는 동물들에게 고매한 은
둔자를 흉내 내고 살아 있는 동물을 잡아먹는 본성까지 버린 것은 잘
못된 것이라고 설득한다.

주나라에 봉사하기로 결심한 숙제는 즐거운 마음으로 산을 내려와 사
람이 밀집한 곳에 이르렀다. 그곳의 각 집 문 앞에는 향화등촉香花燈燭
이 걸려 있었고, 집 문 위에 '새 왕조에 순종하는 백성'이란 의미의
'순민順民'이란 두 글자를 쓴 쪽지가 붙어 있었다. 길에는 낙타를 타고
가는 사람, 작은 가마를 타고 가는 사람, 짐을 지고 가는 사람들 할
것 없이 다들 의기양양해 있었는데, 그들은 새로운 천자를 알현하러
서경西京으로 가고 있는 것이었다. 그리고 추천을 받으려는 사람들로

거리가 분주하였다. 숙제도 주왕조에 관직을 구하기 위해 나섰지만 마음 한 편은 편치가 않았다. 그는 하룻밤 객점에서 머물면서 꿈속에서도 갈등으로 시달린다.

숙제는 먹구름이 일어나고 잠시 뒤에 세상이 온통 어두워지며 천둥이 치고 광풍이 몰려오는 꿈을 꾼다. 숙제는 피하기 위해 숲속으로 들어갔다가 일단의 군인들로부터 위협을 받는다. 그들은 검은 무기와 검은 깃발을 들었고, 검은 얼굴에 검은 갑옷을 걸치고 있었다. 그들은 심하게 손발 등이 잘려 있었는데, 숙제는 그들이 은나라를 위해 싸우다 죽은 자들이라는 사실을 알게 된다. 병사들은 숙제를 충성심과 효심이 부족하다며 배신자라고 욕을 한다. 숙제의 설득으로 본성을 되찾은 동물들이 숙제를 옹호하면서 동물들과 은나라의 유령 병사들 사이에 말다툼이 시작된다.

동물들은 숙제를 옹호하고 유령 병사들은 숙제를 비난하며 서로 팽팽히 맞서는 가운데 제물주齊物主가 나서 숙제를 옹호한다. 그는 왕조의 흥망성쇠는 자연스런 과정이며, 생사나 계절의 변화 같은 시간의 기능일 뿐이라고 설명한다. 이윽고 '그럼, 왕조는 꼭 은나라만 있어야 하는가?'라는 제물주의 설명에 유령 병사들이 수긍한다. 하늘이 울리고 땅이 갈라지는 것 같더니 먹구름과 안개가 황금빛 구름으로 바뀌면서 멀리 사라지고 땅은 수천 송이의 푸른색 연꽃들로 뒤덮이고 활짝 피어나는 듯했다.

숙제가 일어서는 순간 꿈에서 깨어난다. 숙제는 이제 자신이 산을 내려오는 것이 잘못된 것이 아니며, 주대에 봉사하여 공명을 얻은 뒤에 서산에 가서 형의 유골을 거두어도 늦지 않으리라 확신하게 된다.

『두봉한화』 제7칙 「수양산숙제변절」의 경우 일반적으로 숙제라는 인물에 빗대어 명말 유신遺臣들의 청조 입사를 비판한 것이라는 해석이 주류

를 이루고 있다. 실제로 명말 유신들이 변절을 하여 청나라에 입사하는 경우는 흔했다고 한다.[11]

그러나 위의 줄거리를 봐도 알 수 있듯 이 작품을 단순히 명말 유신들의 청조 입사를 비판하는 것으로만 보기는 어렵다. 왜냐하면 「수양산숙제 변절」에는 독자가 작품의 의도를 잘 알아차릴 수 없게 하는 모순되는 표현들이 곳곳에 등장하고 있기 때문이다. 이 작품에는 커다란 줄거리뿐 아니라 세부 묘사에 있어서도 숙제의 하산을 부정적으로 묘사하는 부분과 긍정적으로 묘사하는 부분이 섞여 있는데 우선 숙제의 하산을 비판적으로 보는 묘사를 살펴보면 다음과 같다.

'누가 알았으랴? 요즘 들어 (절개를 지킨다는) 명분을 내세워 오만하게 행동하는 자가 많아졌을 뿐 아니라, 또 벼슬자리 추천을 받기 위해 (남들로부터 절개가 높다는 이름을 얻고자) 은거하는 자들도 적지 않게 늘어 났음. 이러다 보니 씨 뿌릴 필요도 없고, 세금을 낼 필요도 없이 온 산에 지천으로 널려 있는 고사리 역시 일찍 일어난 자들이 다 캐먹어 버리는 것이었다.

얼굴은 마르고 푸석푸석해져 마치 햇볕에 말라비틀어진 잎사귀 같고, 갈비뼈는 울퉁불퉁하여 무너진 집의 창살 같았다. 얼마 전까지만 해도 가슴을 내밀고, 어깨를 펴고 종횡무진 하였는데, 어찌하여 허리와 사타 구니는 물렁물렁하고 뱃가죽은 텅텅 비어 이 몸 하나 지탱해낼 힘도 없게 되었는지! 갑자기 사람같이 사는 세상 생각을 해보니 바라는 것은 명예와 이익 두 가지 뿐이더라. 우리 형의 경우는 성인이라고도 하고, 현명하다고도 하고, 청렴하다고도 하며, 인자하다고도 하고, 좀 완고하다고 말하기도 하니, 그래도 대장부라는 칭호를 듣는다고 할 수 있을 것이다.

그러나 나 같은 경우는 가끔 형 이름 뒤에 내 이름을 붙여주는 이가 있기는 하지만, 이 역시 나를 대단하게 생각해서가 아니라 그냥 말끝에 내 이름 하나 덧붙이는 것일 뿐이다. 만약 내가 형의 후광을 업고 형의 뒤를 따른다면, 설사 명예를 얻는다 해도 결국 형의 위세에 기생하는 것에 불과한 것이다. 설령 오늘 거사를 일으켜 내일 바로 군대를 움직인다 하더라도 만에 하나 실패한다면 반란군의 괴수가 되어 화를 불러들이게 될 수밖에 없다. 이렇게 계산을 하다 보니 마치 땅에서 사탕수수를 주워 씹을수록 점점 그 맛이 없어지는 것과 같은 느낌이었다.

지금 생각해 보니 아직 늦은 것 같지가 않았다. 옛말에 "죽은 후에 헛된 이름을 남기는 것보다 살아생전 뜨거운 술 한 잔이 낫다"고 하지 않았던가! 지금 형의 생각은 돌처럼 견고하여 동요되지 않을 것이니 내가 만약 떠나간다고 하면 그는 단호히 허락하지 않을 것이다. 차라리 오늘 형이 뒷산에 고사리를 캐러 갈 때, 대나무 지팡이를 짚고, 가시나무 광주리를 지니고 천천히 산 가까이 와서 살펴보다 만약 약간의 틈이 생기면 산을 내려오는 편이 나을 것이다.'[12]

위의 인용문은 숙제가 왜 변절하게 되었는지를 보여주고 있다. 그런데 흥미로운 구절이 보인다. 바로 수양산에 사람들이 많이 모여 백이와 숙제가 캐어먹을 고사리까지 없어졌다는 부분이다. 처음에는 주나라의 혁명에 반대하여 들어온 이가 백이와 숙제밖에 없었는데 시간이 좀 흐르자 절개를 지킨다는 명분을 내세워 오만하게 행동하면서 수양산으로 들어온 자들이 많아졌다는 것이다. 특히 절개를 지키는 일이 오만할 뿐만 아니라 벼슬을 얻기 위해 괜히 지조가 높은 체 수양산으로 들어온 자들도 있다며 한껏 비판의 수위를 높인다.

사실 중국에서는 예로부터 벼슬을 얻기 위해 산속에 은거하며 자신의 허명虛名을 알리던 경우가 종종 있었다. 종남산終南山에 은거하였음에도 속세에 많은 관심을 가졌고, 입조하여서는 궤변과 듣기 좋은 말로 권세가

들에 빌붙어 세상의 조롱거리가 됨으로써 종남첩경終南捷徑이란 사자성어까지 만들어낸 당나라 때의 노장용(盧藏用, ?~714?)이 대표적이다.

이처럼 다양한 목적으로 사람들이 수양산에 들어오니 부지런을 떨지 않으면 고사리도 캐먹기 힘들 지경이 되고, 뱃가죽까지 텅텅 비어 몸 하나 지탱하기도 힘든 현실에 부딪히게 된다. 이에 숙제는 현실적으로 생각하기 시작한다. 사람이 추구하는 것은 명예와 이익인데, 명예는 형 백이가 이미 다 챙겨버렸고, 이제 죽은 뒤에 헛된 이름을 남기는 것이 무슨 의미가 있겠냐며, 자신은 이익을 위해 변절을 택하겠노라는 것이다.

숙제의 이런 변절은 점차 변해가는 명나라 지식인들의 모습을 대변하는 것으로 해석할 수 있다. 숙제는 하산 결심을 내린 뒤, 혹 남이 눈치를 챈다 하더라도 변명할 수 있게 상복을 준비한다.

> 설령 길에서 사람들이 물어본다고 하더라도 부모에게 효도하는 마음을 확대해 나라에 충성하는 마음으로 드러낼 수 있다고 여겼다.[13]

위 인용문은 「백이열전」의 "부친이 돌아가셨는데 장례는 치르지 않고 바로 전쟁을 일으키다니 이를 효라고 말할 수 있습니까? 신하된 자로서 군주를 시해하려 하다니 이를 인이라고 말할 수 있습니까?"라는 구절을 떠올리게 한다. 다시 말해 숙제는 주무왕과 달리 부모에게 효도하여 상복을 입었고, 또 신하의 신분으로 임금을 시해하는 것이 아니라 그 효도를 확대해 '나라'에 충성하는 훌륭한 사람이라는 것을 드러내려 했던 것이다.

그런데 눈여겨보아야 할 것은 충성의 대상이 「백이열전」 속에서는 '은나라'이지만 이 작품에서는 '주나라'가 된다는 지점이다. 즉, 숙제는 자신의 변절에 대한 변명거리를 만들기 위해 상복을 입고, 다시 이를 교묘하게 주나라에 대한 충성으로 바꿔치기한다. 이 구절은 숙제가 하산에 대해 그다지 떳떳하지 않게 생각하고 있다는 것을 보여주는 문장으로, 숙제의 기회주의적 성향을 여지없이 보여주고 있다.

이렇게 만반의 준비를 갖춘 숙제는 산을 내려오다 짐승들을 만난다. 이 짐승들은 백이와 숙제의 절의에 감동받아 자신의 본성도 버리고 육식도 하지 않고 있던 무리였다. 이들은 숙제의 이상한 모습을 보고 어찌된 연유인지 물었고, 숙제는 본성을 버리고 사는 삶이 잘못된 삶이라고 일장 연설을 함으로써 이들의 마음을 사로잡는다. 이렇게 짐승들에게서 벗어난 숙제는 자신의 말주변으로 위기를 벗어난 것에 안도의 한숨을 내쉰다.

숙제는 머리를 들고 전후좌우를 한 번 돌아보고 말하였다. "나 숙제는 정말로 운이 좋구나. 만약 내 이 화려한 언변이 아니었다면 말라빠진 뼈밖에 안 남은 내 몸마저 이 짐승들에게 먹혔을 뿐 아니라 이들이 얼마나 날 혐오했겠는가 말이다."[14]

이처럼 숙제는 임기응변하며 어려움을 벗어나는 얄팍한 사람으로 묘사된다. 짐승들을 설득하고 하산한 숙제는 번화한 시내로 나와 왕래하는 사람들을 바라보면서 출세할 생각에 빠져든 채 구름 속을 걷듯 착각에 젖는다.

멋대로 생각을 지어내고 있노라니 마음 한구석이 따뜻해지는 것을 느낄 수 있었다. 고개를 들어 쳐다보니 오색구름이 피어오른 저 깊은 곳에 희미하게 황도皇都가 보이는 것이었다.[15]

희망찬 미래를 상상하며 꿈에 부풀어 있던 숙제는 은나라 유령 군사들을 만난다. 처음에 숙제는 이들을 주나라 군사로 착각하고 투항하겠다고 했다가 이내 은나라 군사임을 깨닫고 말을 주워 담으려 하지만, 결국 투항 문서가 발각되어 엄청나게 얻어맞는다.

"최근 들어 사람들의 마음이 간교해져서 헤아리기 어렵습니다. 화려한 말주변으로 빠져나가게 해서는 안 될 것입니다." 그러고는 숙제를 데리고 가라고 명령하였다. 자세하게 싱황을 물어보려 할 때서야 숙제는 이들이 은나라 군사들이었다는 것을 깨달았다. 이 사실을 깨닫자 어쩔 줄 몰라 하면서도 입 속으로는 그래도 변명거리를 준비하고 있었다. 그런데 자신도 모르게 자기가 직접 쓴 투항 문서가 옷소매에서 떨어지고 말았다. 사람들이 주워들더니 처음부터 죽 읽어 내려갔다. 그 내용을 듣고 모두들 빗방울이 치듯 주먹질을 해대고 따귀를 갈겨대 머리가 다 깨져버렸다.[16]

이처럼 숙제는 자신의 확고한 의지나 신념대로 행동하는 것이 아니라 지조 없이 현실 상황에 타협하려는 부정적인 모습을 보인다. 그리고 「수양산숙제변절」의 작가 역시 이러한 숙제를 그다지 긍정적으로 묘사하지 않는다.

그러나 이 작품에는 숙제에 대한 부정적인 묘사만 있는 것이 아니다. 숙제나 숙제의 하산에 대한 긍정적인 묘사들도 적지 않게 등장하고 있다. 우선 백이와 숙제에 대해 언급하면서 백이는 융통성이 없는 답답한 사람으로, 숙제는 세상 이치를 깨달은 합리적인 사람으로 묘사하며 작품을 시작하고 있다.

그런데 백이는 성격이 괴팍하여 융통성을 부릴 줄 몰랐다. 아버지는 그가 상식에서 벗어나 있고, 사람을 포용할 그릇이 아니기에 임금의 자리에 올라 종묘를 계승할 자격이 없다고 여겼다. 죽음이 가까워졌을 때 숙제가 세상 이치를 어느 정도 깨치고 있고, 민심을 잘 파악하고 있다고 여겨 유언을 남겨 숙제를 왕으로 삼으려 하였다.[17]

작가는 백이의 융통성 없음이 상식을 벗어날 지경이기에, 결국 그의 아버지인 고죽국孤竹國 국왕이 백이가 장남이었음에도 세상 이치를 어느 정도 파악하고 민심 동향도 잘 깨치고 있는 숙제에게 왕위를 물려주려 한다고 적는다. 더불어 산에 은거하는 사람들에 대해 다음과 같이 부정적인 견해를 드러내고 있다.

> 그 마을에 사는 사람들도 백이와 숙제가 말고삐를 잡고 간언한 사실을 알고 있었다. 그리고 그들이 주무왕을 꾸짖은 말이 아주 바르고 날카로웠기에 많은 사람들을 감격하게 만들었다. 그중에는 상나라에서 벼슬살이를 했던 사람들도 있었고, 퇴직한 사람들도 있었으며, 또 이도저도 아닌 사이비 문인과 사이비 도학자도 있어 말은 번지르르 했지만 행동거지는 엉망이었다. 이 사람들은 처음에는 남이 알까 두려워 조용한 곳에 숨어 있으면서 근근이 연명해가고 있었다.
> 그런데 나중에 어떤 사람이 투항했다, 어떤 사람이 하산했다는 소식을 듣고 마음속으로 처벌을 받을까 두렵기도 하고, 또 한편으로는 그들이 부럽기도 하였으나 이러한 속내는 밝히지 않고 자신들이 얼마나 깨끗하고 고상한 지에 대해 이야기하였고, 또 원칙만을 따지는 이야기들에 대해서만 떠들어대었다.[18]

작가는 이처럼 산에 은거해 있는 자들이 사이비 문인이나 사이비 도학자들이며, 이들은 속으로는 투항한 사람들을 부러워하면서도 겉으로는 깨끗한 척 고담준론만을 일삼는 자들이라고 조롱해대고 있다. 그리고 숙제가 산을 내려와 은나라 유령 군대에게 잡혀 고초를 겪고 있을 때, 숙제의 말에 깨우침을 받아 자신들의 본성을 찾은 짐승들은 숙제를 옹호하고 나선다.

짐승들이 말하였다. "너희 두목에게 전하여라! 숙제 어르신은 우리들의 은인이시다. 만약 숙제 어르신을 건드리려 한다면 반드시 우리 두령님이신 호랑이님께 잘 설명을 해야 할 것이다. 그렇게 인한다면 우리는 힘을 합쳐 너희에게 덤빌 것이다. 그렇게 되면 너희도 편치 않을 것이다." 얼마 지나지 않아 그 은나라 유령 군대의 두목과 그 짐승 무리의 우두머리인 호랑이가 같이 앞으로 나와 인사를 나누었다. 그 뒤 호랑이가 말하였다. "숙제 어르신은 우리 무리들이 미혹에서 벗어나도록 도와주신 은인이시라오. 오늘 하늘의 공을 받들어 세상 백성을 편안케 하고, 악한 무리들을 제거해 이 세상을 깨끗이 청소하고 태평성대를 고하려 하는데 당신은 어찌하여 그 분을 해하려 하는 것이오?"[19]

이처럼 짐승들은 숙제를 자신들의 은인으로 받들며 옹호하고 나선다. 그러자 은나라 출신의 유령 군대는 또 변절한 숙제에 대해 비판을 가하고, 이 두 무리는 서로의 주장을 굽히지 않는다. 이때 제물주가 나타나 이들의 싸움을 중재하며, 나라가 흥하고 망하는 것은 모두 하늘의 뜻이라면서 숙제의 하산을 긍정한다.

제물주는 두 무리의 말을 자세히 들은 다음, 입을 열어 단정적으로 말하였다. "너희들은 천하를 은나라니 주나라니 하면서 새 왕조 옛 왕조의 구분을 하고 있지만, 내 입장에서 보면 한 나라가 흥하고 망하는 것은 한 집안에 아이가 태어나는 것과 별 차이가 없는 것이다. 예를 들어 봄과 여름의 꽃이 지면 바로 가을과 겨울의 꽃이 피는 것으로, 계절을 따르기만 하면 하늘의 법도를 거스르지 않는 것이다. 만약 은나라의 어리석은 백성들 의견을 따르자면, 천지개벽부터 은나라여야만 한다는 말인가? 은나라 뒤에 주나라가 와서는 안 된다면, 은나라 전에는 하나라가 있어서는 안 될 것이다. 너희들은 하늘의 때를 알지도 못하고 망령되이 뜻을 세워 동쪽에서도 군사를 일으키고, 서쪽에서도 거병을 하니, 이는 나라의 군주에게 도움은 안 되고, 헛되이 일반 서민들의 목숨만 해치는 것이다."[20]

이렇게 제물주는 은나라의 유령 군대와 짐승들 간의 대립을 중재하며, 조대가 바뀌는 것은 너무나 당연한 하늘의 법칙이라면서 논리적으로 중재한다. 만약 왕조가 절대 바뀌어서는 안 된다면, 은나라는 왜 그 이전의 하나라를 멸망시켰냐며 합리적인 설득을 하고 있는 것이다. 온 세상을 주재하는 제물주의 입장에서 보면, 한 조대가 흥하고 망하는 것은 봄이 지나면 여름이 오는 것처럼 자연스런 상황이다. 그는 하늘의 이런 뜻을 알지 못하고 어리석은 백성들이 여기저기서 군대를 일으킨다면서 혁명을 일으킨 주무왕 쪽의 손을 들어준다.

앞에서 살펴본 것처럼 숙제의 하산에 대해서는 긍정적인 묘사와 부정적인 묘사가 이 작품 안에 모두 들어 있다. 이제 작가 애납거사가 숙제의 '변절'을 긍정적으로 본 것인지, 부정적으로 본 것인지 작품 말미에 붙은 의론문을 통해 좀 더 살펴보기로 하겠다.

『두붕한화』에는 각 작품마다 말미에 사마천이 『사기』 각 편 말미에 '태사공왈太史公曰'로 시작하는 자신의 의론문을 적은 것처럼 의론문이 달려 있다. 이 의론문은 작가 자신이 쓴 것인지 아니면 다른 사람이 덧붙인 것인지 아직 확인되지는 않았지만, 이를 통해 작품의 집필 의도를 일정 정도 파악해볼 수는 있다.

온 입에 해학이 가득하고, 가슴 가득 격분이 끓는구나. 세상의 고상한 척 하는 자와 개와 돼지처럼 행동하는 이들의 곡절과 속내를 하나하나 모두 써내고 있도다. 이 작품에는 마음껏 말해 놓은 곳도 있고, 또 어느 정도 여지를 남겨 놓은 곳도 있는데, 모두 차가운 눈으로 마음속에 품고 있던 기이한 생각을 우연히 발설해낸 것이로다.

만약 어리석은 유학자가 이 작품을 읽고 (청렴한 숙제가 정말로 변절힌 것으로 여겨) 숙제를 도리어 비난한다면, 이는 바로 서시 같은 미인을 예의 없게 대하는 것과 같은 것이로다. 반드시 그 환상 속에서의 진실과 진실 속에서의 환상을 체득해내야 한다. (이 작품은) 분명 충의를 장려하는 것이고, 비속한 민간인들의 습속을 깨우쳐주는 것으로, 만약 호랑이와 표범이 어떻게 말을 하고, 천신天神이 어떻게 나오게 되는지에 대해 말한다면, 이 어찌 어리석은 사람의 꿈 얘기를 하는 것이 아니겠는가?[21]

위의 의론문은 언뜻 보기에는 숙제 같은 변절자들에 대한 비난으로 해석될 수 있다. 그리고 대부분의 중국학자들은 이 의론문을 변절자에 대한 비난으로 해석하고 있고, 이 의론문을 근거로 「수양산숙제변절」이 청조에 입사한 명말 문인들을 풍자한 것이라고 주장하기도 한다. 그러나 이 의론문을 정반대쪽의 입장에서 해석하여도 전혀 무리가 없다. 다시 말해 "고상한 척 하는 자와 개와 돼지처럼 행동하는 이들"을 변절자로 해석하지 않고, 세상과 담쌓고 고상한 척하며 본성을 거스르고 산에 들어가 있는 자들을 겨냥한 것으로 해석할 수도 있다.

이 작품의 앞부분에는 다음과 같은 구절이 나온다. "이도저도 아닌 사이비 문인이나 사이비 도학자들은 말은 뻔지르르하게 하지만 행동거지는 엉망진창"[22]이라는 구절이 바로 그 구절이다. 이 구절은 새 왕조에 입사하지 않고 산에 들어온 사람들을 묘사한 것인데, 연관 지어 생각해보면 "고상한 척 하는 자와 개와 돼지처럼 행동하는 이들"은 하산한 숙제가 아니라 바로 고상한 척 산에 들어와 있는 사람들을 의미하는 것으로 해석할 수도 있다.

또 "분명 충의를 장려하는 것이고, 비속한 일반 사람들의 습속을 깨우쳐 주는 것"[23]이라는 구절 역시 일반적으로 '불사이군'의 의미에서 명나라에 대한 충의로 해석하지만, 이 역시 청조에 대한 충의로 해석해도 가능하다. "비속한 민간인들의 습속" 역시 산에 들어가 잘난 척 하는 사람들의 습속을 의미하는 것으로 해석한다면, 전혀 다른 해석이 가능하게 되는 것이다.

이 문장을 숙제의 하산을 긍정하는 입장에서 다시 해석해보면 다음과 같다.

> 이는 분명 (청조를 위한) 충의를 장려하는 것이고, (산속에 들어가 이름을 드높이려는) 세간의 풍속을 깨우치는 것이로다.

실제로 청초에 이런 현상이 많이 있었다고 하며, 특히 명말청초 시기 경세치용經世致用의 실학에 뜻을 두었던 사상가 고염무(顧炎武, 1613~1682)는 이런 세간의 풍속을 비판하는 글을 남기기도 하였다.

> 얼마 전에 동방에 사는 친구가 편지를 보내 다음과 같은 상황을 말하였다. "제가 어찌하다가 어떤 사람의 추천을 한번 받았는데, 추천을 받고도 나아가지 않자 그 이름이 더욱 높아지는 것이었습니다." 아아! 이것이 바로 이름을 구하는 것이로다.[24]

청초에는 명대 유민들의 청조 입사에 대해 부정적으로 묘사하면서 "무수한 백이와 숙제가 수양산을 내려왔다"는 말이 나오기도 하였지만, 반대로 이름을 구하기 위해 일부러 산속에 은거하며 추천을 받고도 내려오지 않는 상황이 많았다고 한다. 그런데 그 추천을 함에 있어 남에게 돈을 주고 하게 하는 상황이 종종 있었던 모양이다.

고염무

설령 널리 헛된 이름을 얻는다 하더라도, 소매 춤에는 응당 (허명을 구하기 위해 써야 하는) 이십사금을 지니고 있어야 한다.[25]

이렇게 「수양산숙제변절」은 독자로 하여금 자의적인 해석이 가능하도록 상반되는 묘사를 한 작품 안에 넣어 두기도 하였고, 또 견해에 따라 반대되는 해석이 가능한 의론문까지 넣어 작품의 본의를 파악하기 힘들게 만든다. 비록 많은 학자들이 이 작품을 변절자에 대한 비판으로 해석하고 있지만, 「수양산숙제변절」은 청조에 입사한 명말 문인들을 긍정하고, 산속에 은거한 '고상한 은자'들을 풍자하는 작품으로 해석해도 문제가 없어 보인다.

이는 단순히 「수양산숙제변절」이란 작품 하나만을 두고 내린 결론이 아니다. 『두붕한화』에 수록된 다른 작품들을 읽어보아도 일반 백화소설들과 분위기가 다름을 알 수 있다. 전체적으로 보아 『두붕한화』는 기존의 역사적 사실들에 대해 삐딱하게 보기를 시도하고 있고, 이러한 시도는 우리의 고정관념을 깨는 역할을 하고 있다. 다시 말해 대부분의 백화소설에서 강조하는 '불사이군'의 경향을 깨뜨리고 있는 것이다.

『두붕한화』에는 「수양산숙제변절」 외에도 11편의 독립된 작품이 더 수록되어 있다. 「수양산숙제변절」만큼 충격적이지는 않지만, 그 내용들을 살펴보면 우리가 일반적으로 알고 있던 것과는 다르게 역사적인 인물이 묘사되고 있곤 한다. 그중 대표적인 것이 제1칙 「개지추화봉질부介之推火封嫉婦」이다. 일반적으로 개지추는 충성스럽고 절개 있는 신하로, 공을 이룬 후에는 공명을 바라지 않고 산에 들어가 은거하다 자신을 찾기 위해 진문공晉文公이 산에 불을 놓자 끝내 나오지 않고 불에 타죽은 고결한 선비로 알려져 있다. 그러나 이 작품에 오면 상황이 달라진다. 그 이야기를 간단하게 정리하면 다음과 같다.

개지추는 공자 중이重耳를 따라 19년간 떠돌며 그를 보살피나, 중이가
뜻을 이루어 진문공이 되어서는 그를 잊자 논공행상에서 제외된다. 이
후 개치추는 공자 중이를 따르느라 버려두었던 자신의 아내 석씨石氏
를 찾아 떠나고, 19년 동안 남편을 기다려왔던 석씨는 질투의 화신으
로 변해 개지추가 자신을 떠나지 못하도록 묶어 놓는다. 진문공은 뒤
늦게 자신의 실수를 깨닫고 개지추를 찾으려 하나 아내가 묶어 놓았기
에 개지추는 자신의 처지를 조정에 알릴 수도 없었다. 결국 진문공은
개지추를 산에서 내려오게 하고자 불을 지르고, 개지추는 산을 내려오
고 싶었지만 묶여 있어 결국은 타죽고 만다.

위의 고사를 명말청초 상황에 대입해보면 개지추는 산속에 은거한 명
말 유신들에 비유해볼 수 있을 것이다. 다시 말해 이 작품은 산에서 내려
오지 않으면서 이름이나 드높이고 있는 그자들이란 사실 개지추처럼 산에
서 내려가고 싶으면서도 어쩔 수 없는 상황이나 허명에 얽매여 내려오지
못하는 작자들이라며 비꼬고 있는 것이다.

이 외에도 제11칙 「당도사사효생수黨都司死梟生首」에서는 명조의 무능
으로 인해 망했으니 망해도 싸다는 의론을 펼쳐내고 있다.

하늘이여, 당신은 나이도 많이 먹어, 귀도 먹고 눈도 보이지 않소. 당
신은 사람을 볼 수 없고, 말도 듣지 못하는구려. 살인방화를 일삼는
사람들은 영화를 누리고, 풀뿌리나 먹고, 경전이나 읽으며 착실하게
사는 사람들은 굶어 죽는구려. 하늘이여, 당신이 하늘 역할을 제대로
못하니 망한 거라오.[26]

여기서는 하늘을 명조에 비유한 것으로 해석해볼 수 있다. 여기서는
명조에 대한 그 어떤 긍정적인 견해도 찾아볼 수가 없다.

또한 마지막 작품인 제12칙 「진재장논지담천陳齋長論地談天」에서는 어떤 고사가 있는 것이 아니라 진재장의 의론이 전 작품에 걸쳐 펼쳐지고 있다. 여기서 진재장은 하늘이 왜 원태자元太子를 도와주었는지에 대해 인구 조절이란 관점에서 해석하고 있다.

> 하늘과 땅을 만드는 창조적인 힘은 부족한 것이 있으면 도와주고, 넘치는 것이 있으면 덜어내려는 경향이 있다. 하나라와 은나라 이전에는 인구가 아주 적었기에 하늘이 성현을 많이 배출하여 많은 백성들을 먹여 살리도록 하였다. 주왕조 800년간의 태평시대에 이르러 인구가 아주 많이 늘어났는데, 포악한 자는 많이 늘어났지만 착한 자들은 무척 적었다. 하늘은 악인이 많음을 싫어하여 사람 죽이기 좋아하는 사람을 내려 보내 여기저기서 전쟁을 일으키게 한 것이다. (……) 금나라 임금을 도와 강을 건너 중원 지방을 휘젓도록 하였고, 원나라 태자에게 황금 다리를 내려 그가 후손을 이을 수 있도록 한 것은 하늘이 무심하여서가 아니라 그 넘쳐나는 것을 덜어낸 것일 뿐이었다.[27]

다시 말해 조대의 교체는 하늘의 안배에 의한 것으로, 이를 따라야 한다는 의미까지 내포하고 있는 것이다. 이처럼 『두붕한화』 전편에 흐르는 분위기는 조대 교체에 대해 긍정적인 분위기를 풍기고 있으며, 누구에게나 인정받던 역사상의 인물에 대해 뒤집어 보기를 시도하고 있다. 이는 기존의 상식을 뒤엎는 것으로 명과 청의 교체는 물론, 청조에 입사하는 명말 문인들에 대한 긍정적인 평가로도 읽는다.[28]

「수양산숙제변절」의 경우 숙제의 변절에 대해 일방적인 찬양도 없고, 또 반대로 무조건적인 비난도 없다. 때문에 기존의 학자들은 별 의심 없이 이 작품이 명말 유신들의 청조 입사를 비판적으로 그리고 있는 것이라고 생각해 왔다. 하지만 작품의 전체적인 구조를 보면, 하산을 감행하는 숙제와 이를 변절이라고 욕하는 유령 군대의 대립에 대해 초월적 존재인 제물주가 등장함으로써 숙제의 손을 들어주는 구조로 이루어져 있다. 다시 말해 이는 결국 청조에 입사한 명말 문인들에 대한 작가의 긍정적인 시각을 보여주고 있는 것으로 해석될 수 있다.

이 작품의 작가는 한 조대가 끝나면 다른 조대가 들어서는 것이 자연스러운 하늘의 법칙이라는 신념을 갖고 있었다. 그리고 이러한 그의 사상은 「수양산숙제변절」 한 작품에서뿐만 아니라 『두봉한화』 전편에 걸쳐 일관되게 유지되고 있다. 때문에 '숙제의 변절'이라는 자극적인 제목에도 불구하고, 그의 '변절'에 대해 긍정적인 평가를 내렸던 것이다. 이렇게 충성과 절개의 상징이었던 숙제의 형상은 『두봉한화』 제7칙 「수양산숙제변절」에 오면 조대의 순환이 자연의 섭리라는 작가의 신념에 의해 변절된, 아니 자연의 섭리에 따라 새 왕조에 참여하는 인물로 그려지게 되는 것이다.[29]

청대에 들어와 황종희의 『명이대방록』에서 비로소 객관적이고 냉철하게 백이와 숙제의 이야기가 정리된다. 그는 『명이대방록』 「원군」에서 전통 시기 군주의 개념을 근본에서부터 흔든다. 명나라 유민遺民인 그는 충절의 상징들을 적극 칭송하며 청을 비판할 수도 있었다. 그러나 그는 군주란 원래 백성을 위해 봉사하던 존재였는데 어느 순간부터 백성 위에 군림하게 되었다며, 이것도 모르고 폭군이 나와도 역성혁명을 하면 안 된다면서 '불사이군'이나 외치는 한유나 소식 같은 옛 지식인들을 어리석은 선비들이라고 비판한다. 또 백이와 숙제가 주무왕을 막아선 것은 근거가 없는데 전해졌다며 사마천 역시 비판한다. 그의 실사구시實事求是하는 사고방식과 민주적 군주 개념은 청말 혁명가들에게 이론적 기반을 제공하기도 하였다.

또한 청초의 독특한 소설 『두붕한화』에는 「수양산숙제변절」이란 숙제가 변절한다는 자극적인 제목의 소설이 수록되어 있다. 그러나 그 내용을 살펴보면 숙제의 변절을 마냥 부정적으로만 그려내지 않고, 합리적이고 논리적으로 설명해내고 있다. 요컨대 확고하게 자리 잡았던 백이와 숙제의 충절 이미지 자체를 근본적으로 다시 생각하는 기록들이 바로 이 시기에 나타나기 시작한 것이다.

제7장

현대 중국의 백이와 숙제

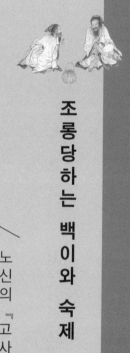

1

조
롱
당
하
는
 백이와 숙제

노신의 『고사신편』

노신(魯迅, 1881~1936)은 중국의 문학가·혁명가·사상가로 절강성浙江省 소흥紹興에서 태어났다. 본명은 주수인(周樹人). 젊은 시절 유학길에 올라 일본 센다이의학전문학교에서 수학 중에 교수가 틀어준 환등기 사진 한 장을 보고, 자신이 해야 할 일은 중국인의 몸을 고치는 것이 아니라 정신을 고쳐야 한다는 사실을 깨닫는다.[1] 결국 의학을 포기하고 중국으로 돌아간 그는 글로써 중국인의 생각을 바꾸려 한다.

그는 1918년 5월, '노신'이란 필명으로 문언문文言文이 아닌 백화白話로 쓴 소설 『광인일기狂人日記』를 발표하여 중국 신문화 운동의 주춧돌을 놓는다. 소설은 한 '미치광이'의 체험을 통해 장장 5천 년 동안 이어져온 사람을 잡아먹는 '식인'의 역사를 폭로함으로써, 반反 전통과 문화 반성이라는 강력한 목소리를 냈다. 이후 그는 대표작 『아큐정전阿Q正傳』을 발표하여 당시 중국 국민의 부정적 정신 상태를 대변하는, '아Q'라는 생생하고 황당한 인물 형상을 성공적으로 빚어내었다. 실제로는 실력이 없거나 못나서 패배해 놓고, 이겼다고 강변하면서 체념해버리는 아큐의 '정신 승리법'은 지금도 많은 사람들 입에서 회자되고 있다.

1936년 그는 여덟 편의 역사소설을 수록한 『고사신편故事新編』을 발표한다. 제목 그대로 '옛 이야기〔故事〕'를 '새로이 펴낸〔新編〕' 것으로 그중 다섯 편은 그의 목숨이 경각에 달려 있던 인생 말년에 쓰인 것이다. 죽음

노신이 보았을 바로 그 환등기 사진_ 눈을 가리고 무릎이 꿇린 채 일본인의 칼끝에 목숨을 맡긴 중국인과 그 주위를 둘러싸고 이 처절한 광경을 그저 멍하니 바라보고만 서 있는 중국인들. 이 한 장의 사진이 노신의 운명을 바꿔놓는다. 이제부터 그에게 중요해진 것은 중국인의 신체 치료가 아니라 의식 개조였다.

의 위기에 처해 있었고, 내외로 곤경에 처해 있었으며, 심신이 병들어 있는 가운데 쓰인 작품이지만, 전체적인 분위기는 조용하고 여유로우며 유머러스하기까지 하다. 이 작품에서 노신은 위선과 가식에 찬 지식인, 학자, 관료, 배반자, 보수주의자들을 비꼬고 있다. 그중 1935년 12월에 창작된 「채미(采薇 : 고사리 캐기)」가 바로 백이와 숙제를 다룬 이야기이다. 그 내용을 살펴보면 다음과 같다.

양로원에 들어가 있던 백이와 숙제는 구운 떡이 날로 작아지는 걸 보며 무슨 일이 벌어지고 있음을 느끼게 된다. 그러던 중 주무왕이 폭군 주를 치러 가자 백이와 숙제는 "아비가 죽어 장사를 치르기도 전에 군사를 일으키면 이를 효라고 할 수 있습니까? 신하로서 임금을 시해하려 하면 이를 인이라고 할 수 있습니까?" 하며 막아선다. 이에 무장들이 그들을 치려 하자 강태공이 "의로운 사람이로다. 그들을 풀어주라"고 한다.

네 사람의 병사가 공손하게 백이와 숙제에게 예를 갖춘 후 두 사람이 한 명씩 겨드랑이를 끼고 그들을 길가로 데리고 나간다. 무사들은 다시 공손하게 차렷 자세를 취하고는 손을 뻗어 두 사람의 등을 힘껏 밀어버린다. 두 사람은 땅에 꼬꾸라지고, 그 와중에 백이는 머리를 돌에 부딪치는 바람에 그대로 기절을 한다. 그 뒤 주무왕이 은나라를 멸망시켰다는 사실을 알고 이 둘은 주나라의 떡은 먹지도 않겠다며 양로원을 떠나게 된다. 이들은 화산華山으로 향하던 중 도적 소궁기小窮奇에게 몸 뒤짐을 당하는 등 곤욕을 치른 후 겁이 나 수양산으로 방향을 바꾼다.

수양산은 그리 높지도 않고 큰 숲도 없어 호랑이나 도적 걱정도 없는 이상적인 은둔처였다. 그러나 수양산 바로 아래에 수양촌이 있어 사람들이 들락날락거리면서 야생 열매를 다 따먹어 먹을 만한 것이 전혀 눈에 뜨이지 않았다. 백이와 숙제는 고생 끝에 고사리를 발견하게 되고 이를 주식으로 삼게 된다. 그러나 고사리도 둘이 먹다 보니 어느덧 다 바닥이 나버렸다.

그러던 중 그곳에 동네 사람들이 놀러오게 되고, 주책맞은 백이는 자신들이 고죽군의 아들이며, 자신이 큰아들, 다른 쪽이 셋째 아들이라는 사실을 말해버린다. 그리고 서로 왕위를 양보하다 나라를 떠난 이야기며 주나라 음식을 안 먹으려 이곳에 왔다는 이야기까지 모두 한다. 숙제가 이를 알게 되어 형의 수다를 괴이쩍게 여기고 원망하기 시작하였을 무렵에는 이미 온통 소문이 퍼져 만회할 수가 없게 된 상태였다. 그러나 감히 형을 나무랄 수는 없는 일이었다. 다만 마음속으로, '아버지가 왕위를 형에게 넘겨주려 하지 않았던 것은 확실히 아버지가 사람 보는 눈이 있었기 때문이로구나'하고 생각했을 뿐이었다.

숙제의 걱정대로 그들을 구경하러 마을 사람들이 몰려들기 시작했고, 심한 경우에는 그들이 고사리 캐는 것을 구경하는가 하면, 빙 에워싸고 먹는 것을 구경하기도 했다. 이런 생활이 계속되면서 한 줌의 고사리를 찾아내는 데도 많은 힘을 들여야 했다.

그러던 어느 날 두 사람이 구운 고사리를 먹고 있는데 부잣집 하녀로 보이는 여자가 와서 왜 그렇게 변변찮은 걸 먹느냐고 물어보았다. 그때 백이가 "우리는 주나라의 곡식을 먹지 않으니까(……)"라고 말을 꺼내는 순간 숙제는 급히 눈짓을 하였다. 그러나 그 여자는 매우 영리한 듯 벌써 알아들은 것 같았다. 그녀는 잠시 냉소를 짓더니 이내 정의롭고도 늠름하게 잘라 말했다. "무릇 하늘 아래 임금의 땅 아닌 곳이 어디 있어요. 당신들이 먹고 있는 고사리는 우리 성상폐하의 것이 아니란 말인가요?" 백이와 숙제는 똑똑히 들었다. 마지막 말에 가서는 청천벽력에 얻어맞은 듯 정신이 아득해졌다.

이에 그들은 고사리도 먹을 수가 없게 되었다. 결국 백이와 숙제는 바위 동굴 속에서 굶어 죽었다. 사람들이 그들을 위해 비석이라도 하나 세워주려 하였지만, 그 마을에서 유일하게 글을 아는 소병군小丙君은 "그들은 내가 비문을 써줄 정도의 인물도 되지 못해"라며 거부하였다.

가끔 그들의 이야기가 화제에 오르는 일이 있었는데, 어떤 자는 늙어서, 어떤 자는 병들어 죽었다고 하고, 또 다른 자는 양털 장옷을 노리고 강도들이 살해했다고도 말했다. 그러나 얼마큼 시간이 흐르자 일부러 굶어 죽었으리라고 말하는 자가 있었다. 그 사나이는 소병군의 집 하녀 아금阿金으로부터 이런 이야기를 들었다. 한 열흘쯤 전 그녀가 산으로 올라가서 그들을 놀려주었다. 대체로 바보들은 화를 잘 낸다. 아마 화가 나서 역정을 내고 먹는 걸 끊어버린 것이리라. 그러다 결국 자신을 망치게 되었을 게라는 이야기였다.

아금의 말로는 백이와 숙제가 죽은 것은 그녀와는 상관없는 일이었다. 산에 올라가 그들을 약 올린 것은 사실이지만, 그러나 그것은 단순한 농담일 뿐이었다. 그 두 바보가 화를 내고, 그래서 굶어죽게 된 것도 사실이었다. 그러나 자신 때문에 죽은 것은 아니며, 오히려 이로 인해 하느님이 그들에게 암사슴을 내려 젖을 빨게 하였다고 말했다. 앉아서 매일 사슴 젖이 저절로 입으로 들어오는 것이었다. 그러나 숙제가 사슴의 젖만으로 만족하지 못하고 '잡아먹으면 맛있겠다'고 생각하고 슬그머니 돌을 집으려고 팔을 뻗치자 사슴이 이를 알고 도망쳤고, 하느님도 그들의 탐욕에 화가 나서서 다시는 암사슴을 보내지 않았던 것이다.

이러한 얘기를 들은 마을 사람들은 가끔 백이와 숙제를 떠올리기도 했지만, 그것은 마치 꿈의 한 장면과도 같았다. 그들이 바위 밑에 쭈그리고 앉아 흰 수염이 난 입을 쩍 벌리고, 지금 막 사슴의 고기를 물어 뜯으려 하는 바로 그 모습이었다.

魯迅　一九三〇年九月
二十五日照于上海
時年五十.

노신

이상과 같이 간단하게 「채미」의 내용을 일별해보았는데, 실제 작품 전체를 꼼꼼히 살펴보면 이보다 더 심하게 백이와 숙제를 조롱하고 있음을 알 수 있다. 조롱의 구체적인 내용들은 다음과 같다.

1) 우선 백이와 숙제가 양로원에 있는 노인으로 묘사되고 있다.

2) 백이와 숙제를, 떡 크기가 작아지고, 밀가루가 거칠어진다고 투덜대는, 먹을 것에만 신경 쓰며 불평하는 양로원 노인네들로 묘사하고 있다.

3) 백이와 숙제가 앞으로 뛰어 나가 주왕의 행차를 막자 "길가의 사람들도, 행차를 모신 무장들도 모두 어리둥절해 할 뿐이었다." 그리고 강태공의 도움으로 목숨을 건지긴 하나 떠밀려진 숙제는 얼굴이 흙 투성이가 되고, 백이는 머리를 돌에 부딪쳐 정신을 잃고 만다.

4) 이렇게 정신을 잃은 백이를 구하러 오는 데도 시간이 무척 많이 걸리고, 그나마 구하러온 사람도 비틀거리는 노인네 둘이다. 판자 위에 짚이 깔려 있는데, 이것은 옛날부터 문왕이 정한 경로의 격식이라고 하면서 아주 조롱투로 묘사하고 있다. 또 생강탕을 갖고 오는 여인 역시 자기네 집에 매운 것을 좋아하는 사람이 없으니 마시라고 강권을 하는 등 온통 조롱투성이다.

5) 관청의 문건을 읽을 때 숙제는 "'그 조상의 제사를 버리고, 그 집과 나라를 버리고(……)' 하는 대목에서는 자신과 결부시켜 해석하며 감상에 젖는 것 같았다"라고 하면서 백이와 숙제란 노인네가 옛날 감상에만 빠져 있는 시대착오적 늙은이란 것을 강조하고 있다.

6) "다음날 두 사람은 여느 날보다도 일찍 일어났다. 옷을 입자 아무것도 지니지 않고—사실 지닐 만한 것도 없었지만—지팡이와 먹다 남은 구운 떡을 들고 양털 장옷을 걸친 채 산책 나간다는 핑계로 양로원 바깥문을 홀쩍 빠져 나왔다. 이것이 마지막이라고 생각하니

마음이 불편해 그들은 몇 번이고 뒤돌아보았다"라 하고 있다. 주나라 왕조의 것을 갖지 않겠다고 다짐을 했건만 실은 그들은 아무것도 가진 게 없었고, 아쉬워 뒤를 몇 번이고 돌아보았건만 그들이 떠나는 것을 신경 쓰는 이들은 아무도 없었다.

7) 강도를 만나는 상황에서도 백이와 숙제는 조롱의 대상이다. 이로 인해 이들은 애초 가려고 마음먹었던 화산으로 가지 못하고 수양산으로 향하게 된다. 다시 말해 수양산으로 들어간 것도 애당초 자신들의 의지가 아니라 겁을 먹어 어쩔 수 없이 간 건이라 조롱한 것이다.

8) 수양산에 들어온 뒤 먹을 것을 해결해야 하는 두 사람의 한심한 상황에 대해서도 철저하게 조롱해대고 있다.

9) "백이는 숙제보다 두 번을 더 집어먹었다. 그가 형이기 때문이다." 장유유서로 대표되는 중국의 전통에 대한 신랄한 조롱으로 여겨지는 부분이다. 「채미」에서는 숙제보다 백이가 훨씬 더 무능하고 한심하게 그려지고 있다.

10) 이렇게 작품 시작부터 조롱이 이어지다가 최후의 압권에 도달한다. 어느 부잣집 하녀가 그들이 고사리로 끼니를 때우는 것을 보고 그 이유를 묻게 되고, 이들이 주나라 곡식을 먹지 않기로 했다는 얘기를 듣는 순간 여자는 "이 천하의 땅 중에 황제의 땅이 아닌 곳이 어디 있느냐"며 반격한다. 이 말에 백이와 숙제는 충격을 받고 결국에는 굶어 죽는다.

위에 언급한 상황들을 보면 "왜 이렇게 백이와 숙제를 철저하게 조롱하였을까?" 하는 의문이 들지 않을 수 없다. 구시대의 악습을 타파해야 한다고 강력하게 주장하던 노신은 폭군이든 무능하고 희망 없는 왕조든 어떤 상황에서도 '두 임금을 섬기지 않는다'라는 교조적인 말에 헌신하는 백이와 숙제를 받아들일 수 없었던 것이다. 전통적으로 충의와 절개의 표상으로서 높게 평가되어온 백이와 숙제를 노신은 이 작품에서 나라를 버리고 낡은 구질서와 구도덕을 고수하면서 환상 속에 빠져 현실에서 도피한 인물로 평가하고 있다.

알다시피 노신은 그의 글과 실제 행동을 통해 적극적으로 구악舊惡과 옛 사회를 전복시키고자 하였던 인물이었다. 이런 노신에게 백이와 숙제라는 인물은 하늘이 낳은 의로운 선비가 아니라 "전투적인 시대에 살면서 전투를 떠나 독립하려 하는 사람"[2]에 다름 아니었던 것이다.

2

모택동의 이중적 백이 평가

모택동의 『잘 가시오, 스튜어트 선생!』

백이와 숙제는 현대 정치권에서도 소환된다. 모택동(毛澤東, 1893~1976)은 1949년 8월 18일 「잘 가시오, 스튜어트 선생!〔別了, 司徒雷登〕」이란 글에서 당시 주미 대사였던 스튜어트를 비판하였다. 스튜어트(John Leighton Stuart, 1876~1962)는 미국 기독교장로회 선교사이자 외교관이고 교육자였다. 1876년 항주에서 태어난 그는 미국인 선교사 부모를 두었으며, 1919년 북경대학의 전신인 연경대학燕京大學의 초대 총장을 지내기도 했다. 그는 1946년 주중 미국 대사를 맡았다가 1949년 8월 중국을 떠났고, 1962년 미국 워싱턴에서 세상을 떠났다.

모택동의 인민해방군은 1949년 4월 23일 남경을 점령한다. 이에 국민당 정부와 각국 대사관은 광주廣州로 옮겨간다. 그러나 주중 미국 대사인 스튜어트는 광주로 옮겨가는 것에 반대하고, 남경에 계속 남아 공산당과 협상을 진행하였다. 그러나 협상은 제대로 진행되지 않았고, 결국 그해 8월 2일 스튜어트는 미국으로 돌아올 수밖에 없었던 것이다.

「잘 가시오, 스튜어트 선생!」은 협상이 잘 진행되지 않자 스튜어트 대사가 중국을 떠나고 얼마 지나지 않아 모택동이 쓴 글이다. 모택동은 이 글에서 인민해방군이 장강을 건너 진격하니 남경의 미국 식민 정부가 오합지졸처럼 흩어졌는데도 스튜어트 대사가 그 어떤 조치도 취하지 않고 공산당 정부에게 새로운 대사관 개설만을 바란다면서 그를 비판했다. 이 과정에서 모택동은 당나라의 한유가 「백이송」에서 백이를 칭송한 것을 비판하였다.

> 당나라의 한유는 「백이송」을 쓴 적이 있다. 그가 칭송한 것은 자신의 나라 인민들에게 책임도 지지 않고 대열을 이탈해 도망가 버린, 그리고 무왕이 영도한 당시 인민을 해방하는 전쟁에 반대한, '민주개인주의' 사상을 띤 백이였다. 그건 잘못 칭송한 것이다.[3]

모택동은 한유가 백이를 칭송한 것이 잘못된 것이라고 비판하였다. 주무왕을 막아섰다가 수양산으로 들어가 고사리를 캐먹다 굶어 죽은 백이를 한유는 「백이송」에서 "밝은 해와 달도 족히 밝다고 할 수 없었고, 우뚝한 태산도 높다 하기에 부족했다"며 칭송하였다. 그러나 모택동의 입장에서 백이는 자기 국가의 인민들을 책임지지 않고 자신만 도망쳐버린 자이며, 또 주무왕이 영도하는 '인민해방전쟁'에 반대한 '민주개인주의' 사상을 지닌, 비판받아 마땅한 사람이었을 뿐이다. 기존 정부에 맞서 '인민해방전쟁'을 영도하던 모택동의 입장에서는 이 전쟁에 참여하지 않고 이를 막아섰던 백이와 숙제를 비판할 수밖에 없었다.

그러나 모택동은 다른 상황에서 백이와 숙제를 자신의 입장을 공고히 하는 데 활용하고 있기도 하다. 1944년 4월 12일 모택동은 중공中共 서북국西北局 고급간부회의에서 학습 문제와 시국 문제에 대한 보고를 진행한다. 당내 투쟁 관련 사항에 이르러서 모택동은 당의 역사에 과오가 범해지는 경우가 있긴 하지만, 이에 대처하기 위해 과오를 저지른 사람들을 구덩이에서 꺼내 다시는 그런 과오를 되풀이하지 않게 해야 한다고 말한다. 그런데 이때 일부 사람들은 단결을 추구하지 않고 과오를 범한 사람들을 또 다른 과오로 대체하는 과오를 범한다면서 백이와 숙제의 '폭력으로써 폭력을 바꾼[以暴易暴]' 고사를 예로 들어 반대파들을 비판한다.

모택동

존 레이튼 스튜어트

주무왕이 출병해 상나라 주왕을 토벌할 때, 고죽국의 두 아들 백이와 숙제는 길가에서 서주의 군대를 막아서고 주무왕에게 이야기하였다. '상의 주왕이 비록 폭군이긴 하지만, 당신이 신하가 되어 군대를 일으켜 임금을 살해하려 한 것은 '폭력으로써 폭력을 바꾸는 것'이 아닙니까?'4

이 인용문은 백이와 숙제가 '폭력으로써 폭력을 바꾼다'는 논리로 주무왕의 출병을 막는 상황을 보여주고 있다. 여기서 모택동은 혁명을 진행 중인 주무왕을 막아 선 백이와 숙제의 행동을 긍정적으로 평가한다. 모택동 자신에게 일부 과오가 있다고 하더라도 이는 '단결'의 방향으로 풀어가야지, 자신을 비판하고 구덩이로 끌어내리려 해서는 안 된다는 취지다. 이는 자신에 대한 비판은 '폭력으로써 폭력을 바꾸는' 오류를 범하는 것이라는 입장이므로, 모택동은 주무왕을 막아 선 백이와 숙제의 입장과 일치하는 태도를 보여주고 있는 것이다.

이를 「잘 가시오, 스튜어트 선생!」의 논조와 비교해보면, 완전히 상반된다. 「잘 가시오, 스튜어트 선생!」에서는 '혁명전쟁'에 참여하지 않았다고 백이와 숙제를 비판했는데, 여기서는 오히려 '불사이군'을 외치며 '혁명전쟁'에 반대하는 백이와 숙제를 지지하고 있기 때문이다.

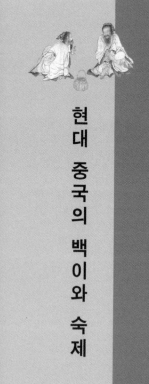

3

현대 중국의 백이와 숙제

백이와 숙제의 이미지는 현재도 살아서 활용되고 있는 아이콘이다. 필자는 최근 하북성河北省 노룡현盧龍縣을 답사한 바 있다.5 대부분의 조선 연행사들이 방문했던 이제묘夷齊廟 유적지를 찾아보기 위해서였다. 그 과정에서 노룡현을 기반으로 백이와 숙제의 문화를 연구하고 후원하는 연구자, 공무원, 기업가들의 모임인 고죽문화연구중심孤竹文化研究中心 관련자들을 만날 수 있었다.

특히 백이와 숙제가 나오는 다양한 중국의 문헌 기록들을 모아 놓은 『동방덕원東方德源』의 저자 송해빈(宋海斌, 고죽문화연구중심 부주임) 선생을 만나 많은 이야기를 나눌 수 있었던 것이 가장 큰 수확이었다. 그의 도움으로 노룡현을 방문해 『동경제일부東京第一府』, 『중국고죽문화中國孤竹文化』, 『시화고죽詩話孤竹』 등의 책을 책임 편집한 송곤(宋坤, 고죽문화연구중심 부주임) 선생을 만나 조선 연행사들이 방문했던 이제묘夷齊廟 유적지를 직접 찾아가볼 수도 있었다.

이제묘는 현재 행정 구역상 노령현이 아니라 그 옆의 난현灤縣에 있었는데, 이전에는 이곳도 노령현에 속해 있었다고 한다. 그 동네 사람들에게 물어가며 어렵사리 이제묘 유적지를 찾아갔더니 처음 필자 일행을 반기는 것은 닫힌 커다란 철문뿐이었다. 알아보니 원래 이제묘가 있던 이곳은 1958년 완전히 철거되었고, 그 뒤 철광으로 개발되었다가 지금은 폐허

夷齐加油站

2019年1月15日

天下为公行大道

황량한 옛 이제묘 유적지　남아 있는 토성과 벽돌 일부
난하　　　　　　　　성지청 백주
백이·숙제 주유소　　『진황도일보』 칼럼
ⓒ 김민호

처럼 거의 활용이 안 되고 있다고 하였다.

철문을 두드리니 사람이 나왔는데 이제묘 유적지는 맞지만 남은 게 아무것도 없다고 하였고, 들어가 보니 황량한 공터에 민가 건물이 조금 있을 뿐이었다. 그곳 사람 얘기가 이제묘 유적지로 현재 남아 있는 것은 토성土城과 벽돌 정도란다. 다만 난하灤河는 여전히 있어 공터 아래 흐르고 있었다. 비록 이제묘의 유적지는 폐허가 되었지만, 난하를 보니 당시 이제묘에서 내려다보였을 그 광경이 조금은 상상이 되었다.

'성지청강양중심聖之淸康養中心'의 고언高彦 대표도 만났다. 그는 맹자가 백이와 숙제를 '성인 중 맑으신 분'이란 뜻으로 '성지청자聖之淸者'로 칭한 사실과 이들이 나이 들어 문왕文王에게 의탁하려 했었다는 사실에 착안해 노인 요양원을 운영하고 있었다. 뿐만 아니라 '성지청聖之淸'이란 백주白酒 브랜드도 만들어 판매하고 있었다.

또한 청성산淸聖山의 마조강馬兆江 대표는 산 하나를 청성산이라 이름 붙이고, 남송南宋 이당(李唐, 1050~1130)의 「채미도采薇圖」를 본 따 거대한 백이와 숙제의 동상을 세우고, 그곳을 테마파크로 꾸며놓고 있었다. 실제로 이곳에서는 그 지역 학생들이 참여해 백이와 숙제를 기리는 행사를 진행하기도 한다. 이렇게 지역 기업가들은 백이와 숙제를 자기 사업의 브랜드로 활용하고 있었다. 심지어 백이·숙제 주유소가 다 있을 정도다.

송해빈 선생은 지역 신문인 『진황도일보秦皇島日報』에 「평이한 말로 인민에게 다가서다'를 보고, 백이와 숙제의 미덕을 품평하다〔觀平語近人 品夷齊美德〕」란 제목으로 2018년 10월 30일부터 2019년 1월 15일까지 12회에 걸쳐 현 중국 공산당 총서기 시진핑習近平의 어록과 백이와 숙제를 연결해 칼럼을 게재하기도 하였다. 이 시리즈는 중국중앙텔레비전(CCTV)의 '백가강단百家講壇'에서 총12회에 걸쳐 방영된 '평이한 말로 인민에게 다가서다 — 시진핑 총서기의 말을 인용하다〔平語近人 — 習近平總書記用典〕'란

玄水灣清聖山

청성산(위)과 그 입구에 세워진 백이와 숙제 동상(아래) (ⓒ 김민호)

특별 프로그램에서 착안해 기획된 것으로, 중국 최고 권력자 시진핑과 성인으로 떠받들어지는 백이와 숙제를 연결해 쓴 기사다.

이렇게 백이와 숙제는 지금도 중국에서 정치·경제적 필요에 의해 무시로 소환·소비되고 있다.

* * *

현대에 들어와서도 백이와 숙제는 다양한 상황에서 쉼 없이 등장한다. 구악을 타파하고, 새로운 세상을 꿈꿨던 노신의 입장에서 백이와 숙제는 세상물정 모르는 고리타분한 늙은이에 지나지 않았다. 이에 그는 『고사신편』 「채미」에서 백이와 숙제를 철저하게 조롱한다. 여기서 백이와 숙제는 『사기』 「백이열전」에서처럼 주무왕의 혁명전쟁을 막아서지만, 노신에게 이들은 더 이상 떠받들어야 할 충절의 상징이 아니었다. 같은 행위도 상황에 따라 정반대의 평가가 나올 수 있다는 것을 노신의 작품을 통해 알 수 있다.

혁명전쟁을 벌이던 모택동은 「잘 가시오, 스튜어트 선생!」에서 주무왕을 막아선 이들의 행위를 비판한다. 주무왕의 '인민해방전쟁'에 참여하지 않은 이들은 당시 '인민해방전쟁'을 벌이던 모택동의 입장에서 비판받아 마땅했다. 그러나 모택동은 정치적 상황에 따라선 이들의 행동을 지지하며 정반대의 평가를 내리기도 했다. 이처럼 백이와 숙제의 행동은 받아들이는 사람의 상황에 따라 언제든지 그 평가가 달라질 수 있었다.

덧붙여 최근 필자의 이제묘 유적지 답사를 통해 21세기에도 여전히 구구한 이유로 소환·소비되고 있는 백이와 숙제를 재확인할 수 있었다.

제8장

조선의 백이와 숙제

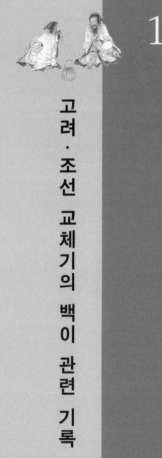

1

고려·조선 교체기의 백이 관련 기록

태종 이방원의 백이 관련 언급

이성계(李成桂, 1335~1408)의 위화도威化島 회군回軍으로 고려(高麗, 918~1392)가 스러지고 조선(朝鮮, 1392~1897)이 일어선다. 이때 이방원(李芳遠, 1367~1422)은 아버지 이성계를 도와 조선 건국에 혁혁한 공을 세운다. 그리고 두 차례 왕자의 난을 거쳐 스스로 왕위에까지 오른다.

그는 구세력 제거에 큰 역할을 담당했다. 그 과정에서 고려의 충신 정몽주(鄭夢周, 1337~1392)의 진심을 떠보기 위해 "이런들 엇더ᄒ며 져런들 엇더ᄒ료, 만수산 드렁츩이 얼거진들 엇더ᄒ리, 우리도 이ᄀᆞᆺ치 얼거져 백년ᄭᆞ지 누리리라"[1]라며 「하여가何如歌」를 읊었다. 익히 알려졌다시피 정몽주는 이에 "이몸이 죽어죽어 일백번 곳쳐죽어, 백골이 진토되어 넉시라도 잇고업고, 님향ᄒᆞᆫ 일편단심이야 가실줄이 이시랴"[2]라는 「단심가丹心歌」로 대꾸하며 자신은 고려와 운명을 함께할 것임을 분명히 밝혔다. 결국 정몽주는 이방원 무리의 습격으로 선죽교善竹橋에서 죽는다.

이렇게 왕조 교체기, 구 왕조에 충성하려던 정몽주와 새 왕조를 건설하려던 이방원은 은말주초의 백이와 숙제, 그리고 주무왕과 비교해볼 수 있을 것이다. 먼저 『태종실록太宗實錄』에 수록된 태종太宗 이방원의 백이와 숙제 관련 언급부터 살펴보자.

임금이 말하기를, "옛날에 백이와 숙제가 주나라에 벼슬하지 않았는데, 네가 반드시 백이와 숙제의 뜻이 있어서 이런 말을 하였을 것이다. 지금 마땅히 전리田里로 놓아 보내겠다"하였다. 이異가 말하기를, "신의 죄가 죽어야 마땅한데 전리로 돌아가게 되오니, 덕택德澤이 지극히 후합니다. 그러하오나 신이 백이와 숙제의 마음이 있다면 마땅히 일찍 물러갈 것이지 어찌 오늘에 이르렀겠습니까? 간관諫官이 되어서 한 번도 미충微忠을 바치지 못하고 갑자기 전리로 돌아가니, 이것이 한스럽습니다"하였다.[3]

이 인용문은 태종 때 간관으로 있던 노이盧異가 직언한 것에 대해 사간원司諫院에서 임금을 향해 공손치 못한 말을 하고 또 이를 외부인에게 이야기했다는 혐의로 노이를 탄핵하자, 이에 태종이 직접 노이를 불러 일의 본말을 물어보는 와중에 나온 말이다.

여기서 주목할 부분은 "옛날에 백이와 숙제가 주나라에 벼슬하지 않았는데, 네가 반드시 백이와 숙제의 뜻이 있어서 이런 말을 하였을 것이다"라고 한 태종의 언급이다. 태종은 고려에 충성하려던 정몽주를 제거하고, 또 두 번이나 왕자의 난을 벌여 형 정종正宗으로부터 '선위禪位'를 받아 왕이 된 인물이다. 따라서 이 인용문에서 "백이와 숙제의 뜻"은 결코 긍정적인 의미로 쓰인 것이 아니다. 은나라에 충성을 다하고자 한 충절의 상징 백이와 숙제는 당시 태종에게 정몽주처럼 제거해야 할 걸림돌에 지나지 않았던 것이다. 그가 끌어들인 백이의 고사는 노이를 비판하기 위함이었다. 그러자 노이 역시 고향 마을로 돌아가는 것이 한스럽다며, "백이와 숙제의 뜻"을 갖고 있지 않았다면서 이들을 부정하였던 것이다.[4]

그런데 태종 12년(1412) 기록에선 이와 달리 백이를 높이는 언급이 있어 흥미롭다.

의정부에서 전 사헌司憲 장령掌令 서견徐甄을 힐문詰問하기를 청하니, 묻지 말라고 명하였다. 서견이 금주衿州에 살 때 시를 지었었다.

'천년의 신도新都가 한강을 사이하는데, 충량忠良들이 성하게 밝은 임금 도웁네. 삼한三韓을 하나로 통일한 공이 어데 있는고? 도리어 전조前朝의 왕업이 길지 못한 것이 한스럽도다.'

한스럽다〔恨〕는 글자를 탄식한다〔嘆〕는 글자로 고쳐서 전가식田可植에게 보이니, 전가식이 참찬參贊 김승주金承霔에게 고하였다. 김승주가 정부에 말하니, 서견을 잡아서 시를 지은 뜻을 묻도록 청하였다.

임금이 말하였다. "전조의 신하가 전조를 잊지 못하는 것은 인정이다. 옛적에 장량張良이 한韓나라를 위하여 원수를 갚았는데, 군자가 옳게 여기었다. 우리 이씨李氏도 어찌 능히 천지와 더불어 무궁할 수 있겠는가? 만일 이씨의 신하에 이와 같은 사람이 있다면 아름다운 일이다. 마땅히 내버려두고 묻지 말라."

그 뒤에 광연루廣延樓에서 정사를 보는데, 좌우를 돌아보며 말하기를, "서견이 지은 시는 물을 것이 없다" 하니, 대사헌 유정현柳廷顯이 대답하기를, "신 등은 묻고자 합니다" 하였다. 임금이 "서견이 전조의 신하로서 추모하여 시를 지었으니, 또한 착하지 않은가?" 하니, 사간司諫 이류李䃟가 나와서 "서견이 비록 전조의 신하이나 몸은 아조我朝에 있으니, 묻지 않을 수 없습니다" 하였다. 임금이 "서견이 북면北面하여 나를 섬기지 않으니, 어찌 우리 신하라고 할 수 있겠는가? 경등이 반드시 묻고자 한다면 백이의 도를 그르다고 한 뒤에야 물을 수 있을 것이다" 하니, 대언代言 한상덕韓尙德이 나와서 "이 시의 윗 구절은 비록 아조를 아름답게 여겼으나, 아래 구절은 전조를 사모하여 지은 것입니다" 하였다.

임금이 말하였다. "서견이 전조에서 벼슬이 장령에 이르렀는데, 지금은 쓰이지 못하였으니, 추모하는 것이 무엇이 불가한가? 만일 서견을 죄준다면, 길재吉再는 바야흐로 관직을 제수하였는데도 가버렸으니, 이것도 또한 불가한가?"

일이 드디어 정지되었다.[5]

이 인용문은 고려를 사모하는 시를 지은 서견을 태종이 용서해주는 내용을 담고 있다. 전 사헌 장령 서견이 전 왕조가 오래가지 못한 것이 한스럽다며 고려를 그리워하는 내용의 시를 짓자 의정부議政府에서 힐문하기를 청하였지만, 태종은 이를 따르지 않는다. 이 과정에서 태종은 서견은 현재 자기 신하가 아니고, 만약 그를 그르다고 한다면 백이의 도를 그르다고 한 뒤에야 그를 벌 줄 수 있을 것이라면서 전 왕조에 충성을 다하는 백이의 도는 그르다고 할 수 없다는 입장을 견지한다.

또한 태종은 이전 왕조의 신하가 자신의 왕조를 잊지 못하는 것은 인지상정이라며 서견의 절의를 긍정한다. 뿐인가. 이씨 왕조도 어찌 천지와 더불어 영원할 수 있겠냐며 만약 조선이 망한 후에도 서견처럼 조선을 그리워하는 사람이 있다면, 이는 아름다운 일이라며 그를 두둔하기까지 한다. 조선 개국에 함께하지 않는다는 이유로 정몽주를 제거했던 그가 조선의 기틀이 일정 정도 잡히자 백이와 숙제에 대해 비판에서 옹호의 입장으로 돌아선 것이다.

실제로 그는 태종 5년(1405) 자신이 제거한 정몽주를 영의정領議政으로 추증追贈하고, 익양부원군益陽府院君에 추봉追封했으며, 문충文忠이라는 시호諡號까지 내렸다. 이유야 선명하다. 기틀이 잡힌 조선에서는 정몽주나 서견처럼 지조를 굽히지 않고 자신이 속한 왕조에 충성하는 이들이 필요했기 때문이다.

높은 절개 천년토록 늠름한 백이

정몽주도 백이와 숙제를 노래한 시, 「감우感遇」를 남겼다.

> 서산에는 무엇이 자라나는가?
> 깊은 골에 향기로운 고사리 많네
> 그 고사리 뜯는 이는 누구이던가?
> 숙제와 백이였다네
> 주나라의 곡식 먹음 부끄럽나니
> 배가 고파 고사리를 캔 건 아니네
> 희씨가 사나운 자 제거 하자
> 팔백 제후 모두 다 조회하였네
> 온 천하가 거룩하다 칭송했건만
> 이들만은 홀로 그를 그르다 했네
> 높은 절개 천년토록 늠름하여서
> 강상이 이로 인해 부지되었네[6]

정몽주는 당시 최고의 학자 이색(李穡, 1328~1396)의 문하에서 조선의 기틀을 닦은 정도전(鄭道傳, 1342~1398) 등과 함께 수학했다. 스승 이색은 그를 우리나라 성리학의 창시자로 평가했고, 정도전 역시 그를 존경하였다고 한다.

정몽주는 사실 명나라의 철령위鐵嶺衛 요구에 전쟁을 주장하는 최영파와 외교적 방법으로 해결하자는 이성계파가 나뉘었을 때 이성계파와 의견을 함께했다. 위화도 회군 후 이성계가 권력을 장악해 공양왕恭讓王을 옹립할 때도 마찬가지였다. 그러나 고려를 개혁해야 하고, 왕을 폐할 수도 있다고 생각한 것은 이성계와 같았지만, 역성혁명에는 반대하여 결국 이

光緒庚辰秋八月下澣

題于員船館 英植

春陽書院本 希園李漢喆重摹於海四論世之室

정몽주

성계와 적이 되었던 것이다.

　역성혁명에 반대한 그였기에 이 시에서도 충절의 상징인 백이와 숙제 이미지를 그대로 갖고 와서는 온 천하가 주무왕을 거룩하다 칭송했지만 백이와 숙제만은 그를 그르다 하였다며 이들을 칭찬하고 있다. 나아가 이들의 높은 절개는 천년토록 늠름하여 사람이 지켜야 할 근본 도리가 유지될 수 있었다며 아낌없이 이들을 높이고 있다.

2

세조의 왕위찬탈과 백이 관련 기록

고사리를 캤다고 비판받는 백이

조선시대에 백이의 숙제를 언급한 이들로 사육신死六臣과 생육신生六臣을 빼놓을 수 없다. 사육신은 조선 단종(端宗, 1441~1457)의 왕위를 찬탈한 수양대군(首陽大君, 1417~1468)에 대항해 복위를 꾀하다가 처형당한 성삼문(成三問, 1418~1456), 박팽년(朴彭年, 1417~1456), 하위지(河緯地, 1412~1456), 이개(李塏, 1417~1456), 유성원(柳誠源, ?~1456), 유응부(俞應孚, ?~1456) 등 여섯 명을 가리킨다.

이들은 조선 중기 이후 충절을 상징하는 인물로 떠받들어졌다. 그중 성삼문은 세종(世宗, 1397~1450) 때 집현전학사集賢殿學士로 뽑혔으며, 세종의 지극한 총애를 받았다. 명나라에서 음운音韻과 교장敎場 제도를 연구해 돌아와 1446년 훈민정음訓民正音을 반포하는 데 지대한 공헌도 세운다.

수양대군은 1453년 계유정난癸酉靖難을 일으켜 정권을 잡은 후, 1455년 단종을 위협하여 왕위를 선양받는다. 1456년 성삼문은 단종 복위를 꾀하다 발각되고, 자신은 물론 가족들까지 모두 처형되었다. 왕이 된 수양대군이 그를 모질게 고문하였으나 끝내 세조를 '주상主上'이나 '전하殿下'라 부르지 않고, '나으리[進賜]'라는 종친宗親에 대한 호칭으로만 부른 일화는 유명하다. 그가 처형된 후 그의 집 곳간을 살펴보니 세조가 준 녹이

노량진 사육신공원 내 이들을 모신 사당 의절사(위)와 묘역 (ⓒ 서울역사편찬원)

고스란히 쌓여 있었다고 한다.

성삼문은 명나라 사신으로 가던 길에 백이와 숙제 사당에 들러 찬양 일색의 비문이 새겨진 빗돌에 다음과 같은 「절의가節義歌」를 썼다. 그러자 빗돌에서 땀이 비 내리듯 흘렀다는 전설과 같은 이야기가 전한다.

수양산 브라보며 이제를 한㷌호노라
주려 주글진들 채미採薇도 호는 것가
비록애 푸새엣 거신들 그 뉘 싸헤 낫두니[7]

그는 주무왕을 섬기지 않고 수양산으로 들어가 굶어 죽은 백이와 숙제 의 행위도 부족하다며 시에서 비판한다. 주나라 땅에서 난 고사리도 캐먹 지 말고 죽었어야 한다는 것이다. 이는 스스로의 엄격함에서 비롯된 결벽 증과 맞닿아 있다.

고사리와 관련해 여기에 흥미로운 시조 한 수를 덧붙이자면, 조선 후 기 주의식(朱義植, ?~?)[8]도 다음과 같은 시조를 읊은 적이 있다. 그의 고사 리 해석은 성삼문의 그것과 달랐다.

주려 주그려 호고 수양산에 드럿거니
현마 고사리를 머그려 키야시랴
물성物性이 구븐 줄 믜워 펴 보려고 키미라

[굶어 죽으려고 수양산에 들어갔는데/ 설마 고사리를 먹으려 캤겠는가?/
잎이 굽어 있는 걸 싫어해 이를 펴보려고 캤던 것임을]

주의식 역시 백이와 숙제의 충절을 강조한다. 성삼문이 고사리를 캐먹 은 두 주인공을 비난하는 데 반해, 그는 이들을 변호하는 쪽이다. 백이와 숙제가 수양산에 들어간 까닭은 굶어 죽기 위함이었는데, 설마 고사리나

캐서 구차하게 목숨을 연명하려 했겠느냐는 취지다. 그러면서 이들이 고사리를 캔 이유는 그 생김새가 구불구불 말려 있어, 즉 곧지 못해 이것이 싫어 펴기 위함이었다.

보건대 세조의 단종 폐위라는 현실에 직접적으로 얽혀 있던 성삼문의 경우, 백이와 숙제를 이해해줄 여유가 없었다. 그러나 비정상적인 왕위 교체와는 시간적 거리가 있었던 주의식의 경우, 성인인 이들의 행동을 어떻게든 합리화하고 싶어 했고, 이에 위와 같은 해석을 시조에 담았던 것이다.

여기서 우리는 '수양산首陽山'이란 단어에도 주목할 필요가 있다. 세조의 대군大君 시절 봉호封號가 '수양대군'이었음은 주지하는 바다. 그러나 그의 봉호가 처음부터 수양대군은 아니었다. 『세조실록世祖實錄』을 보자.

> 세조의 성품과 재능에 대해 평하다.
> 선덕宣德 무신년 6월 정유에 처음으로 진평대군晉平大君에 봉해졌다가 뒤에 고쳐서 함평대군咸平大君으로 봉해졌고, 다시 진양대군晉陽大君으로 고쳤다가 또 수양대군首陽大君으로 고쳤다.[9]

이처럼 원래 수양대군의 봉호는 진평대군이었다. 그 뒤 함평대군, 진양대군을 거쳐 수양대군이란 봉호를 받은 것이다. 왜 세종은 그에게 수양대군이란 봉호를 내린 것일까? 수양대군의 성향을 일찍부터 알고 있었던 아버지 세종은 그의 야심을 걱정하며 충절의 대명사인 백이와 숙제를 생각하라며 수양산에서 수양을 가져다 그의 봉호를 삼았을 것이다. 그러나 그는 끝내 조카 단종을 폐위하고 스스로 왕이 되고 만다.

주나라를 부끄럽게 여긴 백이

생육신은 목숨을 잃지는 않았지만 평생 벼슬길에 나아가지 않고 초야에 묻혀 살던 김시습(金時習, 1435~1493), 원호(元昊, ?~?), 이맹전(李孟專, 1392~ 1480), 조려(趙旅, 1420~1489), 성담수(成聃壽, ?~?), 남효온(南孝溫, 1454~1492) 등 여섯 명을 일컫는다. 사육신이 절개로써 생명을 바친 것과 달리, 이들은 살아 있으면서 귀머거리나 소경인 체, 또는 방성통곡하거나 두문불출하 며 단종을 추모하였다.

생육신 가운데 한 명인 김시습은 이미 5세에 시를 지어 이를 국왕인 세종까지 알았고, 세종이 장차 크게 쓸 재목이니 열심히 공부하라며 선물 까지 내렸다고 전한다. 이처럼 전도가 양양하던 김시습이었지만, 21세 때인 1455년 수양대군의 왕위 찬탈 소식을 듣고 책들을 모두 불사른 뒤 스스로 머리를 깎고 승려가 되어 전국 각지를 유랑하였다. 사육신들이 거열형車裂刑에 처해지자 그들의 시신을 거둬 노량진 가에 임시로 매장한 이도 김시습이라고 전해진다.

조선 최초의 한문소설 『금오신화金鰲新話』의 작가로도 유명한 그의 글 에는 무왕, 백이, 여상呂尙, 기자箕子, 비간比干, 미자微子 등 백이와 숙제 시기의 인물들에 대한 언급이 많은데, 이는 아마도 세조의 왕위 찬탈이라 는 사건이 그의 인생행로에 많은 영향을 미쳤기 때문일 것이다. 그는 「백 이숙제찬伯夷叔齊贊」에서 자신의 생각을 이렇게 밝힌다.

> 하늘이 무왕에게 명하여 은나라를 제거하게 했는데
> 죄인을 주벌했다 하지만 사실은 상서롭지 않았지
> 천 년의 세월 흐른 이후에 구실이 되는 것이 슬프니
> 그리하여 백이와 숙제는 무왕의 칼끝을 범하였네
> 말고삐 부여잡고 간하니 그 말은 더없이 선했지만

김시습

그 일 이미 정해져 있어서 중간에 멈출 수가 없었네
좌우 신하 병기로 치려는데 태공이 의사임을 드러냈네
주나라가 천하의 종주 되자 백이·숙제 부끄럽게 여겨서
수양산에 들어가 숨어서는 고사리 캐 먹다 굶어 죽었네

채미가는 이렇다
저 서산에 올라 고사리를 캐노라
난폭함으로 난폭함을 바꾸고도 그 잘못을 알지 못하네

나는 말한다. 백이와 숙제가 이와 같이 말한 것은 대개 주 무왕이 비록 죄인을 벌하고 백성을 구휼했지만, 그 당시 아비의 상을 치르기 전인데도 오히려 그 주검을 장사하지 않고, 상복을 입은 채 신하로 임금을 쳤기 때문이다. 그렇다면 무왕의 난폭함은 주임금보다 더 심하다. 더욱이 주임금의 난폭함은 몸이 노쇠하여 죽게 되면 오히려 혹 고칠 수도 있고, 그렇지 않더라도 후세의 징악懲惡이 될 수 있다. 그러니 주무왕의 난폭함은 당대에 더 심한 것이 없었고, 만세에 악취를 전하는 것이 매우 크다. 어찌하여 이렇게 말하는가? 대개 장사를 지내지 않은 채 군대를 따라 후세에 불효하는 자의 근원이 되었고, 신하로 임금을 시해하여 후세에 제위를 찬탈하는 자의 근본이 되었기 때문이다.[10]

김시습은 이렇게 백이와 숙제를 충절의 대명사로 평가한다. 다만 여기서 우리가 주목해야 하는 것은 김시습의 주무왕에 대한 평가이다. 주무왕에 대한 평가는 역대 학자들을 괴롭히는 것이었다. 백이와 숙제를 높이자니 주무왕을 낮춰야 하고, 주무왕을 높이자니 백이와 숙제의 행위가 그릇되는 상황이 발생하기 때문이다.

이에 논리적 모순이 일정 정도 발생함에도 백이와 숙제와 주무왕 모두를 높이거나(사마천 『사기』), 주무왕의 혁명은 긍정하나 주무왕의 정치를 비판하며 백이와 숙제의 행위를 긍정하거나(여불위의 『여씨춘추』), 백이와 숙제를 칭송하면서 무왕이 혁명을 일으켜서는 안 됐었다고 무왕을 비판하거나(한유 「무왕론」), 무왕을 칭송하면서 백이와 숙제가 그를 만나지 못했을 것이라며 이들에게 면죄부를 주려하거나(왕안석 「백이론」), 백이와 숙제를 비판하여 무왕의 혁명을 칭송하는(주원장 「박한유송백이문」) 등 그야말로 다양한 스펙트럼을 보여주고 있다.

김시습의 「백이숙제찬」은 이 가운데 한유의 「무왕론」 계열을 따르는 것으로, 무왕이 혁명을 일으켜서는 안 되었다는 입장이다. 그는 무왕이 죄인인 주왕을 벌하고 백성을 구한 부분은 긍정하고 있다. 그러나 상중에, 게다가 신하의 신분으로 임금을 친 것은 도저히 용서할 수 없는 것이라 생각한다. 이에 "무왕의 난폭함이 주임금보다 더 심하다"며 폭군인 주임금을 더 높이는 주장까지 하고 있다. 그가 보건대 주임금의 난폭함은 나이 들어 죽으면 끝나는 것이고, 혹 그렇게 되지 않는다 하더라도 후세에서 그를 비판하기 때문에 참을 수 있는 것이라며, 한유의 「무왕론」과 유사한 논리를 편다. 그러면서 주무왕의 난폭함은 그보다 더 심한 것이 없고, 오래도록 악취를 전하는 것이라며 주무왕을 강하게 비판한다.

얼핏 우리 입장에서는 쉽게 동의할 수 없는 생각이지만, 김시습은 그 나름의 이유를 들고 있다. 장사도 지내지 않고 전쟁을 일으키는 것은 후세에 불효자에게 핑계를 댈 수 있게 해 주고, 또 신하 신분으로 임금을 시해하는 것은 후세에 제위帝位를 찬탈하는 데 핑계를 제공해준다는 것이다. 다시 말해 수양대군이 선왕의 왕위를 찬탈할 수 있었던 것도 주무왕 같은 이가 먼저 그런 행위를 한 탓이다.

어려서부터 세종의 사랑을 받았고, 또 세조가 단종의 왕위를 찬탈해 자신의 모든 삶이 바뀌어버린 김시습의 입장에서는 그 분노를 주무왕에게

라도 쏟아 붓지 않으면 견딜 수 없었을 것이다. 그러나 폭군 밑에서 고통받았던 민초의 입장에서 그의 이러한 주장은 받아들여지기 어렵다.

김시습은 또 「제서사가위천어조도題徐四佳渭川漁釣圖」를 지어 무왕을 도와 주나라를 건국한 강태공까지 비판한다.

> 비바람이 스산하게 낚시터에 일어나니
> 위천의 고기와 새들도 이미 세상을 잊어버렸네
> 어찌하여 노년에 무왕의 날랜 장수가 되어
> 공연히 백이와 숙제에게 고사리를 캐먹다가 죽게 했는가?[11]

이는 서거정(徐居正, 1420~1488)이 태공망太公望이 낚시하는 그림을 가져와 김시습에게 보여주고 시를 써주기를 부탁하자 그가 곧바로 지어낸 작품이다. 강태공이라고도 불리는 태공망은 위수에서 낚시를 하다가 주나라의 문왕에게 발탁되었고, 후에 문왕의 아들 무왕을 도와 주나라를 건국하는 데 결정적인 공을 세운 인물이다. 이에 후대 사람들은 강태공을 현인으로 추앙하였다. 그러나 김시습은 백이와 숙제의 입장에서 보았을 때 강태공은 반란군의 앞잡이에 불과했다고 해석한다. 단종 폐위를 반대했던 그는 이렇게 충절의 상징인 백이와 숙제에 빙의될 수밖에 없었고, 강태공은 자연히 그의 비판의 대상이 될 운명이었다.

그런데 이 시는 김시습이 서거정을 비판한 것으로도 볼 수 있다. 수양대군 시절부터 세조와 특별한 인연을 맺었던 서거정은 김시습과 정반대로 세조 치하에서 승승장구하였다. 다시 말해 서거정은 세조의 강태공이었고, 김시습은 강태공 비판을 통해 서거정을 비판한 것이었다. 이 시를 본 서거정이 "내 죄를 꾸짖는 시다"라 하였다는 말이 전하기도 한다.

세조에게는 신숙주가 백이

세조는 조카인 단종을 폐위하고 왕위에 올랐고, 이에 반대한 성삼문 등의 신하들은 단종 복위 운동을 벌이다 죽음에 이르기도 하였다. 그러나 당시 조정에는 사육신과 생육신처럼 단종에 충성하는 신하만 있었던 것이 아니었다. 성삼문과 함께 집현전 학사로 있던 신숙주(申叔舟, 1417~1475)는 세조의 편에 섰고, 후에 영의정의 자리에까지 오르는 등 승승장구한다.

그러나 민간에서는 신숙주를 변절자로 여겼고, 그를 미워해 '숙주나물'이란 이름까지 나물에 붙일 정도였다. 원나라 때 문헌인 『거가필용居家必用』에는 두아채豆芽菜라는 이름이 나오는데, 조선시대 들어와 민간에서 이 나물을 숙주나물이라 부르기 시작하였다고 한다. 이는 백성들이 신숙주를 미워하여 붙인 것인데, 숙주나물로 만두소를 만들 때 짓이겨서 하기 때문에 신숙주를 이 나물 짓이기듯이 하라는 뜻이 담겨 있다고 한다. 이렇게 놓고 보면, 신숙주에게 절개가 있었다고 평가하기는 어렵다.

그런데 『세조실록』을 보면 신숙주 등을 절개 있는 신하로 평가한 기록이 있다.

> 근정문에 나아가 조참을 받고, 사정전에 나아가 왕세자와 임영대군 구, 봉원부원군 정창손, 영의정 신숙주, 좌의정 구치관, 형조판서 김질, 병조판서 윤자운, 승지와 여러 장수들을 불러서 술자리를 베풀었다. 임금이 세자에게 명하여 술을 올리게 하고, 신숙주 · 정창손 · 홍윤성으로 하여금 술병을 받들고 따르게 하면서 말하기를, "이들은 바로 상산사호商山四皓이다"라고 하였다.[12]

세조는 영의정 신숙주 등의 조참을 받은 후 술자리를 베푼다. 이 자리에서 세조는 신숙주 등을 일러 '상산사호'라 칭한다. 상산사호란 진秦

나라 말기에 난리를 피하여 상산商山에 살던 동원공東園公, 하황공夏黃公, 녹리선생甪里先生, 기리계綺里季를 가리키는데, 이들은 진한秦漢 교체기에 섬서성陝西省 상산商山에 은거하였고, 네 사람 모두 수염과 눈썹이 하얘서 붙여진 호칭이다. 진나라의 학정虐政을 피해 은둔하던 이들은 한漢 고조 高祖 유방劉邦이 불러도 오지 않았다. 이들의 절조는 백이와 숙제에 비견 될 정도다.

『태평광기』를 보면 이런 기록이 나온다.

호소胡昭

호소는 자가 공명孔明이며 영천潁川 사람이다. 그는 젊어서부터 박학 했고, 영화와 명리를 바라지 않았으며 백이와 사호의 절조를 지니고 있었다.[13]

이 글은 『태평광기』에 수록된 문장으로, 원래는 장회권(張懷瓘, ?~?)이 지은 서예가와 서예를 평론한 저작 『서단書斷』에 실려 있던 것이다. 여기 서 장회권은 삼국시대의 서예가이자 은사隱士인 호소(161~250)에 대해 설 명하면서 그가 백이와 숙제, 그리고 상산사호의 절조를 지니고 있다고 칭찬하고 있다. 이를 통해 우리는 상산사호가 백이와 숙제처럼 충절의 대명사임을 알 수 있다.

이렇게 백성들은 변절자라 욕하는데도 세조는 신숙주를 백이와 숙제 같은 충성심 높은 신하로 평가한 것이다.

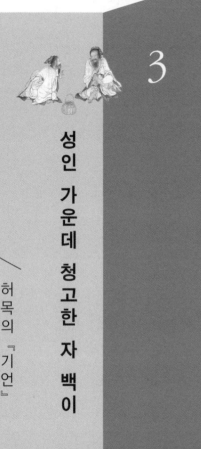

3

성인 가운데 청고한 자 백이

허목의 『기언』

『예기禮記』에 "대부는 칠십이 되면 벼슬에서 물러난다〔大夫七十而致事〕"라고 하였다. 동양에서는 고래로 이 조항이 고위 공직자의 은퇴시기를 정하는 기준으로 사용되었다. 그런데 조선 후기에 칠십도 아닌 팔십대에 우의정으로 발탁된 인물이 있었는데, 미수眉叟 허목(許穆, 1595~1682)이 그 주인공이다.

조선시대에 70세가 넘도록 정승으로 재직한 사람이 없지는 않았다. 대표적으로 세종대의 명재상 황희(黃喜, 1363~1452)는 87세까지 정승의 직위에 있었지만, 그는 64세에 우의정이 된 뒤로 20년 가까이 줄곧 정승 자리를 지킨 경우이다. 그런데 미수는 이와 달리 거의 평생을 재야의 학자로 지내다가 81세가 되어 우의정으로 발탁되었다. 평균 수명이 현대에 한참 못 미치던 그때 이처럼 파격적인 인사가 이루어졌다는 것은 흥미로운 일이다.

허목은 자신의 문집을 직접 엮어 『기언記言』이라 이름 지었다. 일반적으로 특정 인물의 사후에 그 제자나 후손이 유작을 정리해서 만드는 것이 문집임을 감안한다면, 미수가 『기언』을 스스로 엮은 것도 또한 특별한 일이었다. 게다가 허목은 '기언'이라는 독특한 이름도 스스로 정하였다. 기언은 '말을 기록하다'는 뜻이다. '언'은 모범이 될 만한 말과 글, 곧 진리이다. 그런 측면에서 보면 기언은 평범한 문집이라기보다 후대에 남기려

허목

는 의도로 적었던 '언', 즉 허목 나름의 진리라고 하겠다. 그는 여기서 일반적으로 문집에 사용되는 문체별 분류가 아닌 학學, 예禮, 문학文學, 고문古文, 유림儒林 등의 주제별 분류 방식을 택하였다.

허목은 송시열과 예학禮學에 대해 논쟁한 남인의 핵심이자 남인이 청남淸南과 탁남濁南으로 분립되었을 때는 청남의 영수로서, 조선시대 정계와 사상계를 이끌어간 인물이다. 그는 고려가 망하자 조선에 출사하지 않은 은사隱士 원천석(元天錫, 1330~?)의 묘지명墓誌銘을 자신의 『기언』 제18권 중편 「구묘丘墓」 2에 수록하고 있다.

선생의 본관은 원주原州, 성은 원씨元氏, 휘는 천석天錫, 자는 자정子正이니, 고려 국자감國子監 진사進士였다. 고려의 정치가 혼란한 것을 보고 은거하여 절개를 지키며 호를 운곡耘谷 선생이라 하였다.
고려가 망하자 치악산雉岳山에 들어가 죽을 때까지 세상에 나오지 않았다. 태종太宗이 여러 차례 불렀지만 나오지 않았으니, 임금이 그 의리를 고상하게 여겼다. 동쪽 지방을 순행할 적에 그의 집에 거둥하였으나 선생은 피하여 숨고 만나주지 않았다. 임금이 시냇가 바위 위로 내려가 집을 지키는 노파를 불러 상을 후하게 내리고, 그 아들인 형泂에게 벼슬을 주어 기천 감무基川監務로 삼았다. 후인들이 그 바위를 태종대太宗臺라고 부르는데, 대는 치악산 각림사覺林寺 옆에 있다. (……)
내 들으니 "군자는 은둔하여도 세상을 저버리지 않는다" 하였는데, 선생은 비록 세상을 피하여 은둔하였지만 세상을 잊은 분은 아니었다. 절개를 지켜 흔들리지 않고 자신의 순결을 보존하였다. 백이伯夷의 말에 "옛날의 선비는 치세治世를 만나면 그 직무를 피하지 않았고, 난세亂世를 만나면 구차하게 생존하려 하지 않았다. 천하가 혼란하니, 난세를 피하여 나의 지절志節을 지키는 것이 좋겠다" 하였다. 그러므로 그 열전列傳에 "날씨가 추워진 뒤에야 소나무와 전나무가 가장 뒤에 시드는 것을 알 수 있고, 온 천하가 혼란한 뒤에야 청렴한 선비가 드러난다" 하였으며, 맹자도 "백이는 섬길 만한 임금이 아니면 섬기지 않고 부릴 만한 백성이 아니면 부리지 아니하여, 치세에는 나아가고 난세에는 물러났으니 백이는 성인 중에 청고淸高한 자이다"라고 하였으니, 선생은 백이와 같은 부류라 하겠다. 고을 사람들이 선생을 위하여 사당을 세우고 제사를 지내는데, 사당은 원주 북쪽 30리 되는 칠봉七峯 마을에 있다.

깊은 산속 은둔한 선비
시세 따라 거취 정하였네
몸 비록 세상에 아니 나서나
그 뜻을 굽히지 아니하고
그 몸을 욕되게 아니하여
후세에 교훈을 세웠다네
하우 · 후직 · 백이 · 숙제 동등하거니
선생이여 백대의 스승 될 만하여라![14]

원천석은 고려가 망하자 조선에 출사하지 않았다. 그는 어릴 때부터 재명才名이 있었으며, 문장이 여유 있고 학문이 해박해 공민왕 9년(1390) 진사가 되었다. 그러나 고려 말에 정치가 문란함을 보고 개탄하면서 치악산에 들어가 농사를 지으며 부모를 봉양하고 살았다.

일찍이 이방원李芳遠을 왕자 시절에 가르친 적이 있어, 이방원이 왕으로 즉위하여 기용하려고 자주 불렀으나 응하지 않았다. 태종이 원천석의 집을 찾아갔으나 미리 소문을 듣고는 산속으로 피해버렸다. 왕은 계석溪石에 올라 집 지키는 할머니를 불러 선물을 후히 준 후 돌아가 아들 원형元泂을 지금의 풍기豐基 지역인 기천基川의 현감으로 임명하였다. 후세 사람들이 그 바위를 태종대太宗臺라 했고, 지금도 치악산 각림사覺林寺 곁에 있다. 원천석이 남긴 몇 편의 시문과 시조를 통해, 치악산에 은거하면서 끝내 출사하지 않은 것이 고려에 대한 충성심 때문이었음을 엿볼수 있다.

이러한 원천석에 대해, 허목은 치세에는 나아가고 난세에는 물러나며또 절개를 지켜 흔들리지 않고 자신의 순결을 보존한 백이와 숙제 같이맑고 고고한 이라면서 백세의 스승이 될 만한 자격이 충분하다고 말한다.여기엔 대부분의 조선조 지식인들처럼 충절의 상징인 백이와 숙제를 높이는 허목의 심사가 그 배경에 깔려 있다.

4

백이는 정말 말고삐를 잡고 간하였을까

김창흡과 정조의 기록

앞서 언급한 이들 외에도 조선에서 백이와 숙제를 거론한 이들은 넘쳐난다. 송시열, 김창흡, 이덕무, 이남규는 물론, 임금인 정조도 목소리를 더했다. 그러나 대부분의 경우 『사기』 계열의 충절 기반 위에서 그 논술을 이어나가고 있다.

그런데 삼연三淵 김창흡(金昌翕, 1653~1722)은 이러한 흐름에서 남다른 모습을 보여준다. 김창흡은 자는 자익子益, 호는 삼연三淵이며, 시호는 문강文康이다. 과거에는 관심이 없었으나 부친 김수항(金壽恒, 1629~1689)의 명으로 응시하여 진사시에 합격하였고, 형 김창협(金昌協, 1651~1708)과 함께 성리학과 문장으로 널리 이름을 날렸다. 1689년 기사환국己巳換局으로 부친이 진도에서 사사되자 지금의 포천 지역인 영평永平에 은거하였다.

『장자』와 사마천司馬遷의 『사기』를 좋아하고 시도詩道에 힘썼으며, 친상을 당한 뒤에는 불전佛典을 탐독하여 슬픔을 잊으려 하였다. 이후 주자의 글을 읽고 깨달은 바가 있어 유학에 전념하였다. 신임사화辛壬士禍로 절도에 유배되었던 형 김창집(金昌集, 1648~1722)이 사사되자 지병이 악화되어 죽었다. 그의 백이 기록은 이렇다.

백이와 숙제가 무왕의 정벌을 간언한 일은 일곱 성인이 모두 길을 잃고 헤매다가 모두다 왕형공王荊公의 탁월한 견해에 굴복하고 말았다.

처음엔 장주莊周의 우언에서 나온 것을 사마천이 전하고 한유가 칭송하여 천백년 동안 유전하면서 너무 견고하여 깨뜨릴 수 없었는데, 형공에 이르러서야 그 설을 부수게 된 것이다.[15]

김창흡은 당시 조선의 주류적인 흐름과 달리 왕안석의 설을 높이 평가하였다. 김창흡은 장자, 사마천, 한유로 이어지는 백이론의 흐름을 왕안석이 끊어 놓았다고 평가하였다.

여기서 말하는 백이론이란 주무왕을 막아서며 "신하의 신분으로 군주를 치는 것을 인이라 할 수 있습니까?"라고 말했던 사마천의 『사기』「백이열전」의 기록이다. 그러나 앞서 살펴보았듯이 말고삐를 잡고 주무왕을 막아섰다는 기록은 『장자』에는 보이지 않는다.[16] 누차 강조한 것처럼, 이 내용은 『사기』에 처음 보이고, 한유의 「백이송」에 등장하면서 이후 백이와 숙제를 설명하는 확고한 충절 이미지로 자리 잡았었다.

김창흡이 왕안석의 견해 가운데 탁견으로 꼽는 것은 은나라 정벌을 앞두고 백이와 숙제가 무왕에게 간언한 일과 이후 백이의 행적에 대한 허구성 논증을 바탕으로 백이와 태공의 마음이 다르지 않음을 역설하면서 두 주인공이 죽지 않고 무왕 때까지 살아 있었다면 그들의 공렬이 태공과 같았을 것이라는 견해이다.[17] 그러나 조선에서 이러한 김창흡의 의견은 주류가 될 수 없었다.

『홍재전서弘齋全書』는 정조가 동궁 시절부터 국왕 재위 기간 동안 지었던 여러 시문詩文·윤음綸音·교지 및 편저 등을 모아 60권 60책으로 편집한 문집으로, 정조의 사상과 조선 후기 사회 전반을 이해하는 데 중요한 자료로 꼽는다. 위 김창흡의 의견에 대해 정조는 『홍재전서』 제123권 노론하전魯論夏箋 2 「술이편述而篇」 「염유왈부자장冉有曰夫子章」에서 다음과 같이 반응하고 있다.

[문] 백이와 숙제가 정벌에 대해 간언한 한 가지 일을, 한당漢唐의 제자諸子들은 전하여 신사信史로 삼고 정주程朱 제현諸賢은 그대로 실적 實蹟으로 여겼습니다. 수천 년 사이에 왕개보王介甫 한 사람만이 의심하 여 「백이론伯夷論」을 지어 이런 일이 없었다고 단언하였는데, 우리나라 김삼연金三淵이 왕개보의 독자적인 견해를 깊이 허여하였습니다.

그 말에 이르기를, "칠성七聖이 모두 길을 잃고 헤매다가 형공荊公의 척안隻眼으로 귀결되었다. 정벌에 대해 간언한 일은 장주의 우언에서 처음 나왔는데, 사마천이 전傳을 쓰고 창려昌黎가 송頌을 지으매 천백 년 동안 유전流傳하여 깨뜨릴 수 없도록 확고해진 것을 형공에 이르러 서 바야흐로 그 설을 깨뜨렸다" 하고, 또 말하기를, "포학함으로써 포 학함을 바꾼다는 말이 백이의 입에서 나왔다면 백이는 하나의 괴물이 된다. 대저 정벌에 대해 간언한 일이 백이와 숙제에게 과연 있었다면 나라를 양보한 일과 더불어 크게 빛나는 대절大節이 되었을 것이니, 공맹孔孟이 백이와 숙제를 논함에 있어서 가장 먼저 이 일을 제기하였 을 것이요, 이렇게 매몰시키지는 않았을 것이다. 그런데 중언부언하면 서도 한 번도 여기에 대해서는 언급하지 않았고, 이 밖의 경전經傳에 도 징험하여 믿을 만한 말이 없으니, 이것이 매우 의심스럽다" 하였습 니다.

김삼연의 말은 너무 어그러지고 과격한 폐단을 면치 못하지만, 신 또한 정벌에 대해 간언한 한 가지 일은 감히 믿지 못하겠습니다.

[답] 말[馬]의 간을 먹어 보지 않아도 맛을 모르지는 않는 법이다. 백이와 숙제가 인을 구하여 인을 얻었다는 것만 알면 이는 바로 인인仁 人인 것이니, 어찌 말을 붙잡고 간언한 한 가지 일이 있었는지 없었는 지를 논하겠는가. 비록 안다고 하더라도 반드시 그 사람의 인을 더욱 잘 알지는 못할 것이고, 알지 못한다 하더라도 또한 맛을 아는 자가

반드시 말의 간을 먹어 본 것은 아닌 것과 같다.

왕개보의 논論은 문인들이 일반적으로 기이함을 좋아하는 병폐를 면치 못하는 것이다. 근세의 처사 김창흡이 천고의 척안으로 허여한 것은 와전된 말을 따르고 전한 것이라 하겠으니, 어그러지고 과격한지의 여부는 말할 필요도 없다. 나는 정 부자와 주 부자의 주해를 진실로 공경하고 독실하게 믿을 줄 알 뿐이다. 일찍이 듣건대 주 부자의 설에 "백이와 숙제가 말고삐를 끌어당기며 간하였다" 하였고, 정 부자의 설에 "정벌하는 것에 대해 간언하다가 굶어 죽었다" 하였으니, 나는 정자와 주자 두 부자의 가르침에 대해 본디 이의가 없다.[18]

앞에 김창협의 백이 관련 언급과 위 신하의 '[문]'에 보이는 백이 이미지 계보는 필자의 생각을 잘 정리해주고 있다. 위 인용문에서 사마천 이전 공자와 맹자도 주무왕의 정벌에 대해 간언한 일을 언급한 바 없고, 다른 경전에도 언급한 바 없다며, 말고삐를 잡고 주무왕의 혁명을 반대한 사실이 과연 있었는지를 회의적으로 여기고 있음을 볼 수 있다.

그러나 정조는 '[답]'에서 말고삐를 붙잡고 간언한 일이 있었는지 없었는지는 그다지 중요한 일이 아니라며, 중요한 것은 공자가 그들을 인을 구하여 인을 구한 인인仁人이라 평가한 부분이라고 언급한다. 그리고 왕안석의 글은 기이함을 좋아하는 병폐가 있다며, 이를 따른 김창흡의 의견 역시 이렇게 와전된 말을 전하고 있을 뿐이라 비판하고 있다. 그러면서 정조는 정자程子와 주자 모두 백이와 숙제가 간언하다 굶어 죽었다는 말을 하였다며, 자신은 그들의 말을 따르겠다고 선언한다.

이러한 정조의 발언은 주자학을 나라의 기본으로 삼던 조선에서 주류적 해석을 따라야 한다는 국왕의 의지로 보인다. 우선 정조의 입장에서는 불사이군을 외치는 「백이열전」 속 백이가 필요했다. 그리고 말고삐를 잡고 간언을 했는지 안 했는지 같은 세부 사항보다는 신하들로 하여금 정자, 주자의 말에 반대 의견을 내지 않고 무조건 따르게 하는 것이 더 중요했다.

5

품격이 다른 백이 해석

박지원의 「백이론」 상·하

「백이론」 상

북학파北學派의 일원이라 할 수 있는 박지원(朴趾源, 1737~1805)은 자가 중미
仲美이고 호는 연암燕巖이다. 학문과 문장에 뛰어났으나 1765년 첫 과거에
서 뜻을 이루지 못한 후, 과거나 벼슬에 뜻을 두지 않고 오직 학문과 저술
에만 전념하였다.

1768년 백탑白塔 근처로 이사를 한 뒤에는 박제가朴齊家, 이서구李書九,
서상수徐常修, 유득공柳得恭, 유금柳琴 등과 이웃하면서 학문적으로 깊은 교
유를 가졌다. 이 시기를 전후해 홍대용洪大容, 이덕무李德懋, 정철조鄭喆祚
등과 이용후생利用厚生에 대해 자주 토론했으며, 유득공, 이덕무 등과는
서부 지방을 여행하였다.

당시 국내 정세는 홍국영洪國榮이 세도를 잡아 벽파僻派였던 박지원의
생활은 더욱 어려워지고 생명의 위협까지 느끼게 되었다. 결국 그는 황해
도 금천金川 연암협燕巖峽으로 은거했는데, 박지원의 아호가 연암으로 불
린 것도 이에서 연유한다.

1780년 처남 이재성의 집에 머물다가 삼종형 박명원朴明源이 청 건륭
제乾隆帝의 70세 진하사절 정사로 북경에 파견되자, 자제군관 신분으로
수행해 북경과 열하를 방문하였다. 박지원 일행은 북경으로 가던 중 갑자

박지원

기 노정을 바꿔 건륭제가 있던 열하熱河로 가고, 이는 조선 최초의 열하 방문이 된다. 그가 돌아와 저술한 연행록이 바로 『열하일기熱河日記』로, 현존하는 연행록 가운데 최고의 수준과 재미를 갖춘 작품이다.

박지원은 『열하일기』에서도 백이와 숙제에 대해 흥미로우면서도 의미 있는 기록을 남기고 있다. 또 『연암집燕巖集』 제3권 「공작관문고孔雀館文稿」 에 「백이론伯夷論」 상·하를 수록해 당시 주류적 흐름과는 다른 자신만의 백이·숙제관을 피력하고 있다.

『사기』에 무왕이 주紂를 치러 나서자 백이가 말고삐를 끌어당겨 못 가도록 하며 충고했고, 무왕이 은나라를 멸망시키고 나자 백이는 이를 수치스럽게 여겨 수양산에 들어가 굶어 죽었다고 했다. 이에 대해 논 한다.

백이가 무왕에게 충고한 사실은 경서에 나타나 있지 않다. 이것은 제 나라 동쪽 시골 사람들의 말인데 사마천이 취하여 역사적인 사실로 만들었으니 이는 믿을 것이 못 된다. 비록 그렇지만, 이 책을 믿을진댄 논의할 거리가 있을 수 있다.

백이는 이른바 천하의 대로大老요 현인이므로 서백이 일찍이 예의를 갖추어 그를 봉양했다. 그런데 이때에 와서 무왕의 측근 신하들이 백 이를 무기로 치려고 했던 것이다. 아, 선왕이 예의를 갖추어 봉양했던 신하이자 천하의 이른바 대로요 현인인데도, 측근의 신하들이 곧장 그 앞에서 무기로 치려고 했더니, 무왕은 오히려 "내가 아니라 무기가 그 렇게 한 것이다"라는 식이었다. 그러니 접때 태공太公이 아니었던들 백이가 죽음을 면할 수 있었겠는가? (……)

무왕이 기자箕子를 감옥에서 풀어주고, 비간比干의 무덤에 봉분을 해주 고, 상용商容의 마을을 지나갈 때 수레에서 경의를 표했으면서, 유독 백이에게는 관심을 두지 않았으니, 이는 무슨 까닭인가? 아, 살았을

노년의 건륭제

때는 예의를 갖추어 봉양하기를 문왕과 같이 하고, 그가 떠날 적에는 신하로 대하지 않기를 기자와 같이 하고, 의롭게 여겨 표창하기를 상용과 같이 하고, 그가 죽었을 적에는 봉분하기를 비간과 같이 해야 옳았을 것이다.

그러므로 나는 다음과 같이 말한다.

탕湯과 백이와 무왕은 똑같은 생각이었다. 그들은 천하와 후세를 위해 염려해서 그렇게 한 것이다. 탕 임금이 걸桀을 내쳤는데도 천하 사람들이 흡족해하며 아무도 괴이하게 여기는 자가 없자, 탕 임금은 진실로 이미 염려하기를, "나는 후세 사람들이 나를 구실로 삼을까 걱정이다" 하였다. 그런데 무왕이 마침내 그 뒤를 따라 그와 같은 일을 행했으니, 천하 사람들이 또 흡족해하며 괴이하게 여기지 않는다면, 후세를 위하여 염려됨이 진실로 클 것이다. 그러므로 백이가 무왕을 비난한 것은 그의 거사를 비난한 것이 아니라 자신의 의리를 밝혔을 따름이며, 무왕이 백이의 봉분을 만들어주지 않은 것은 그를 잊은 것이 아니라 그의 의리를 밝게 드러냈을 따름이니, 천하와 후세를 염려한 점은 똑같았다. 아, 예의를 갖추어 봉양한들 그의 의리를 후세에 밝히기에는 부족하며, 표창한들 그의 의리를 후세에 밝히기에는 부족하며, 신하로 대하지 않은들 그의 의리를 후세에 밝히기에는 부족하며, 봉분을 만들어준들 백이를 후대하기에는 부족한 것이다.[19]

박지원은 위에 인용한 「백이론」 상에서 백이가 주임금을 치러가는 무왕에게 말고삐를 끌어당기며 가지 못하도록 충고한 사실이 경서에 없는데, 사마천이 제나라 시골 사람들의 말을 취하여 역사적인 사실인 것처럼 만들었다면서 사마천이 만든 '불사이군' 이미지의 백이를 부정하고 있다. 그럼에도 확고한 『사기』의 영향력을 인식하고, 『사기』의 기록을 기준으로 논의를 진행한다.

박지원은 문왕이 예의로 대했던 백이 같은 현인을 무왕의 신하가 무기로 치려했다는 것은 있을 수 없는 일이라고 비판한다. 그리고 주나라가 세워질 때 현인인 백이가 수양산에 들어가 굶어 죽었다고 하니, 이는 결국 주나라가 천하를 차지한 것이 죄 없는 백이를 죽음으로 몰고 간 것으로부터 시작되는 것이기에, 무왕이 주임금을 정벌할 때의 명분과도 어긋난다고 지적하고 있다. 또 백이가 죽어서도 비간처럼 무덤에 봉분을 해 주지 않았으니 이 역시 상리常理를 벗어나는 행위라는 것이다.

이후 그는 탕임금과 백이 그리고 무왕이 똑같은 생각을 갖고 있었다며, 앞서 언급한 비상식적인 상황들을 해석한다. 우선 상을 건국한 탕임금은 하의 폭군 걸임금을 제거하고 난 후 사람들이 이를 아무도 이상하다 여기지 않자 "나는 후세 사람들이 나를 구실로 삼을까 걱정이다"라며 신하가 임금을 제거하는 선례가 될까 걱정하였다. 아나나 다를까 무왕이 탕왕의 전례를 따라 주나라를 건국하면서 폭군인 주임금을 제거하는 일을 행하였다. 이에 무왕은 후세를 위해, 그리고 일부러 백이의 명성을 높이기 위해, 봉분을 만들어주는 등의 예우를 해주지 않음으로써 백이의 의리를 오히려 밝게 드러내주었다고 말한다. 다시 말해 탕왕, 무왕, 백이는 모두 후세 걱정을 하여 그런 행동을 하였다는 것이다.

「백이론」 상의 경우 노론의 시각에서 영조(英祖, 1694~1776)와 소론少論을 비판한 것이라는 해석도 있다.[20] 그러나 필자는 이보다 박지원이 조선에서 쉽게 찾아볼 수 없었던 왕안석의 「삼성인론」 계열의 백이 해석을 따른 것에 주목한다. 그는 백이가 주무왕을 떠난 것은 주무왕이 폭군이어서가 아니라 후세 사람들이 주무왕을 구실 삼아 역성혁명을 일으킬까 염려되어 무왕을 비난하였을 뿐이라고 해석한다. 주무왕 역시 백이의 봉분을 만들어주지 않은 이유가 백이를 잊었기 때문이 아니라 봉분을 만들어주지 않음으로써 그의 의리를 더 높이기 위해서였다고 풀이해낸다.

혁명을 일으킨 주무왕과 역성혁명을 반대하는 백이. 두 인물은 한쪽을 칭찬하면 다른 한쪽은 욕을 먹을 수밖에 없는 관계였다. 때문에 박지원은 후대 사람들에게 성현으로 추앙받는 이 둘 모두를 함께 높이려 이렇게 새로운 해석을 시도하였던 것이다.

「백이론」 하

박지원은 「백이론」 상에 이어 「백이론」 하에서도 백이 관련 언급을 이어 간다.

> 공자가 옛날의 인자仁者를 칭송했으니, 기자, 미자, 비간이 이들이다. 이 세 분의 행실이 각기 다르기는 했지만, 그래도 모두 인이라는 명칭에서 벗어나지 않았다. 맹자가 옛날의 성인을 칭송했으니, 이윤, 유하혜, 백이가 이들이다. 이 세 분의 행실이 각기 다르기는 했지만, 그래도 모두 성聖이라는 칭호에서 벗어나지 않았다. (……)
> 아, 내가 은나라를 살펴보건대 그 나라에는 다섯 분의 인자가 있지 않았을까? 어째서 '다섯 분의 인자'라고 말하는 것인가? 백이와 태공을 합해서 하는 말이다. 저 다섯 분의 인자들은 소행은 역시 각자 달랐지만, 모두 절실하고 간곡한 뜻을 지니고 있었다. 그러나 서로 기다려야만 인이 되고, 서로 기다리지 않을 경우 불인不仁이 되는 처지였다.
> 미자는 속으로 '은나라가 결국 망하고 말 터이니, 내가 충고할 수도 없는데 충고하려고 애쓰느니 차라리 은나라의 종사宗祀를 보존하는 편이 낫지 않겠는가'라고 생각하고서 마침내 나라를 떠났으니, 미자는 비간이 왕에게 충고해줄 것을 기다린 것이다.
> 비간은 속으로 '은나라가 결국 망하고 말 터이니, 내가 충고할 수 없는

상황이라 해서 충고하지 않으니 차라리 낱낱이 충고하는 편이 낫지 않겠는가'라고 생각하고서 마침내 충고하고 죽었으니, 비간은 기자가 도를 전해줄 것을 기다린 것이다.

기자는 속으로 '은나라가 결국 망하고 말 터이니, 내가 도를 전하지 않으면 누가 도를 전하랴'라고 생각하고서 마침내 거짓으로 미친 척하다가 잡혀서 종이 되었으니, 기자에게는 기다리는 사람이 없는 듯하다. 비록 그러하나 인자의 마음은 하루라도 천하를 잊지 못하는 법이니, 기자는 태공이 백성들을 구제해줄 것을 기다린 것이다.

태공은 속으로 자신을 은나라의 유민으로 생각하면서, '은나라가 결국 망하고 말 터인데, 소사少師는 떠났고, 왕자王子는 죽었고, 태사太師는 구금되었으니, 내가 은나라의 백성을 구제하지 않는다면 장차 천하는 어떻게 될 것인가' 하고서 마침내 주를 쳤으니, 태공 역시 서로 기다릴 사람이 없는 듯하다. 비록 그러하나 인자의 마음은 하루라도 후세를 잊지 못하는 것이니, 태공은 백이가 의리를 밝혀줄 것을 기다린 것이다.

백이는 속으로 자신을 은나라의 유민으로 생각하면서, '은 나라가 결국 망하고 말 터인데, 소사는 떠났고, 왕자는 죽었고, 태사는 구금되었으니, 내가 그 의리를 밝혀 놓지 않는다면 장차 후세는 어떻게 될 것인가' 하고서, 마침내 주나라를 받들지 않았다. 무릇 이 다섯 분의 군자가 어찌 좋아서 그렇게 했겠는가. 모두 마지못해서 한 일이었다. (……) 나는 그러기에 백이와 태공의 도를 은나라의 세 분의 인에 합친 것이다. 이는 또한 공자의 뜻이었다. 공자가 태공을 칭송하지 않은 것은 아마 말하기 어려운 사정이 있어서 그랬을 것이다. 백이의 경우에는 자주 그 덕을 칭송하고, "인을 구하여 인을 얻었으니 또 무슨 원망이 있겠는가?"라고 하였다.

비록 그러하나 감히 그를 세 분의 인자와 연계시키지 않은 것은 아마

무왕에게 누가 될까봐 말하기를 꺼린 것이 아닌가 생각한다. 어떤 이가 말하기를, "만약에 다섯 분의 인자가 합해야 온전한 인이 된다면, 어찌 수고스럽지 않은가?" 하기에, 이렇게 말하였다. "그런 말이 아니라, 그 이치가 그렇다는 것이다. 한 가지 일로써도 인이 되기로 말하자면, 편협하거나 공손하지 못한 점이, 어찌 백이가 청렴해서 성인이 되고 유하혜가 화합을 잘해서 성인이 된 사실을 가릴 수 있겠는가?"[21]

「백이론」 하에서는 기자, 미자, 비간에 백이와 태공을 더해 은나라에 다섯 명의 성인이 있었다고 적고 있다. 미자는 자신이 충고를 한다고 하여도 폭군인 주왕이 자신의 충고를 받아들일 리 없고, 공연히 자신의 목숨만 잃을 것이라 생각했기에 은나라를 떠난다. 그러나 그는 무책임하게 떠난 것이 아니라 비간 같은 사람이 나타나 주왕에게 충고할 것을 알고 있었기에 종사를 지키려는 자신의 역할을 위해 떠났던 것이다.

비간도 결국 충고를 하다 죽음을 맞는다. 죽고 나면 도를 전해줄 수 없는 상황임에도 그는 죽음을 선택한다. 기자가 도를 전할 것을 기다렸기 때문이다. 기자 역시 도를 전하기 위해 거짓으로 미친 체하다 결국 은나라를 떠난다. 도탄에 빠진 백성들을 구제하기 위해 강태공 같은 이가 주 무왕을 도와 혁명을 일으킬 것을 기다렸기 때문이다. 강태공은 백성을 구제하기 위해 신하의 입장임에도 주왕을 친다. 백이가 주나라를 받들지 않고 의리를 밝힐 것을 기다렸기 때문이다. 박지원은 이렇게 이들 다섯 명이 각자 한 일은 다르나 당시에 자신의 역할을 했었기에 성인의 반열에 올라갈 수 있었다고 본다.

그렇다면 박지원이 백이를 다섯 성인 안에 포함시킨 이유는 무엇일까? 그는 결국 백이가 주나라를 받들지 않은 것도 앞서 언급한 성인 각자의 역할 분담을 염두에 둔 것이었기에 어쩔 수 없이 그렇게 한 것이라는 견해를 밝힌다. 이는 조선에서는 찾아보기 힘든 참으로 독특한 입장이다.

필자가 보건대, 박지원은 위 인용문을 통해 세상의 다양한 인간 형상들이 '화이부동和而不同'하며 살아가야 한다는 메시지를 전하려 했다. 그래서 이를 주자학朱子學, 명나라에 갇혀 있는 조선의 주류 지식인을 비판한 것으로 읽는다. 모두가 우러러보는 성인들이지만 그들이 했던 행동들은 각자가 달랐다. 누구는 죽음을, 누구는 피신을, 누구는 타협을, 누구는 미친 척을 택하였으나 각자의 역할을 수행하여 지금 우리가 우러르는 성인의 모습을 보여주고 있는 것이다. 주자학 하나만이 길이요 진리요 생명이라고 강요하는 당시 조선의 답답한 현실을 비판하는 박지원의 열린 생각을 여실하게 보여주는 글이 아닐 수 없다.

6

고사리를 먹지 않은 백이

유희의 『시물명고』

유희(柳僖, 1773~1837)는 조선 후기의 실학파에 속하는 유학자이자 음운학 자로, 초명은 경(儆), 자는 계중戒仲, 호는 서파西陂·방편자方便子·남악南嶽 등이다. 천문·지리·의약·복서·종수種樹·농정農政·풍수·충어蟲魚· 조류 등에 두루 통하였고, 특히 그중에서 따로 전하는 『시물명고詩物名考』, 『물명유고物名類考』, 『언문지諺文志』 등은 국어학사적 사료로서 논의의 대 상이 되고 있다. 특히 『시물명고』에는 백이와 숙제가 수양산에 들어가 캐먹다 죽었다는 '고사리〔薇〕'에 대한 실증적인 기록이 담겨 있다.

미薇는 야생 완두콩이다. 좌수坐水라고도 한다. 도랑 옆에서 자라는 덩 굴 식물이기 때문이다. 대소채大巢菜라고도 하는데, 소소채(小巢菜, 새완 두)와 비슷하기 때문이다.

소소채는 교요翹搖라고도 하며, 합환목(合歡木, 자귀나무)과 비슷하지만 몹시 작다. 지금의 '자괴밥'이다. 대소채는 완두와 비슷하다. 잎은 길쭉 하고 둥글며 줄기는 조금 모가 났고, 꽃은 자주색이며 열매는 가늘다. 『본초강목』에서는 열매가 없다고 했는데 그 그림을 보면 열매가 작으 니, 열매가 없다고 한 것은 열매가 많은 완두콩과 비교했기 때문임을 알 수 있다. 그 줄기와 잎은 채소국을 만들 수 있고, 열매도 곡식을 대신할 수 있다. 그러므로 백이와 숙제가 캐어 먹은 것이다.

공영달孔穎達의 소疏에서는 육기陸璣에 근거하여 풀이하였는데, 이것이 옳다. 주자朱子는 호씨胡氏를 따라서 미궐微蕨이라고 의심하였는데, 미궐은 지금의 자궐(紫蕨, 고사리)이다. 『사기』를 말하는 자는 마침내 백이와 숙제가 고사리를 먹었다고 여겼다.

자서字書에 "미薇는 궐蕨과 비슷한데 가시가 있고 맛이 쓰다. 백이와 숙제가 먹고서 3년 동안 안색이 변하지 않았다"라고 하였다. 고사리는 연한 줄기 식물이니 어떻게 오래 먹을 수 있겠는가. 더구나 상商나라가 멸망한 시기는 몹시 추운 날씨였다. 우리나라 풍속에 사신이 늘상 마른 고사리를 싸 가지고 가다가 청성묘淸聖廟 아래를 지나면 삶아서 반찬으로 삼으니, 더욱 우스운 일이다.[22]

조선 후기에 이르면 고증학적 방법으로 고전을 해석하고, 그 사실 여부를 확인하려는 경향이 짙어진다. 조선 후기 박물학자 유희도 백이와 숙제가 캐먹다 죽었다는 고사리〔薇〕 자체에 집중한다.

두 주인공이 고사리를 캐먹다 죽었다는 기록은 『사기』 「백이열전」에 처음 등장한다. 그 이전 기록에는 대부분 "수양산에 들어가 굶어 죽었다"고 되어 있지 고사리를 캐먹은 상황에 대한 언급은 찾아볼 수 없다. 그는 이시진의 『본초강목』, 공영달의 『모시정의』, 육기의 『모시초목조수충어소』, 주희의 『시집전』 등을 종합적으로 검토하여 우리가 고사리로 알고 있던 '미'는 고사리가 아니라 들완두라는 결론을 내린다. 더불어 백이와 숙제가 수양산에 은거한 지 3년이 지나도록 멀쩡했다는 기록이 있다며, 이들이 풀만 먹어서는 이렇게 멀쩡할 수 없고, 또 은나라가 멸망한 때가 한겨울이기에 산속에 고사리가 있을 수 없었다는 합리적인 추론을 하고 있다. 물론 한겨울에는 들완두도 없었을 것이기에 이들이 무엇으로 연명을 했을지는 알 수 없다. 만약 '미'가 유희가 주장하듯 고사리가 아닌 들완두라면, 연행사들이 이제묘를 방문할 때마다 경건하게 고사릿국을 끓여 먹은 행위는 웃음거리가 되어버리고 만다.

조선 사람들이 '미'를 고사리로 착각한 이유는 주희 때문이라고 한다. 주희는 『시집전』에서 "미는 궐(蕨, 고사리)과 비슷한데 조금 크고 가시가 있으며 맛이 쓰다"[23]라고 풀이했다. 주자의 풀이는 호인(胡寅, 1098~1156)의 해석을 따른 것인데, 『시집전』은 『시경』 이해의 필수 텍스트였으니 '미'가 고사리로 굳어졌다는 것이다.

그러나 조선 후기에 접어들어 고증적인 학문 태도가 유행하면서 확고하다고 여겨진 해석에 의문을 품는 이들이 나타나기 시작했다. '미'가 고사리가 아니라는 주장은 유희 이전에도 있었다. 1613년 간행된 『시경언해』에서는 면마과에 속하는 '회초미'로 풀이했고, 『재물보』와 『광재물보』에서는 유희와 마찬가지로 들완두로 풀이했다. 각종 농서農書와 의서醫書를 보아도 모든 조선 문인들이 '미薇=고사리'라는 오류를 무작정 답습한 것은 아님을 알 수 있다.[24] 그러나 대부분의 조선 사람들은 백이와 숙제가 수양산에 들어가 캐먹은 것을 고사리로 알고 있었다.

7

연행록 속 백이와 숙제

조선은 매년 중국에 연행사燕行使를 파견하였다. 이들이 중국 방문을 마치고 돌아와 '연경(燕京, 北京)'에 다녀온 '행적行蹟'을 정리하여 '기록記錄'한 것이 '연행록燕行錄'이다. 연행록은 주로 청나라 방문 기록에 붙은 이름이고, 명나라를 방문하였을 때는 '북경을 다녀온 기록'이란 가치중립적인 의미의 '연행록'보다 조천록朝天錄이란 표현을 많이 사용하였다. 이는 '천자天子'의 나라로 '향했던[朝]' '기록'이란 의미를 지니는 것으로, 당시 조선 지식 계층이 명나라와 청나라에 대해 다른 인식을 갖고 있었음을 보여준다.

연행록은 이외에도 빈왕록賓王錄, 봉사록奉使錄, 관광록觀光錄, 연행일기燕行日記, 조천일기朝天日記, 조천행록朝天行錄, 동환봉사東還封事, 사행록槎行錄, 동사록東槎錄, 승사록乘槎錄, 북행록北行錄 등 다양한 명칭을 지니고 있다. 연행의 성격 역시 정기 사행인 동지사冬至使를 비롯하여 비정기 사행인 사은사謝恩使, 주청사奏請使, 진하사進賀使, 진향사進香使, 진위사陳慰使, 문안사問安使, 고부사告訃使, 천추사千秋使, 변무사辨誣使 등으로 다양했다.

연행 노정은 크게 해로와 육로로 나뉘었는데 해로 연행은 1621년에서 1637년 사이 명청明淸 교체기에 요동 지방을 육로로 통행할 수 없었던 상황에서 이용하였다. 그 외는 대부분 육로를 이용하였다.

육로의 경우 명초 수도가 남경南京에 위치해 있었을 때에는 잠시 남경까지 가기도 하였으나 영락제永樂帝의 북경 천도遷都 이후부터 구련성九連城 —탕참湯站—봉황성鳳凰城—통원보通遠堡—연산관連山關—첨수참舐水站— 요동성遼東城—안산鞍山—우가장牛家莊—사령沙嶺—광녕廣寧—소릉하小凌河 —사하沙河—산해관山海關—무녕武寧—옥전玉田—계주薊州—삼하三河—통 주通州—북경北京 노선을 취하였고, 청나라에 이르러서는 청나라의 요구에 의해 청의 근거지였던 성경(盛京, 심양瀋陽)을 거쳐서 북경으로 들어와야 했 다. 그중 몇몇 경우는 북경이 종착지가 아니라 열하(熱河, 승덕承德)까지 황 제를 만나러 간 상황도 있었는데, 박지원의 『열하일기熱河日記』가 바로 이 경우였다.

일반적으로 정기 사행인 삼절연공사단三節年貢使團의 경우 일반적으로 매년 10월이나 11월 한양에서 출발해 12월 말경 북경에 도착하였는데, 총 노정은 약 3천 1백리(약 1,200킬로미터)였고, 북경 도착에 약 50~60일 정도가 소요되었다. 명나라의 경우 북경 체류 기간은 40일 정도였고, 청 나라의 경우 60일 정도 머물 수 있었다. 공식 사행 인원은 정사正使, 부사 副使, 서장관書狀官 등 삼사三使를 포함하여 30명 정도였고, 비공식 사행 인원은 의원醫員, 사자관寫字官, 화원畵員, 노비 등 기타 수행원을 등을 포함 하여 200명 정도가 되었다.

현재까지 파악된 연행 차수는 579차에 이르고, 현존 연행록 수량은 임기중 선생이 『연행록전집燕行錄全集』(398편)과 『연행록속집燕行錄續集』(170 편)을 정리하여 568편이 파악되었고, 이 외에도 새로운 연행록이 발굴되고 있는 중이다.

조선시대 연행사들은 연행 노정 가운데 영평부(永平府, 현 하북성河北省 노 룡현盧龍縣)에 위치한 이제묘夷齊廟를 꼭 방문하였고, 그 결과 많은 연행록 에는 이 이제묘 방문 기록들이 있다.[25] 백이와 숙제가 충절의 상징으로 자리매김해 있었고, 전통 시기 충절은 신하가 갖추어야 할 중요한 덕목 이었기에, 연행사들은 매번 이곳을 방문해 백이와 숙제에게 존경을 표했던 것이다. 여러 연행록들 속에서 언급된 이제묘 관련 기록은 대부분 백이와 숙제의 충절 이야기만을 반복하고 있을 뿐, 큰 차이가 보이지는 않는다.

그러나 언뜻 비슷해 보이는 서술도 세심히 살펴보면 시대 상황과 작가의 사상에 따라 조금씩 차이가 나타나고 있음을 발견할 수 있다. 여기서는 이제묘 관련 기록들 가운데 명대 허봉(許篈, 1551~1588)의 『조천기朝天記』, 명말 홍익한(洪翼漢, 1586~1637)의 『조천항해록朝天航海錄』, 청초淸初 인평대군(麟坪大君, 1622~1658)의 『연도기행燕途紀行』, 18세기 초 김창업(金昌業, 1658~1721)의 『연행일기燕行日記』, 18세기 중반 이갑(李坤, 1737~1795)의 『연행기사燕行記事』, 그리고 박지원(朴趾源, 1737~1805)의 『열하일기熱河日記』, 19세기 초 이해응(李海應, 1775~1825)의 『계산기정薊山紀程』을 중심으로 연행록 속의 백이와 숙제 기록의 변화와 그 의미를 살펴보고자 한다.

담담한 이제묘 소개

『조천기朝天記』는 허봉(許篈, 1531~1588)이 기록한 명나라 방문 일기이다. 허봉은 자가 미숙美叔이고, 호는 하곡荷谷으로, 일반적으로 하곡선생이라 불렀다. 1574년 5월, 형조참판 박희립朴希立이 성절사聖節使의 신분으로 연행단을 이끌고 만수절萬壽節을 경축하러 중국으로 갔다. 허봉은 스스로 서장관書狀官이 되기를 청하여 수행원으로 명나라를 방문해 수많은 명승 고적을 참관했고, 또 당시 정치 상황과 사회상을 관찰하여 일기체 기행문인 『조천기』를 저작한다.

당시 중국에서는 양명학이 성행하고 있었다. 반면 조선의 주류 사상은 정주리학程朱理學이었고, 허봉 역시 그에 자기 사상 기반을 두고 있었다. 그의 『조천기』에는 중국 지식인들과 양명학에 대해 토론하고, 주자학을 벗어난 이들의 태도에 비분강개하는 상황이 여러 차례 등장한다.

허봉은 『조천기』에 이제묘에 대한 기록도 남겼다. 원래 북경을 찾아가는 길에 들르려 했지만, 진흙탕이 되어버린 도로 탓에 수십 마리의 소가 겨우 한 대의 수레를 끄는 형국이라 뒤로 처진 수레만 내내 기다리다 귀국길에 들르고자 마음을 돌린다.[26] 결국 허봉은 귀국길에 이제묘를 찾았다.

동서로 장랑월대長廊月臺가 있는데, 돌난간으로 이어졌으며, 계단 아래에는 비碑가 매우 많이 늘어서 있었다. 그중 하나는 원元의 어사중승御史中丞인 마조상馬祖常이 지었고, 다른 하나는 성화成化 갑오년(1474)에 이부상서吏部尚書 상로商輅가 찬撰하고 태상시경太常寺卿 유후劉珝가 썼으며, 다른 하나는 가정嘉靖 경술년에 행인行人 장정강長廷綱이 지었다. 또 다른 하나는 영평부신명사전지비永平府申明祀典之碑인데 지부知府 왕새王璽 등이 세웠고, 또 다른 하나는 가정 경술년에 제학어사원提學御史院의 악견鶚濤과 노룡盧龍 지현知縣 등이 고사리 두 가지와 맹물 두 잔으로 제사를 드리고 글을 지었다고 하였다.

정당正堂의 뒤에는 또한 일민조적문逸民肇跡門으로부터 읍손당揖遜堂이 되는데, 당 앞에는 동쪽이 관천문鹽鷹門이었고 서쪽이 재명문齋明門이었다. 정당 뒤에 일민조적문으로 말미암아 읍손당을 세웠는데, 당 앞으로 동쪽은 관천문, 서쪽은 재명문이며, 당의 북쪽은 청풍대淸風臺인데, 대 위에는 채미정采薇亭을 세웠고 동서로 돌을 쌓아 섬돌을 만들었으며, 그 동쪽 소문小門 편액에는 '고도풍진高蹈風塵'이라 하였고, 서쪽은 '대관환우大觀寰宇'라고 하였다.

채미정 앞의 좌우 석문石門에도 역시 '백세산두만고운소百世山斗萬古雲霄'란 큰 글자 8개를 새겼으며, 정자의 편액에는, '청풍고절淸風高節'이라고 하였고, 또 '북해지빈北海之濱'이라고 하였다. 한 묘廟의 경치가 여기에 모였다.

난하灤河는 북쪽에서 와서 대 아래에 이르러 다시 나뉘어져 두 줄기가
되었으며, 돌섬이 바로 한 가운데 있었고, 위에는 묵씨묘墨氏廟를 지었
는데, 곧 고죽군孤竹君이었다. 아래로 구부러져서 흐르면서 남쪽으로
가면서 작은 섬들이 엉켜 있고, 파도가 맑아서 아득하고 심원한 기상이
있었으니, 정말 관내에서는 기절奇絶한 지역이었다.

우리들은 처음에 묘문에 이르러 조금 쉬었다가 정당에 올라가 재배의
예를 행하고 우러르면서 돌이켜 생각해보니 심신이 상쾌하였다. 다시
먼저 있던 곳으로 내려와 노주露酒를 몇 잔 마시고 파하였다. (……)[27]

허봉의 이제묘 방문기를 보면 특별히 백이와 숙제에 대한 감상을 드러
내고 있지는 않다. 다만 당시 연행사들이 반드시 방문했어야 할 장소가
이제묘였다는 점은 읽어낼 수 있다. 북경으로 가는 도중에 방문할 상황이
안 되자 돌아오는 길에 방문하기로 하였고, 귀국길에 실제로 위의 기록처
럼 이제묘를 방문하고 있기 때문이다. 북경 가는 길에 이제묘 방문이 어
려워져 이렇게 허봉처럼 돌아오는 길에 들르는 경우는 1597년 중국을
방문했던 권협權悏의 『연행록』에서도 보인다.[28] 이처럼 이제묘는 당시 연
행의 필수 코스였다.

위 인용문에서 흥미로운 대목은 노령현 지현이 고사리 두 가지와 맹
물 두 잔으로 제사를 지냈다는 상황을 기록한 부분이다. 고사리를 캐먹
다 죽은 백이와 숙제에게 고사리를 제수로 사용하였다는 것이 재밌다.
더불어 이제묘에 있는 다양한 건물과 정자들 그리고 편액들 속의 글씨
까지 적어두고 있는바, 이곳의 경치를 제법 세세하게 소개하려 했던 듯
하다.

산동에서도 추앙하는 백이

홍익한(洪翼漢, 1586~1637)의 『조천항해록朝天航海錄』은 그가 뱃길로 명나라에 다녀온 기행록이다. 홍익한은 병자호란 때 척화斥和를 주장하다가 청나라에 잡혀가 살해된 삼학사三學士 중 한 사람으로, 초명은 습霤이며 자는 백승伯升, 호는 화포花浦 또는 운옹雲翁이라 부르기도 한다.

홍익한은 처음에 성절겸동지사聖節兼冬至使의 서장관에 임명되었다가 앞서 가던 주청사奏請使의 서장관 채유후蔡裕後가 병이 나 도중에 주청사의 서장관으로 이임移任되었다. 당시 사행 임무는 인조仁祖 즉위에 대한 고명誥命과 면복冕服을 주청하는 일이었으며, 일행에는 정사 이덕형李德泂, 부사 오숙吳翿 등 40명이었다. 이들은 당시 청군淸軍의 점령지가 된 요동의 육로를 피하여 바다를 이용, 정주定州 선사포宣沙浦에서 출발하여 가도假島에 들러 명나라 도독都督 모문룡毛文龍과 회담하고 다시 광록도廣鹿島와 장산도長山島 등지를 경유하여 산동山東의 등주登州에 상륙한 다음, 제남濟南을 거쳐 북경에 들어가 임무를 마치고, 이듬해 4월에 귀국했다. 그는 1624년 9월 19일 산동에서 백이와 숙제와 연관된 지역을 지나던 이야기를 기록하고 있다.

> 평진平津의 별도로 설치한 전원田園을 지나니 무명 이불 덮고 현미밥 먹은 것이 참으로 어진 사람이었던가?[29] 왕부王裒의 옛 마을에서 점심을 먹으니 그가 『시경』의 「육아장蓼莪章」을 차마 읽지 못하고 눈물 흘린 일이 상상되었다.[30] 방맹逄萌의 옛터를 지나니 바다에 떠서 어디로 갔는고?[31] 청성淸聖의 남은 자취를 지나게 되니 이런 생각이 든다. '어찌 돌아가지 않으리요' 하고는 은殷의 주왕紂王을 피하여 숨어 있다가 주문왕周文王이 죽고 주무왕周武王이 은나라를 치매 말 머리를 두드리며 간한 절개는 천추千秋에 늠름한데, 외로운 산은 말이 없고 향화香火

조차 끊어졌으니, 아! 슬프도다. 이날은 50리를 가서 창락현昌樂縣 남관南關에서 유숙하였다.(……)32

홍익한은 명말 후금後金이 요동지역을 점령하여 육로로 북경에 갈 수 없게 되자 선사포에서 배를 타고 산동 등주에서 내린 뒤 다시 육로를 거쳐 북경으로 간다. 내주萊州를 지나 창락현으로 가는 도중 백이와 숙제와 관련된 지역을 지나며, 그들의 절개는 천년이 지나도록 당당하게 빛나고 있는데 그들을 기리는 유적지조차 제대로 보존되지 못함을 개탄하고 있다. 이를 통해 요동 지역에 있는 노룡현 이제묘뿐 아니라 백이와 숙제와 관련된 유적지가 산동에도 있었음을 알 수 있다. 조선 연행사들은 이렇게 백이와 숙제가 관여된 지역을 지나칠 때마다 어떤 식으로든 이들의 충절을 언급하곤 했다. 조선시대 확고한 절개의 상징으로 자리 잡은 백이와 숙제의 영향력을 짐작해볼 수 있는 대목이다.

관리 안 되는 이제묘를 보고 한탄하다

백이와 숙제 고사는 왕조 교체나 비정상적인 왕위 변동이 발생했을 때 많이 등장하고 강조되는 경향이 있다. 명이 망하고, 청이 들어선 지 얼마 지나지 않아 1656년 청을 방문한 인평대군(麟坪大君, 1622~1658)의 『연도기행燕途紀行』을 보면 이들에 대한 감회가 남다르다.

인평대군은 조선 인조仁祖의 셋째 아들이자 효종孝宗의 동생으로, 병자호란으로 인해 심양瀋陽에 인질로도 끌려갔었고, 청이 중원을 차지하고, 그의 형 봉림대군鳳林大君이 왕으로 등극한 후에는 청과 조선과의 외교문제를 풀기 위해 여러 번 청을 방문한 경험이 있다.

인평대군의 『연도기행』 중 「일록」 1656년 9월 16일조에는 다음과 같은 내용이 나온다.

(······) 묘묘廟를 지키던 수재秀才가 옛날에는 있더니 지금은 없어서 오랫동안 수리하지 않았다. 전무殿廡 주변과 집 뒤 정자와 비각은 거의 모두 무너져서 소나무와 삼목만이 적막하고, 옛길에는 이끼만 나고 있었다. 백이와 숙제의 고향이 만일 몇 해만 그대로 지나면 장차 황무지가 될 지경이었다. 그러나 유독 지주정砥柱亭만은 풍경이 몹시 좋아서 유람하는 자가 많았다. 그래서 능히 새롭게 손질될 수가 있었다.
그 형승으로 말하면, 장성長城이 북으로 감고 있어 형세가 마치 구름과 연한 것 같고, 난수灤水는 남으로 흘러 사당 뒤로 돈다. 물 맑고 모래 흰데 물오리와 기러기 떼 우짖고, 산봉우리는 수려한데 단풍이 무르익고 있으니, 이는 필시 기성畿城 동쪽의 제일강산이렷다. 이미 청성묘淸聖廟를 참배하고 또 좋은 경치를 보니, 세상 걱정이 갑자기 없어지고 만사가 구름과 같았다. 맹자가 이른 바, '나약한 자가 뜻을 세우고 완악한 자가 청렴해진다'는 말을 참으로 증험할 수 있었다. (······)
좁은 길 언덕 위에는 돌로 만든 바둑판 하나가 있는데, 또한 몹시 깨끗했다. 하수 북쪽 언덕에는 밤나무와 대추나무가 숲을 이루었고, 촌락도 번성했다. 마을 앞의 뾰족한 절벽이 물에 임했는데, 화각畵閣이 아득히 보였다. 필시 어떤 사람의 정자일 것이라고 생각되어 그 지방 사람에게 물었더니, 이는 불묘佛廟라고 했다. 중화中華 사람의 불교를 숭상함이 어찌 이렇게 지극한 데에까지 이르렀는가? 이처럼 정결하고 절승한 곳에 정자를 세우지 않고 절을 지은 것은 또한 무슨 마음인가?
못나고 어리석은 백성은 말할 것도 없거니와, 일찍이 황도皇都의 금원禁苑을 구경했을 때, 불우佛宇와 도관道觀이 여기저기 많이 늘어 있었다. 옛사람이 이른 바, '위에 좋아하는 자가 있으면 아래 반드시 보다 더 심한 자가 있다'는 말이 참으로 나를 속인 것이 아니었도다. 큰 성이

나 큰 부府에는 곳곳에 모두 불사佛祠를 세웠고, 비록 황폐한 마을이나 외딴 마을에도 모두 절을 세웠다. 그 때문에 종일 가는 먼 길에 계속 눈에 띄어, 없는 곳이 없으니, 대명大明이 망한 것이 어찌 여기에 원인이 없다고 할 수 있으랴?[33]

인평대군은 위 인용문 앞에 백이와 숙제의 사당인 청성묘淸聖廟에 대해 아주 자세하게 묘사한다. 그리고 나서 이 사당이 관리되지 않아 정자와 비각이 거의 다 무너져 황무지가 될 지경에 이른 것을 한탄한다.

우리는 여기서 인평대군이 청나라에 갖는 반감을 발견할 수 있다. 명나라 멸망 후 중원을 차지한 청나라가 충절의 상징인 백이와 숙제를 떠받들 리 없기에 관리도 제대로 안 되고 있다며 우회적으로 청조를 비판하였던 것이다. 다만 지주정은 경치가 좋은 곳이기에 유람하는 자가 많아 손질될 수 있었다며, 백이와 숙제의 지조를 높이는 장소가 아니라 경치 좋은 관광지로 전락한 이제묘 지역 상황을 비판하고 있다. 그럼에도 그는 "맹자가 이른 바, '나약한 자가 뜻을 세우고 완악한 자가 청렴해진다'는 말을 참으로 증험할 수 있었다"라며 이제묘 참배에 큰 의미를 둔다.

끝으로 그는 망해버린 명조에 대한 안타까움을 근처에 보이는 불교 사찰과 연결시킨다. 중국의 큰 도시는 물론 조그만 마을에도 곳곳에 불교 사찰이 들어서 있고, 또 황궁에도 불교 사찰과 도교 사찰이 즐비했다며, 이 때문에 명나라가 망했을 가능성이 있다고 한탄한다. 요컨대 조선에게 명조의 멸망은 하늘이 무너지는 것과 같은 충격이었다. 이에 명조의 멸망은 어떻게든 합리화가 되어야 했다. 그 합리화에 이용된 것이 바로 불교 사찰이었다. 성리학을 국가 이데올로기로 삼았던 조선의 입장에서 불교는 이단에 불과했다. 그러니 유교 종주국인 중국에서 이단인 불교가 성행하는 것을 인평대군은 이해할 수 없었던 것이다. 이에 명조 멸망의 한 원인으로 그는 엉뚱하게 불교 사찰의 번성을 들었던 것이다.

萬國來朝圖

고사릿국 끓여먹는 연행사들

『연행일기燕行日記』는 숙종肅宗 38년(1712) 동지사겸사은사冬至使兼謝恩使 김창집(金昌集, 1648~1722)의 자제군관子弟軍官 자격으로 북경에 다녀온 김창집의 아우 김창업(金昌業, 1658~1721)의 연행 기록이다.

김창업의 자는 대유大有, 호는 가재稼齋 또는 노가재老稼齋이다. 증조부는 인조 때 유명한 척화 대신인 청음淸陰 김상헌(金尚憲, 1570~1652)이고, 아버지는 숙종 때 영의정을 지낸 문곡文谷 김수항(金壽恒, 1629~1689)이다. 김창업은 태어날 때부터 천성이 총명하였으며, 어려서부터 문사文辭에 능하였고, 특히 시를 잘 지었다 한다. 24세 때인 숙종 7년에 진사가 되어 명가의 자제로 이름이 높았으나, 가세가 너무 번성함을 꺼려 벼슬길에 나아가지 않았다 한다. 성격이 청아淸雅하면서도 호방하고 의협심이 있어 부귀공명을 멀리하였다. 그의 『연행일기』에도 백이와 숙제 관련 기록이 보인다.

> (……) 우리 일행은 패루 밑에 이르자 모두 말에서 내렸으며, 제2문에 이르러 백씨는 의관을 갖추었다. 나는 해진 옷을 벗고 도포를 입은 뒤 정전으로 나아가 재배례를 드렸다. 백이와 숙제는 면복冕服 차림으로 단상에 앉아 있었다. (……)
> 물고기를 팔러 오는 자가 무척 많았다. 쏘가리, 누치, 붕어 등이 모두 있고 우리나라에 없는 것도 많았는데, 대개가 뱅어 종류였다. 이곳에 오면 주방에서 마른 고사리로 국을 끓이는 것이 상례인데 이날도 역시 예외가 아니어서 우스웠다. 밥을 먹은 뒤 드디어 출발하였다. (……)[34]

김창협은 위 인용문 앞에 이제묘의 건물, 편액 등을 자세하게 묘사하고 있다. 위 인용문을 통해 조선 연행사들은 이제묘에 도착하면 의관을 정제하고 백이와 숙제에게 제사를 올렸음을 알 수 있다. 그리고 백이와 숙제를 기리기 위해 언제나처럼 고사리로 국을 끓여 먹는 것도 알 수 있다. 김창업은 이러한 행위를 우습다고 하고 있다.

또 하나 흥미로운 부분은 물고기를 팔러 오는 자가 많았다는 부분이다. 조선 연행사들은 이제묘에 오면 청풍대淸風臺 밑 시내에서 물고기를 잡아 요리해 먹곤 하였다. 1720년 연행을 갔던 이의현(李宜顯, 1669~1745)의 『경자연행잡지庚子燕行雜識』상에도 어부가 팔려고 갖고 온 물고기를 주방 사람을 시켜 회치고, 또 그 나머지를 끓여 먹었다는 기록이 있다. 다만 이의현이 1732년에 쓴 『임자연행잡지壬子燕行雜識』를 보면 다음과 같은 기록이 있다.

> 살펴보고 나서 청풍대로부터 다시 물가 높은 언덕에 이르러 자리를 마련하고 앉았노라니 부사와 서장관이 왔다. 물이 맑고 푸르러 노는 고기를 셀 수 있을 정도다. 가까운 데 사는 사람을 불러, 그물을 가져오라 했더니 그 사람들이 부채를 주면 그물질을 하겠다고 한다. 부채를 주고 그물질을 하라고 시켰으나 끝내 물고기를 잡지 못했다. 그들은 역시 부채만 얻어 가고만 것이 되었다.[35]

1720년 연행 때 물고기를 사 먹었던 이의현은 1732년 연행 때에도 그 동네 사람을 불러 물고기를 잡아 달라 부탁한다. 그러자 그 사람들은 부채를 주면 그물질을 하겠다고 한다. 연행사들은 중국을 갈 때 부채와 우황청심환을 선물로 준비해 갔다. 조선 연행사가 매번 들리는 이제묘였기에 그 동네 사람들도 이미 연행사들이 부채를 갖고 있다는 것을 알고 있었기에 그물질의 대가로 부채를 요구했던 것이다. 그러나 부채를 받았음에도 이들의 그물질이 시원치 않았는지 결국 물고기는 잡지 못하고, 이의현은 부채만 날리고 만다.

하루아침에 산을 내려온 백이

1777년 하은군河恩君 이광李珖을 정사로, 이조판서 이갑李坤을 부사로, 겸 집의兼執義 이재학李在學을 서장관으로 하여 진하사은진주겸동지사進賀謝恩 陳奏兼冬至使라는 명칭의 연행사가 북경으로 향했다. 이는 정조正祖가 홍인 한洪麟漢, 정후겸鄭厚謙 등이 사사賜死된 데 이어 그 이듬해에 그들 일파가 역모로 몰려 처형된 사건을 중국에 알리기 위해 정례 사절인 동지사冬至使 를 겸해 보낸 것이었다. 이 사행의 주 임무는 토역 주문을 잘 전달하여 황제의 인준을 받는 데 있었다.

연행을 다녀오고 나서 이갑은 『연행기사燕行記事』를 쓴다. 거기에 실린 「문견잡기聞見雜記」 하에 다음과 같이 흥미로운 이야기와 시가 소개되어 있다.

명나라가 망한 지 이제 거의 100년이나 되어, 왕의 은택이 이미 다하 고 유민遺民도 다 죽었다. 모두가 한족漢族을 생각하는 마음을 가지고 있는지는 알 수 없으나, 청인淸人의 문화를 받아들이는 것을 한인은 아직도 부끄럽게 여기고 있다. 또 청인이 한인을 대접하는 것이 오히 려 노예라든가 다른 여러 나라 사람만도 못하여, 수용收用하는 법전과 용권用權하는 길이 청인과는 스스로 구별된다.

전쟁이 나면 한군漢軍을 선봉에 몰아 반드시 죽을 땅에 두고, 싸움에 이기면 한군의 상은 가장 박하다. 기타 모든 일에 있어서 그렇지 않은 것이 없으니 한인이 어떻게 그들에게 심복하겠는가? 들으니, 순치順治 초년에 한인이 머리 깎는 일을 싫어하여, 온 집안이 의義를 따라 거절 하거나 문을 막고 종신토록 가까운 친척도 보지 않았으며, 혹은 바다로 도망하고, 혹은 산으로 숨어, 슬프고 애절한 일이 많았다 한다. 생각건 대 당시에 청 세조에게 귀복歸復하는 자를 사람들은 반드시 준엄하게 배척하였을 것이다.

그러나 시간이 지나가니, 당초 의리를 지키던 선비도 혹 처음엔 깨끗했지만 뒤에는 더러워진 자가 많았었다. 그래서

서산 고사리를 다 먹어치우더니만,
하루아침에 이제가 산을 내려왔네.

라는 시를 지어 조롱한 이가 있었는데, 우동尤侗은 또 '서산이문西山移文'을 지었었다. 우동은 본래 명나라 말년의 명사인데, 여러 번 응시하여 합격하지 못하다가 순치가 강남에 내려오던 초년에 곧 과거에 응했던 사람이다. 따라서 이 때문에 당시 배척을 당하였기 때문에 이것을 지어 헐뜯은 것이 아닌가 싶다. 또 들으니, 갑신甲申 이후에 조정에서 벼슬한 자로서 구차하게 남아 있는 자들은 일체 '실절失節'로 논하였는데, 다만 부모 때문에 굴屈한 자는 혹 용서했다고 한다.

그러나 문자로 쓴 문장 중에는 가끔 명나라 때의 일을 헐뜯은 것이 또한 많았다. 시대의 변화와 문물이 바뀜에 있어서는 아닌 게 아니라 과거를 돌이켜보며, 하늘을 우러러 감개 비탄하지 않을 수 없어, 보는 자로 하여금 눈물이 나게 한다. 강남의 경물은 비록 예와 같지만, 어떻게 지난날의 일을 볼 수가 있겠는가? 우동 같은 자는 제일 먼저 청인에게 붙고 강희康熙에게 인정을 받아 영광과 총애가 지극하였었다. 그래서 그 문집에는 청인을 찬양한 말이 많으나, 명나라 말년 사람의 비문을 짓는 데는 청나라 조정에서 추증追贈한 것을 영광으로 여기지 않았다. (……)

강희가 명나라 사기를 편수編修하기 위해 산림에서 강학하는 선비를 초빙하여 함께 이를 편집하게 하였을 때도 강남의 선비들은 또한 즐겨 나오지 않았었다 한다. 이것으로 본다면 선비들의 사론士論은 아직도

다 죽지 않은 것인가?"[36]

이갑은 여기서 청초에 한족들이 명을 배신하고 조정에 나아간 상황에 대해 설명하고 있다. 특히 "서산 고사리를 다 먹어치우더니만, 하루아침에 이제가 산을 내려왔네"라고 한 구절은 백이와 숙제처럼 고상한 척 하다가 배고프고, 형편이 어렵게 되자 하루아침에 명을 배신하고 수양산에서 내려와 청에 가담한 자들을 풍자한 것이다. 이러한 상황은 청초 애납 거사의 소설 『두붕한화』 제7칙 「수양산숙제변절」에도 보인다. 이 소설은 수양산에 들어간 숙제가 변절하여 하산하는 줄거리로 소설이 구성되어 있지만, 숙제의 변절을 변호하는 측면이 있다.[37]

더불어 "강희가 명나라 사기를 편수하기 위해 산림에서 강학하는 선비를 초빙하여 함께 이를 편집하게 하였을 때"란 바로 강희제 때의 박학홍사과博學鴻詞科 실시를 의미한다. 박학홍사과란 박학굉사博學宏辭·사학겸무詞學兼茂, 이를 줄여서 박홍博鴻이라고도 한다. 기원은 북송北宋의 굉사과宏詞科, 남송南宋의 박학굉사과博學宏詞科이며, 박학홍사란 학문에 박식하고 문장도 웅대하다는 뜻이다. 청나라는 건국 초에 명나라 유신과 청의 중국 지배를 지지하지 않는 한인 학자들을 회유하기 위하여, 1679년(강희 18)과 1736년(건륭 1) 두 차례에 걸쳐 이를 성대히 실시하였다. 이덕무李德懋의 『청장관전서青莊館全書』 「앙엽기盎葉記」 3 「박학홍사과博學鴻詞科」 조를 보면 다음과 같이 기록되어 있다.

청나라가 이미 외국의 처지로서 중국에 들어갔으므로 명나라의 유민들은 혹 마음속으로 복종하지 않는 자가 있었다. 그러자 강희는 그들의 어지러운 의논이 인심을 선동하거나 또는 글을 저술하여 조롱할까 염려하게 되었다. 그리하여 박학홍사과를 설치하고 천하의 숙유宿儒들을 억지로 모아 50인을 선발하여 모두 한림원검토翰林院檢討 벼슬에 제배

시킴으로써 비방을 막았고, 따라서 천하를 다스려나갈 방법을 얻을 수 있었다. (……)

상이 교지敎旨를 내려 합격된 사람을 모두 한림관翰林官으로 삼았다. 그중에서 두월杜越과 부산傅山, 왕방곡王方穀 등은 문학이 본디 뛰어났으며, 나이도 많음을 생각하여 우대하는 예를 따라 직함을 더해주어서 은혜를 입은 영광을 보여주기도 하였다. 그리고 이미 벼슬한 자는 강독궁방편수講讀宮坊編修 등에 제수除授하였고, 벼슬하지 못한 자는 대개 검토檢討에 제수하여 모두 사관관史館官으로 보충해서 『명사明史』를 찬수纂修하게 하였다.[38]

명나라 유신들 입장에서 '오랑캐'의 왕조인 청에 입사入仕하는 것은 변절에 해당하는 것이었다. 그러나 일부 명말 유신들의 경우 제대로 된 『명사』 편찬을 위해 자신의 지조를 굽히고 고민 끝에 박학홍사과에 참여하였다고도 한다. 이에 이갑은 "강희가 명나라 사기를 편수하기 위해 산림에서 강학하는 선비를 초빙하여 함께 이를 편집하게 하였을 때도 강남의 선비들은 또한 즐겨 나오지 않았었다"며 자신의 바람을 적고 있다.

그러나 실제는 이와 정반대였다. 박학홍사과는 사실 강남의 학자들을 회유하려는 것이 주목적이었고, 이에 강희·건륭 연간 두 차례에 걸쳐 시행된 박학홍사과에 합격한 이들을 출신 지역별로 종합하면, 강남 출신이 32명, 절강浙江 출신이 21명, 순천부順天府와 직례부直隸府가 6명, 강서江西 출신이 3명, 산동山東 출신이 2명이었다고 한다. 비록 이 통계가 완전하지는 않다는 전제를 두고 있기는 하지만, 강남, 절강 출신을 합치면 53명으로 대부분이 강남 지역 출신이었다는 것을 알 수 있다.[39] 이는 황종회의 아들 및 제자들이 결국 『명사』 편찬을 위해 강희제의 부름에 응한 것과도 맥을 같이 하는 것이다.[40]

이제묘에서 깔깔 웃은 연행사들

1780년 박지원은 삼종형 박명원朴明源이 청 건륭乾隆 황제의 70세 진하사절進賀使節 정사로 북경으로 갈 때, 자제군관子弟軍官 신분으로 함께 길을 나선다. 북경으로 가던 박지원 일행은 건륭제의 명으로 열하熱河로 가고, 이는 조선 최초의 열하 방문이 된다. 박지원은 돌아와 현존 연행록 중 최고인 『열하일기熱河日記』를 저술한다. 그는 『열하일기』「관내정사關內程史」 편에 「이제묘기夷齊廟記」를 수록하여 수양산과 이제묘에 대해 간단히 묘사한 뒤 수양산의 위치가 어디인가를 살펴본다.

> 중국에서 수양산이라 하는 곳이 다섯 군데가 있으니, 하동河東의 포판蒲坂인 화산華山의 북쪽 하곡河曲의 어름에 산이 있어 '수양'이라 하였고, 혹은 농서隴西에도 있다 하며, 혹은 낙양洛陽 동북쪽에도 있다 하고, 또 언사偃師 서북쪽에도 이제묘가 있다 하며, 또는 요양遼陽에도 수양산이 있다 하여, 모든 전기傳記에 나타났다. 그러나 『맹자』에는 "백이가 주왕을 피하여 북해北海 가에 살았다" 하였고, 우리나라 해주海州에도 수양산이 있어서 백이와 숙제를 제사 지내나, 이는 중국 사람들은 알지 못하는 일이다. 나는 이렇게 생각한다.
> '기자箕子가 동으로 조선에 온 것은 오로지 주周의 판도 안에 살기 싫어함이요, 백이도 차마 주의 곡식을 먹을 수 없음인즉, 혹은 그가 기자를 따라와서 기자는 평양에 도읍하고 백이와 숙제는 해주에 살지나 않았는가.'
> 그리고 우리나라 항간에서 전하는 말에 "대련大連과 소련少連이 해주 사람이다" 하였으니, 이를 무엇으로 고증할 수 있을까. 문과 담장에 당송唐宋 역대의 치제문致祭文을 많이 새겨 놓은 것을 보아서는 이 묘가 영평에 있은 지 오래임을 알 수 있다. 어떤 이는 "홍무洪武 초년에 영평

부 성 동북쪽 언덕에 옮겨 세웠다가 경태景泰 연간에 다시 이곳에 세웠다" 한다. 행궁行宮이 있어 그 제도는 강녀묘와 북진묘의 행궁과 같으나 지키는 자가 금하므로 그 내용을 구경하지 못하였다.[41]

그는 중국에 수양산이라 부르는 곳이 다섯 군데 있다고 한 뒤, 나름의 논리로 백이와 숙제가 조선으로 왔을 가능성에 대해 이야기한다. 그는 『맹자』에서 "백이가 주왕을 피하여 북해 가에 살았다"는 언급과 "우리나라 해주에도 수양산이 있어서 백이와 숙제를 제사 지낸다"는 점에 근거를 둔다.

더불어 기자가 동쪽의 조선으로 온 이유는 주나라 영역에서 살기 싫어했기 때문이고, 백이도 주나라의 곡식을 먹으려 하지 않았기에 혹시 백이가 기자를 따라 조선으로 와 해주에 산 것은 아니었는가 하는 가정을 한다. 여기에다 『예기禮記』에 나오는 동이東夷의 아들로서, 부모의 상을 당하여 그 예절을 다하였던 것으로 유명한 대련과 소련 형제가 해주 사람이라는 민간의 말까지 언급하고 있다.

백이와 숙제가 수양산에 들어가 고사리를 캐먹다 죽은 고사는 널리 퍼져 있었다. 심지어 조선의 성삼문 같은 이는 수양산은 주나라 땅이 아니었냐며 주나라 땅에서 난 고사리도 먹지 말았어야 한다며 이들을 비판하기까지 했다.

그런데 박지원은 이들과 약간 다른 생각을 갖고 있었다. 백이와 숙제가 충절의 상징으로 추앙받는 이유는 수양산에 들어가 굶어 죽었기 때문이다. 여기서 박지원은 이들이 굶어 죽었다는 사실 자체를 회의적으로 본다. 그는 "혹은 그가 기자를 따라와서 기자는 평양에 도읍하고 백이와 숙제는 해주에 살지나 않았는가?"라며 그들이 굶어 죽지 않고 조선으로 들어와 살았을 가능성에 대해 언급하고 있다. 박지원은 충절의 상징인 백이와 숙제 신화를 기초부터 무너뜨리는 가정을 하였던 것이다. 그러나 영리한 박지원은 이를 단정적으로 말하지 않고, "해주에 살지 않았는가?"라며 의문을 표시하는 방식으로 혹시 있을지 모를 비난을 비켜나가고 있는 것이다.

수양산이 해주에 있었다는 설은 근대에 이르기까지 이어진다. 『개벽』, 『별건곤別乾坤』, 『신여성』, 『농민』, 『학생』 등의 잡지를 발간했던 근대 잡지계의 거물인 차상찬車相瓉, 1887~1946)은 조선 각지를 답사하며 취재한 내용을 잡지에 실었는데 「각방면各方面으로 본 황해도黃海道 십칠군十七郡」 중 「해주海州는 제이개성第二開城」에서 해주와 관련해 다음과 같이 서술하고 있다.

"山에 올나 고비(薇)를 캐니 이름이 조와 首陽이오 내(川)에 가서 쌀내를 하니 돌이 만허 廣石일세 芙蓉堂의 밝은 달은 님의 얼골 그려내고 龍塘浦의 구진비는 어린 눈물 자어낸다." 이것은 해주海州에서 새유행流行하는 민요民謠엿다[42]

위의 인용문에서 볼 수 있듯 고비, 수양 등 백이와 숙제를 연상시키는 단어들이 나오고 있다. 다시 말해 해주는 차상찬이 답사하던 일제 식민지 시기에도 수양산과 깊은 연관이 있는 도시로 여겨졌었다는 사실을 알 수 있다. 그는 또 해주와 수양산과의 관계에 대해 다음과 같이 해석을 달고 있다.

냄새나는 淸聖廟 首陽山下 淸風洞에 잇스니 이는 海州에 首陽山이 잇슴으로 慕華主義者들이 支那의 首陽山을 模倣하야 設立한 伯夷叔齊의 廟다 創立者는 肅宗時(十三年) 監司申曅오 位牌를 捧安하기는 牧史 李德成이오 淸聖廟라 號하기는 例의 萬東廟 創設者 宋時烈이다 그 廟前에는 百世淸風 四字를 刻한 大碑가 잇스니 이는 朱子의 筆로 監

황해도 해주 땅에 있는 수양산 폭포의 절경

여기서 우리는 차상찬이 백이와 숙제의 사당인 청성묘를 냄새나는 것
이라 부정적으로 평가하고 있는 것을 볼 수 있다. 차상찬은 모화주의자들
이 중국의 수양산을 모방하여 백이와 숙제의 사당을 이곳에 지었다며 해
주와 수양산의 관계를 부정하고, 해주에 청성묘를 짓고 위패를 모시고
또 청성묘라 이름을 붙인 이들의 실명을 거론하며 비판하였다. 다시 말해
백이와 숙제를 자랑스러워하는 것이 아니라 민족주의자 입장에서 비판하
였던 것이다.

박지원은 「이제묘기」뿐 아니라 「관내정사」 7월 27일조에서 이제묘와
관련된 또 다른 일화를 소개한다.

(……) 어제 이제묘 안에서 점심 먹을 때 고사리 넣은 닭찜이 나왔는
데, 맛이 매우 좋고 또 길에서 변변한 음식을 먹지 못한 끝이라 별안
간 입맛이 당기는 대로 달게 먹었으나, 그것이 구례舊例인 줄은 몰랐
다. 오후에 길에서 소나기를 만나서 겉은 춥고 속은 막히어 먹은 것
이 내려가지 않고 가슴에 그득히 체하여, 한번 트림을 하면 고사리
냄새가 목을 찌르는 듯하여 생강차를 마셔도 속이 오히려 편하지 않
았다.

"이 한창 가을에 철 아닌 고사리를 주방廚房은 어디서 구해 왔는고"
하고 물었더니, 옆에 사람이 말하기를, "이제묘에서 점심 참을 대는
것이 준례가 되어 있사오며, 또 사시를 막론하고 여기서는 반드시 고
사리를 먹는 법이옵기에 주방이 우리나라에서 마른 고사리를 미리 준
비해 가져와 여기에서 국을 끓여서 일행을 먹이는 것이 이젠 벌써 하
나의 고사故事로 되었답니다. 10여 년 전에 건량청乾糧廳이 이를 잊어
버리고는 갖고 오지 않아서 이곳에 이르자 궐공闕供되었으므로, 건량

관乾糧官이 서장관에게 매를 맞고 물가에 앉아서 통곡하면서 푸념하기를, '백이숙제, 백이숙제야. 나하고 무슨 원수냐, 나하고 무슨 원수냐'라고 하였답니다. 소인의 소견으로는 고사리가 고기만 못하며, 또 듣자온즉 백이들은 고사리를 뜯어 먹고 굶어 죽었다 하오니, 고사리는 참 사람 죽이는 독물인가 하옵니다" 하니, 여러 사람들이 모두 허리를 잡았다.

태휘太輝란 자는 노참봉의 마두馬頭인데 초행일뿐더러 위인이 경망해서, 조장棗庄을 지나다가 대추나무가 비바람에 꺾이어 담 밖에 넘어진 것을 보고는, 그 풋열매를 따먹고 배앓이로 설사가 멎지 않아서, 한창 속이 허하고 몸이 달고 마음이 답답하고 목이 타는 듯하다가, 급기야 고사리 독이 사람 죽인다는 말을 듣고 큰 소리로 몸부림치면서, "아이고, 백이 숙채(熟菜, 삶은 나물)가 사람 죽이네, 백이 숙채가 사람 죽인다" 하니, 숙제叔齊와 숙채熟菜가 음이 서로 비슷한지라, 또한 당에 가득한 사람들이 깔깔거리고 웃었다.[44]

이 인용문을 보면 백이와 숙제의 절의에 대해 강조하는 것이 아니라 이제묘에 가면 항상 백이와 숙제를 기려 고사릿국 끓여 먹는 관례를 교묘하게 비꼬고 있다. 고사리를 준비해오지 않은 건량관이 매를 맞고는 "백이숙제, 백이숙제야. 나하고 무슨 원수냐, 나하고 무슨 원수냐"라고 했다는 일화를 들어 좌중이 모두 웃었는데, 이를 잘못 들은 마두 한 명이 고사리 독이 사람 죽인다는 말을 듣고 큰 소리로 몸부림치면서, "아이고, 백이 숙채가 사람 죽이네, 백이 숙채가 사람 죽인다" 하면서 백이와 숙제가 누군지도 잘 모르는 하인 한 명을 등장시켜 그곳에 있던 사람들을 또다시 웃게 만들고 있다. 신성한 이제묘에서 고사리와 숙제를 갖고 웃음거리를 만들었으니 불경스러운 짓이 아닐 수 없다.

이렇게 이제묘를 참배할 때 고사릿국을 끓여 먹던 일화는 박사호朴思浩

의 『심전고心田稿』 1829년 2월 10일조, 김경선(金景善, 1788~1853)의 『연원직지燕轅直指』 제2권 「출강록出疆錄」 1832년 12월 14일조, 서경순(徐慶淳, 1804~?)의 『몽경당일사夢經堂日史』 제2편 「오화연필五花鉛筆」 1855년 11월 20일조 등 많은 연행록에서 언급되고 있다. 특히 김경선의 『연원직지』는 박지원의 『열하일기』까지 직접 언급하며 고사리와 백이와 숙제와 연관된 일화를 소개하기도 한다.

한 가지 덧붙이자면, 김경선이 연행을 갔던 1832년이 되면 고사리를 상에 올리는 일도 없어진지 이미 오래되었다고 기록하고 있다. 그런데 그로부터 한참 후인 1855년 연행을 갔던 서경순은 자신의 『몽경당일사』에서 고사릿국이 제공되었다는 기록을 남기고 있어 이제묘에서 고사릿국 제공하는 관례가 쉽사리 없어지지 않고 있음을 보여주고 있다.

박지원은 여기서 그치지 않고 '우물 안 개구리'식으로 의리를 지키려는 시골 훈장의 에피소드를 또 소개한다.

내 일찍이 백문白門에 살 때였다. 때마침 숭정崇禎 기원紀元 뒤 137년, 세 돌을 맞이한 갑신년甲申年이며, 3월 19일은 곧 의종毅宗 열황제烈皇帝가 명조와 함께 세상을 떠난 날이다.

시골 선생님이 동리 아이 수십 명을 거느리고 서울 서대문 밖에 있는 송씨의 셋방살이 집에 찾아가서 우암尤菴 송시열宋時烈의 영정에 절하고, 초구貂裘를 내어서 어루만지며 강개함을 이기지 못하여 눈물을 흘리는 이까지 있었다.

돌아오는 길에 성 밑에 이르러서 팔을 뽐내며 서쪽을 향하여, "되놈" 하고 불렀다. 그리고는 선생님이 이에 여수旅酬를 벌이되 고사리나물을 차렸다. 이때 마침 주금酒禁이 내렸으므로 꿀물로서 술을 대용하여 그림 놓은 자기주발에 담았으니, 그 주발의 관지款識에는 '대명大明 성화成化에 만든 것이다'라고 새겼다. 여수하는 자가 꿀물을 따를 때면

御製　　王原明

節兼午邨高年坐表重臺
祖孫累襲崇立林執不貸
橫豎皆理當理忝忝理
學宗承重經渝
業于噎叔季
達洛中袓
屋在貴
像書清
高怜佩品
連會吳宣與一醉
崇禎紀元後再成三用
追製伶萬懷之暇

崇禎紀元後辛卯　左翁自警于華陽書屋

송시열

반드시 머리를 숙여 주발을 들여다보아야 했는데, 이는 『춘추春秋』의 의리를 잊지 않기 위함이라 한다.

이에 서로 시를 읊었다. 그중 한 동자가 쓰기를,

무왕도 만약 패해서 죽었다면
아득한 천년 뒤에 주왕에겐 역적이 되올 것을
여망이 어이하여 백이를 구하고도
역적을 옹호했다 하여 벌을 받지 않았던고?
오늘날 춘추의리로 따져보면
되놈이라 욕하는 사람이야말로 되놈에겐 역적이라네

하였다. 모두들 한바탕 웃었다. 그 선생님이 섭섭한 표정으로 한참 있다가, "아이들은 불가불 일찍부터 『춘추』를 읽혀야 돼. 아직 그게 무엇인지 분간을 못하므로 이 따위의 괴상한 말들을 하는 게야. 어디 한 번 즉경即景이나 읊어보아라" 하자, 또 한 동자가 짓기를,

고사리 캐고 캔들 배부르지 않아
백이도 나중에는 주려서 죽었다오
꿀물의 달기는 술보다 더할지니
이것 마시고 죽는다면 그 아니 원통하리?

하였다. 선생은 눈썹을 찡그리면서, "어어, 이게 또 무슨 괴상한 수작이여" 하니, 만좌의 사람들이 또 한 번 크게 웃었다. 그러한 지도 어언간 17년의 세월이 흘렀다. 그때의 늙은이들도 다 가버린 오늘날에 다시 백이의 고사리로 이런 말썽이 생겨서, 타향의 풍등風燈 아래에서 옛 이야기를 하다 보니 끝내 잠을 잊고야 말았다.[45]

이야기 속 훈장은 명나라가 망한 뒤 100년이 지난 뒤에도 청나라의 연호를 쓰지 않고 명의 마지막 황제의 연호인 '숭정'을 사용한다. 청을 인정하지 않겠다는 의지다.

그는 한 세기도 더 전에 죽은 명의 마지막 황제의 기일을 기려 동네 아이들 수십 명을 거느리고 가서 조선 주자학의 대가이자 노론老論의 영수인 우암尤庵 송시열(宋時烈, 1607~1689) 영정에 절을 올린다. 송시열의 후손임이 분명해 보이고, 쇠락할 대로 쇠락해 이젠 도성 안도 아닌 서대문 밖에서 셋방살이를 하는 송씨 집으로 아이들을 몰고 가는 그의 모습은 참으로 궁색하기 짝이 없다. 절을 마치고 돌아오는 길엔 "팔을 뽐내며"— 아이들의 본보기가 되어야 할 훈장이 팔로 '감자나 먹이며'— 청나라가 있는 서쪽을 향해 "되놈"이라 외친다. 세상물정 모르는 촌로의 답답한 작태답다.

이 와중에 식에 참여했던 사람들이 술잔을 돌려가며 마시는 의식인 여수가 진행되는데, 금주령이 내려 술 대신 꿀물로 행한다. 게다가 그 주발은 '대명 성화' 연간에 만들어진 것이다. 주발도 청의 주발은 사용하지 않겠다는 것이다.

박지원은 이 글을 통해 철저하게 '우물 안 개구리'에 불과한 조선의 '원리주의자'들을 신랄하게 풍자하고 있다. 세상이 어떻게 흘러가는지도 모르고, '되놈'이라고 만주족은 들리지도 않을 조선의 시골구석에서 강개하여 욕지거나 날리고 앉았으니 말이다.

이에 박지원은 어린 동자의 입으로 하고 싶은 이야기를 대신 전한다. 성리학적 절대 가치에 매몰되어 세상 돌아가는 것도 보지 못하는 꽉 막힌 조선 사람들에게 주무왕도 쿠데타에 실패했으면 역적이 될 수 있고, 또 오랑캐라고 욕하는 사람도 그 오랑캐의 입장에서 보면 역적이 된다며, 상대주의적 입장에서 세상을 봐야 한다고 주장하고 있다. 그가 중국에서 보고자 했던 것, 그리고 『열하일기』를 통해서 말하고자 했던 것은 바로 열린 세상을 보고 눈을 키우자는 것이었다. 직접적으로 이런 취지를 표명한다면 꽉 막힌 조선 사회에서 당연히 비난의 화살이 쏟아질 것이기에, 그는 풍자와 유머라는 갑옷을 입은 채였다.

한 가지 더 주목해볼 대목은 이런 농담에 그 자리에 있던 사람들이 다함께 크게 웃었다는 사실이다. 18세기 중후반에 들어서면 이렇게 백이와 숙제를 가지고 우스갯거리를 만들어도 발끈하지 않을 정도가 되었다.

이제묘에서 논리적으로 고증하다

이해응(李海應, 1775~1825)의 자는 성서聖瑞, 호는 동화東華로, 1803년에 친우인 서장관 서장보를 따라 청나라에 다녀와서 『계산기정薊山紀程』이란 연행의 기록을 남겼다. 특이하게도 그는 여기서 이제묘 방문을 기록하며 논리적인 추론을 한다.

> 정전 안에는 감실龕室 하나를 설치하고 편액을 '고지현인古之賢人'이라고 하였는데, 곧 건륭이 쓴 것이다. 두 소상塑像이 어깨를 나란히 하여 앉아 있어 동쪽 것은 백이이고 서쪽 것은 숙제인데, 그 형상이 너무도 같으나 다만 백이의 형상이 조금 여위고 군세다. 다 같이 면류관[冕]에 곤룡포[袞]를 입고 홀笏을 꽂아 모두 왕자王者의 형상이다. 대개 은殷 나라의 관은 '후冔'라 하고 주周 나라의 관은 '면冕'이라 하는데, 백이와 숙제가 후를 쓰지 아니하고 면을 썼으니 참으로 그 까닭을 알 수 없는 일이다. (……)
>
> 대개 사당 남쪽을 '수양산'이라고 이름 한 것이 꼭 믿을 수 없으므로 포좌蒲左니 농서隴西니 하는 어구語句가 있는 것이나, 세상에서 고죽성孤竹城은 곧 고죽 나라의 도읍을 세웠던 땅이라고 전해져온다.

백이와 숙제가 의리로 주周나라 곡식을 먹지 않고 굶주려 죽는 것을 스스로 편안한 도리로 여겼다면, 몸을 이끌고 도망하여 숨기를 오히려 깊이 하지 못할까 두려워하였을 것인데, 하필이면 도로 이미 사양했던 나라 도성으로 돌아왔겠는가? 또한 더구나 막내가 나라 임금이 되었는데 앉아서 두 형이 굶주려 죽는 것 보기를 그와 같이 태연히 하였겠는가? 이 산이 수양산이 아님은, 분별하여 설명하기를 기다리지 않고도 분명한 것이다.[46]

이해응은 백이와 숙제를 본 떠 만든 형상을 보면서 꼬치꼬치 따져 묻는다. 우선 이 둘이 모두 면류관에 곤룡포를 입고 있어 왕의 모습을 하고 있다고 묘사한다. 그러고는 은나라의 관은 '후'이고 주나라의 관은 '면'이기에 은나라에 충성을 다하려던 이들에게 후를 씌워야지 왜 주나라가 싫어 수양산에 들어가 굶어 죽은 이들에게 주나라의 관인 '면'을 씌우느냐며 철저하지 못한 고증을 비판한다.

또한 백이와 숙제 사당의 남쪽을 수양산이라 부르는 것에 대해서도 논리적인 비판을 가한다. 이해응은 이 지역이 고죽국이 도읍을 세웠던 곳이었음을 일단 인정한다. 그러면서 상식적으로 백이와 숙제가 수양산으로 들어간 것은 세상을 등지기 위해서인데 어떻게 그들이 왕위를 사양하며 떠났던 나라로 다시 돌아올 수 있었겠냐며 상식적인 의문을 제기한다. 나아가 이들이 고죽국을 떠난 후에는 막내가 왕이 되는데 자신의 형제가 굶어 죽는 것을 그대로 보고 있었겠냐며 이곳이 수양산일 리 없다는 합리적인 추론을 덧붙이고 있다(참고로 이해응이 어떤 근거를 갖고 막내가 왕이 되었다고 한 것인지, 혹은 단순한 착각이었는지는 모르겠지만, 『사기』 「백이열전」에 의하면 백이와 숙제가 서로 왕위를 양보하고 떠나간 뒤 고죽국의 왕이 되는 건 막내가 아니라 둘째다).

* * *

조선에서도 백이와 숙제 관련 언급이 넘쳐났다. 백이 고사는 왕조 교체기나 비정상적인 왕위 변동기에 강조되는 경우가 많았다. 고려와 조선의 교체기에 태종 이방원의 백이 관련 언급을 보면, 충절의 상징으로서 백이와 숙제는 그리 환영받지 못하였다. 조선 건국에 크게 공헌한 이방원이 주무왕의 입장이었기에 그를 막아서는 백이와 숙제는 환영받을 수 없었다. 그러나 조선이 일정 정도 안정된 후 태종은 충절의 상징으로서 백이와 숙제를 높인다. 공고한 권력을 가진 상황에서는 혁명에 반대하고 자신에게 충성할 신하가 필요했기 때문이다.

세조가 단종을 폐위하고 왕이 되자 사육신과 생육신에 의해 백이와 숙제는 다시 소환된다. 사육신 가운데 한 명인 성삼문은 「절의가」에서 고사리는 왜 캐먹었냐며 백이와 숙제의 완벽하지 못한 충절을 비판하기도 한다. 생육신 가운데 한 명인 김시습은 「백이숙제찬」을 통해 혁명을 일으킨 무왕의 난폭함이 폭군인 주왕보다도 더 크다고 비판한다. 이처럼 조선은 대부분 『사기』 「백이열전」 계열인 충절의 대명사 백이와 숙제의 이미지를 따르고 있고, 중국보다도 충절의 강조가 심한 경향이 있다.

김창흡은 백이와 숙제가 주무왕의 말고삐를 잡으며 혁명을 막았다는 이야기는 근거가 없다는 왕안석의 「백이론」을 높이 평가한다. 그러나 이 의견에 정조는 동의하지 않는다. 그 이유는 주자학의 창시자인 주희가 이들이 말고삐를 잡으며 간언했다고 하였기 때문이다. 이처럼 조선에서 주류에서 벗어나는 주장을 하기는 쉽지 않았다.

다만 박지원은 자신의 「백이론」 상·하에서 왕안석 계열의 백이 해석을 따르면서 다른 의견을 받아들이지 못하는 조선을 비판하기도 하였다.

더불어 조선 연행사들은 북경 방문 때 항상 이제묘를 방문해 백이와 숙제에게 제사를 드렸다. 이제묘 방문 기록은 대부분의 연행록에 보인다.

특히 병자호란 때 인질로 심양에 갔던 인평대군은 『연도기행』에서 백이와 숙제를 기리는 이제묘에서의 남다른 감회를 드러내기도 했다. 박지원 또한 자신의 연행록인 『열하일기』에 이제묘 방문을 기록한다. 그는 이제묘에서 백이와 숙제의 절의를 강조하지 않고, 고사릿국을 끓여 먹는 관례를 재미있는 에피소드를 통해 비꼰다.

조선의 경우 백이와 숙제 관련 기록들은 대부분 『사기』 계열의 충절 이미지를 따랐다. 그러나 박지원, 김창흡 같은 이들의 해석은 조선의 주류적 흐름에서 벗어나 있었고, 이로 인해 조선의 백이 해석은 다양해질 수 있었다.

제9장

한자 문화권의 백이와 숙제

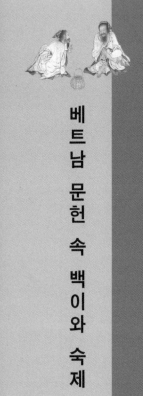

1

베트남 문헌 속 백이와 숙제

베트남〔越南〕도 고대부터 중국과 교류하였기에 중국 문화가 많이 보급되었고, 그 과정에서 백이와 숙제의 고사 역시 광범위하게 퍼졌다. 베트남에서 가장 널리 알려진 백이와 숙제 관련 일화는 베트남 진조陳朝의 장원壯元 막정지莫挺之 이야기이다.

막정지는 베트남 지령현至靈縣 농동랑隴洞廊 사람으로, 그 생김새는 형편없었으나 지혜로웠다고 전한다. 영종英宗 흥륭興隆 12년(1304) 3월 전시를 통과해 진조의 장원이 되었고, 나중에 좌복야左僕射의 지위에까지 올랐다. 베트남 황제 막등용莫登庸은 막정지의 6세손으로, 1527년 막등용이 막조莫朝를 건립한 후 막정지를 건시흠명문황제建始欽明文皇帝로 추서하였다.

원元 지대至大 원년(元年, 1308)에 원 무종武宗이 즉위하자 진조의 영종은 막정지를 사신으로 파견하였다. 막정지의 외모가 형편없었기에 원나라 사람들은 그를 무척 무시하였다. 그러던 어느 날 원나라의 재상이 그를 집으로 초대하였는데, 막정지는 참새가 대나무 가지 위에 앉아 있는 모기장 자수를 보고 그 모기장을 찢어버렸다. 모두가 이를 괴이하게 여기자, 그는 "제가 옛 사람들은 매화나무에 참새가 앉은 그림이 있다는 것은 들은 적이 있어도, 대나무 위에 참새가 있다는 말은 들어본 적이 없습니다. 지금 재상의 모기장에는 대나무에 앉은 참새 자수가 있습니다. 대나무는

원 무종

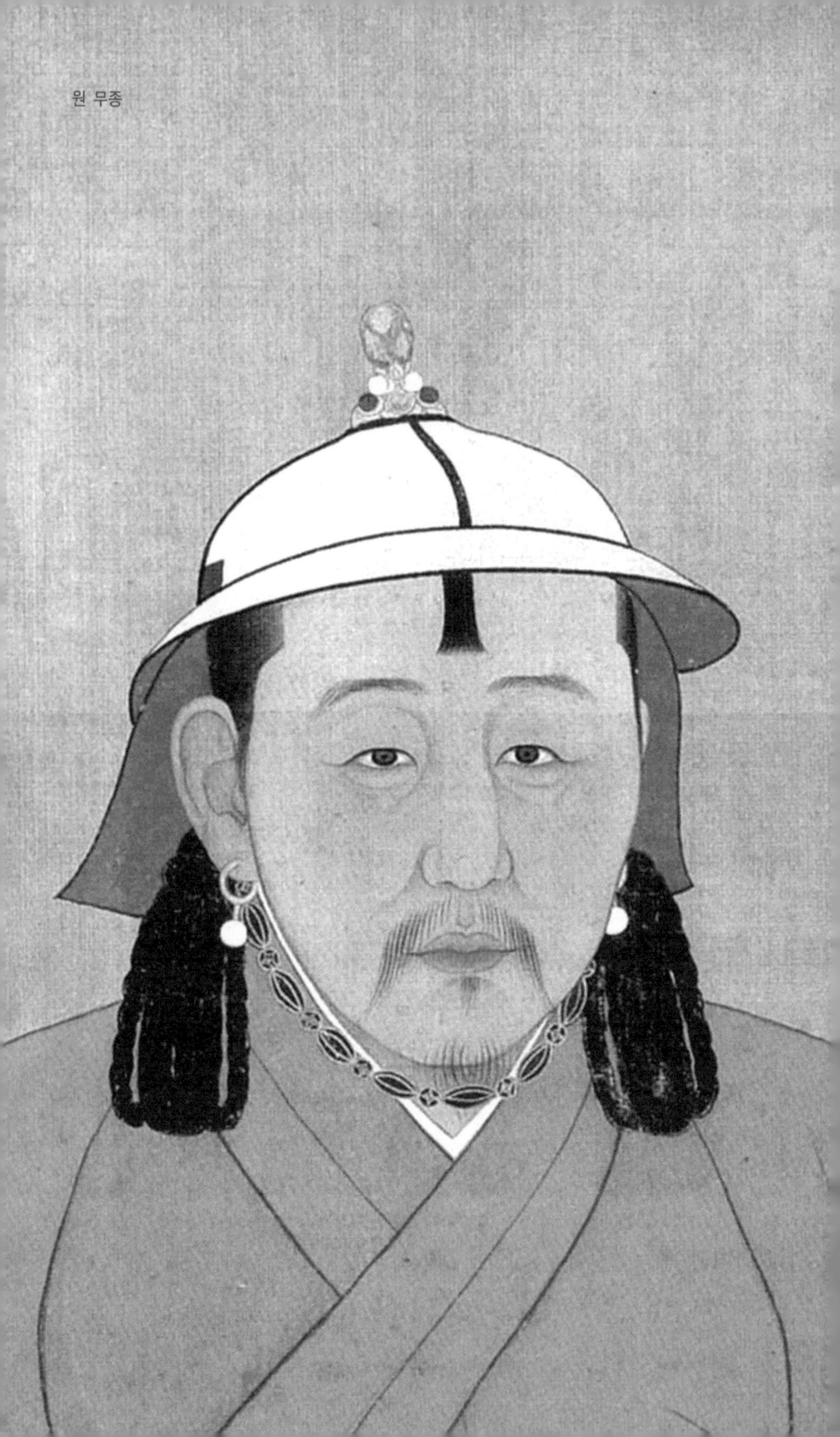

군자요, 참새는 소인입니다. 재상께서 이 자수를 여러 모기장들에 새긴 것은 소인을 군자에 얹은 것으로, 소인의 도가 길어지고 군자의 도는 소멸될까 두렵습니다. 이에 원나라를 위해 이를 제거한 것입니다"[1]라고 말하였다. 이에 모든 사람들이 그의 재능에 감복하였다고 한다.

또 막정지가 원나라 무종을 알현할 때, 마침 외국 사신이 부채를 바쳤다고 한다. 원나라 무종은 막정지에게 부채에 제사題詞를 하라 명하였고, 막정지는 이에 바로 다음과 같은 시를 썼다고 한다.

> 쇠도 돌도 녹아내릴 정도의 더위
> 온 세상이 화로처럼 달아오를 때
> 이때가 되면
> 그대는 위대한 유학자 이윤과 주공처럼 대접을 받는구려
> 북풍이 불어 싸늘해지고
> 비와 눈이 길을 덮을 때
> 이때가 되면
> 그대는 굶주린 백이와 숙제처럼 천대를 받는구려
> 아! 쓰일 때는 행해지고
> 버려지면 감춰지는 신세
> 오직 나와 그대만이
> 이와 같구려[2]

이 시를 본 원나라 사람들은 더욱 그를 칭찬하였는데, 이것이 바로 유명한 「선자명扇子銘」이다. 「선자명」은 원래 명나라 초기의 학자 방효유(方孝孺, 1375~1402)의 작품으로 알려져 있다. 방효유는 영락제永樂帝가 황위를 찬탈한 뒤 자신에게 즉위의 조詔를 기초하도록 명하자 붓을 땅에 내던지며 거부하여 극형에 처해진 인물이다. 특히 이로 인해 그는 10족이 멸

방효유

해진다. 이러한 처사는 역사상 유일무이한 사건이었다. 실제로 그의 가족과 친구, 제자까지 총847명이 연좌되어 죽었다고 한다. 방효유의 작품으로 알려진 「선자명」은 다음과 같다.

> 큰 불이 쇠를 녹여, 온 세상이 화로가 되었구나
> 너는 이때 이윤과 주공 같은 위대한 유학자!
> 북풍 불어 싸늘하고, 눈바람 길가에 휘날리는구나
> 너는 이때 백이와 숙제 같이 천대받는 굶주린 사람
> 아! 쓰일 때는 행해지고, 버려지면 감춰지는 신세
> 오직 나와 너 뿐인저![3]

방효유가 실제로 「선자명」을 지었는지는 논란의 여지가 있지만, 많은 사람들이 이 작품을 방효유의 것으로 여긴다. 이를 막정지의 작품과 비교해보면 자구가 약간 달라진 것 외에는 큰 차이가 없다는 것을 알 수 있다. 즉, 더운 여름에는 부채가 이윤과 주공처럼 대단한 대접을 받지만, 찬바람이 불기 시작하면 백이와 숙제처럼 천대를 받는다는 내용이다. 우리는 이를 통해 백이와 숙제의 고사가 베트남에도 전해졌음을 알 수 있다.

후에 베트남 문인들은 이 일을 확대하여 고려 사신과 막정지가 원 무종 앞에서 부채를 두고 작시作詩 시합을 벌였는데, 원 무종이 막정지의 작품에 손을 들어줬고, 또 그를 "두 나라의 장원〔兩國壯元〕"에 봉했다고 하는 말까지 만들어내었다. 막정지가 부채에 시를 지은 일에 대한 기록은 1479년에 처음 나타나기 시작하여 1697년 『대월사기전서大越史記全書』에 수록되었다. 그러나 진짜 이런 일이 있었는지 여부는 현재 확인하기 어려운 상황이다.

베트남의 경우 이러한 막정지 에피소드 외에도 다음과 같은 백이와 숙제 관련 자료들이 존재한다.[4]

(1) 경부 經部

『논어습의論語習義』(Luận Ngữ Tập Nghĩa) VHb.72

책 뒤에 목록이 있는데, 정문正文이 모두 228편으로 「백이숙제하인야
伯夷叔齊何仁也」, 「주유팔사周有八士」와 같은 『논어』 중에 등장하는 몇
글자를 제목으로 삼았다.

(2) 사부 史部

『훈신실록勳臣實錄』(Huân Thần Thực Lục) A.2519

중국 하은주 시대부터 송에 이르는 명신의 소전을 실었는데, 여기에
주공周公, 기자箕子, 백이伯夷, 여망呂望 등이 포함되어 있다.

(3) 집부 集部

1) 『명시초집名詩抄集』(Danh Thi Sao Tập) A.2514

중국 역사 사건을 제재로 삼은 시가 작품집으로, 모두 275수의 시가
있고 제재의 연대 순으로 배열하였다. 「여망조위수呂望釣渭水」, 「백이
숙제伯夷叔齊」 등의 편장이 있다.

2) 『보재시집葆齋詩集』(Bảo Trai Thi Tập) A.2796

황보재黃葆齋의 시집으로, 여말黎末에서 서산西山 초년初年에 만들어졌
다. 중국 역사 인물인 장량張良, 한신韓信, 형가荊軻, 백이伯夷 등의 시가
있다.

3) 『보전황갑진공시집寶篆黃甲陳公詩集』(Bảo Triện Hoàng Giáp Trần Công
   Thi Tập) VHv.1468

중국 역사 인물인 백이와 숙제 등을 읊은 시가 있다.

4) 『경봉조신연가敬奉灶神演歌』(Kính Phụng Táo Thần Diễn Ca) AB.469

역사인물 조조, 백이, 조자룡 등을 읊은 시가 있다.

(4) 부가 附歌

『창곡집시부창곡집편唱曲輯詩附唱曲輯編』(Xướng Khúc Tạp Thi Phụ Xướng Khúc Tạp Biên) AB.195

제재에 백이와 숙제, 제갈량 등을 포함하고 있다.

(5) 부부 附賦

『죽당부집竹堂賦集』(Trúc Đường Phú Tập) VHb.190, 성태원년(成泰元年, 1889) 초본抄本

이 책에는 136편의 부賦가 수록되어 있는데, 여기에 『부자당夫子堂』, 『등태산登泰山』, 『백이거북해伯夷居北海』 등의 작품이 있다.

(6) 설부 說部

1) 『월전가담전편越雋佳談前編』 막정지莫挺之

조정에 들어서자 마침 외국에서 부채를 진상하였다. 원나라 황제는 공과 고려 사신에게 제시題詩를 하나씩 할 것을 명하였다. 고려 사신이 먼저 시를 지었는데 그 내용이 다음과 같다.

"따뜻함이 올라오면, 이윤과 주공이요, 겨울 되어 비와 눈이 싸늘하 게 내리면 백이와 숙제라네."

공이 생각을 아직 정하지도 않은 상황에서, 붓대에 의지해 바로 그 뜻을 풀어 써내려갔다.

"쇠도 돌도 녹아내릴 정도의 더위, 온 세상이 화로처럼 달아오를 때, 이때가 되면, 그대는 위대한 유학자 이윤과 주공처럼 대접을

받는구려. 북풍이 불어 싸늘해지고, 비와 눈이 길을 덮을 때, 이때
가 되면, 그대는 굶주린 백이와 숙제처럼 천대를 받는구려. 아! 쓰
일 때는 행해지고, 버려지면 감춰지는 신세. 오직 나와 그대만이
이와 같구려!"

시를 완성하여 천자께 올리자, 천자는 어필로 "아!"라 적으시고 "두 나
라의 장원"임을 비준해주셨다.[5]

2) 『월전유령越甸幽靈』「장후장갈張吼張喝」

신은 바로 절의의 명신으로 장씨 형제였다. 이들은 거듭 봉해져 상등
신이 되었다. '적을 물리치다〔卻敵〕'란 두 글자는 진 인종 시대에 더
봉해진 것이다. 후대 사람이 대련을 지어 다음과 같이 읊었다.

　"죽어서는 위나라를 쫓아낸 한나라의 제갈량이요, 살아서는 주나라
　를 섬기지 않은 은나라의 백이로다."

사당이 안풍安豐 여월강如月江 입구에 있다. 여월 장원이 섬기는 신에
대해 찬하였다. 제문에 다음과 같은 구절이 있다.

　"백이는 살아 주를 섬기지 않고, 산중의 약을 달게 마셨다네. 제갈량
　은 죽어서도 위나라를 쫓아내고, 천상의 시를 낭랑하게 읊었다네."[6]

3) 『마린일사馬麟逸史』「이장二張」

충정은 일월에 걸려 있고, 백이는 비록 죽더라도 주를 따르지 않았네.[7]

4) 『신전기록新傳奇錄』「우충각승기羽蟲角勝記」

이에 백이는 주나라의 곡식 먹는 것을 부끄러워하여 수양산의 고사리
를 달게 먹었다. 둘째 아들은 경상卿相의 영예를 사양하고, 스스로 전
원에서 즐겼으니, 이 어찌 그 '불의한 부귀는 나에 있어 뜬구름과 같도
다'와 같은 것이 아니겠는가?[8]

5) 『산거잡술山居雜述』「정녀貞女」

백이와 숙제 같은 이는 고죽국 군주에 봉해지는 것도 마다하고 수양산에 은거하였으니, 조정에서 녹봉을 받은 적이 없는 자들이다. 군신간의 분수 역시 대단치 않게 여겨 주나라 곡식을 먹는 것을 부끄러이 여겨 굶어 죽었으니 공자 역시 인하다고 칭한 것이다.[9]

6) 『산거잡술山居雜述』「진공가모陳公嘉謀」

백이는 주나라를 섬기지 않고, 강상의 바름을 지키겠다고 맹세하였고, 관녕이 위나라 신하가 되지 않겠다고 한 것은 말류의 더러움으로 흐를까 걱정이 되는도다.[10]

7) 『전기만록傳奇漫錄』 권지삼卷之三 「나산초대록那山樵對錄」

백거이가 『취음선생전』에서 말하였다.

"얼굴을 들어 긴 탄식을 하며 말하였다. '내가 천지간에 태어나 재주와 행동이 옛 사람에 미치지 못함이 심하구나! 그런데도 검루보다 부유하고, 안회보다 오래 살았으며, 백이보다 배부르고, 영계기보다 즐거움이 많으며, 위숙보다 건강하니 다행이도다, 정말 다행이야! 내 무엇을 더 바라겠는가?"[11]

이처럼 베트남에도 백이와 숙제 관련 고사가 널리 퍼져 있고, 많은 이들이 알고 있었으며, 이를 활용해 시와 산문이 지어졌다. 현재까지 조사된 것으로만 본다면, 베트남의 경우 『사기』 계열의 '불사이군'하는 백이와 숙제의 충절 이미지가 널리 퍼져 있음을 알 수 있다.

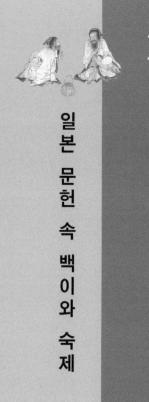

2

일본 문헌 속 백이와 숙제

백이와 숙제의 고사는 중국과 조선, 베트남뿐 아니라 일본에도 퍼져 있었다. 이와 관련하여 일본에서 가장 유명한 사람은 도쿠가와 이에야스(德川家康, 1542~1616)의 손자인 도쿠가와 미쓰쿠니(德川光圀, 1628~1701)다. 그는 에도시대 2대 미토 번주이자 유학자로, 미토 고몬(水戶黃門)이라는 별칭으로 불리기도 하였다. 유학과 역사학에 조예가 깊었으며, 명나라에서 유학자 주순수(朱舜水, 1600~1682)를 초빙하여 가르침을 받기도 했다. 『대일본사大日本史』를 편찬한 이도 바로 그다. 그의 후원을 바탕으로 국수주의 색채를 띠는 미토학(水戶學)이 성장하게 되었다고 한다.

사실 미쓰쿠니는 후계자로 낙점을 받은 후 학업을 멀리하고, 빈번하게 요시와라(吉原) 유곽을 드나들며 지나가는 사람들을 무차별적으로 칼로 베는 츠지기리(辻斬り) 같은 만행도 일삼으면서 사춘기 시절을 보냈다. 그러다 18세에 『사기史記』「백이열전」을 읽고 깊은 감명을 받아 비로소 학문에 열중하게 되었다고 한다.

그는 평생 친형인 요리시게(賴重)를 제치고 자신이 2대 번주가 된 것에 대해 미안한 감정을 가지고 있었다고 전해진다. 실제로 그는 측실과의 사이에 친자인 요리쓰네(賴常)가 있었음에도 불구하고 요리쓰네를 형의 양자로 보내고, 대신 요리시게의 친자인 쓰나카타(綱方)를 자신의 후계자로 삼았다.

元禄第十四歳念辛巳莫春十又六夏
見偏録司前南禅雲安野衲元又謹書

語于上有不可辭蒙不顧醜批空楜應其需云雨
有年蒙命工畫之以公自製碑文伏乎言而易識
推中納言従三位源義公肖像法眼守達庵沐恩謹

月雖隆瑞龍光斬苗西山峰建碑勒銘者誰源充國
銘曰

之庭水則施血龍山則能禽致何用劉倫之錦乎哉其
先生墓先生之靈永在此矣鳴呼骨肉委天命所鈴
先堂之側癒應任之衣冠帯戟封戟碑自題曰梅里
生之宿志犬矢既而遷卿即日相攸於瑞龍山
冬界元帳肓致仕初痕兄之于為嗣遂立之以贊封先
關弈正闊皇銃呈那人臣靜成一家之言元禄午之
罕書可徴奏捜瞻求之澤中書微遠以弾官小祝攘實
則隨有而樂爲則任哇如昰如苗有志于輔史業
吟詩放情聲色飲食不好其美第物不要其奇有
求必鮮獄不穢躬身
崇佛老而排儒於常喜賓路市門于每有眼讀言不
戰佛老而排儒太人必不儒物不著辛年神倫而駅神倫
先生常州水戸産也其怕病其仟天先生風夜陰膝下

도쿠가와 미쓰쿠니

더구나 쓰나카타가 일찍 사망하자 요리시게의 또 다른 아들인 쓰나에 다(綱條, 1656~1718)를 다시 후계자로 삼아 기어이 자신의 번주 자리를 물려준다. 이는 백이와 숙제 형제가 서로 고죽국 군주 자리를 양보한 상황에 빗대어 생각해볼 수도 있는 지점으로, 미쓰쿠니에게 「백이열전」이 얼마나 큰 영향을 끼쳤는지 미루어 짐작하게 한다.

미쓰쿠니는 살아 있을 때부터 명군이라 칭송 받았으나 사후 가부키와 만담, 전기 등을 통해 여러 전설과 민간전승이 더해지면서 오늘날엔 대중적인 인기까지 얻었다. 여러 차례 드라마와 영화 등의 소재로 활용되었는데, 도쿄방송에서 방영한 시대극 『미토 고몬』은 이 미쓰쿠니를 모델로 한 것이라 한다. 수도 동경에 그가 세운 '득인당得仁堂'이 있으며, 알다시피 이곳의 명칭은 바로 공자가 백이와 숙제를 평가한 전언인 "인을 구해 인을 얻었으니 무슨 원망이 있으랴[求仁得仁, 又何怨乎]"에서 따온 것이다. 당내에 백이 좌상과 숙제 입상이 모셔져 있다.

이외에도 야마다 호고쿠(山田方谷, 1805~1877)의 작품이 눈에 띈다. 야마다 호고쿠는 도쿠가와 막부 말기의 양명학자로 경제에 능했으며, 정치 개혁에 앞장섰던 인물이다.

> 상나라를 꺾으려 전쟁을 일으키려 한다네
> 우주는 망망하니 누가 무왕이 틀렸음을 알겠는가?
> 그대들 중원으로 가면 폭력으로 폭력을 바꾸는 주무왕 같은 이들 적을 텐데
> 봄바람 불어 어르신들 수양산으로 고사리 캐러 가게 하네[12]

이 시는 야마다 호고쿠가 도쿠가와 막부에서 메이지 유신 정부로 정권이 교체되는 상황에서 읊은 시이다. 그는 유신정부의 시대가 도래했음에도 도쿠가와 막부의 은혜를 잊지 않겠다는 뜻을 이 시를 통해 드러낸다.[13]

득인당 전경과 그 안에 모셔진
백이 좌상과 숙제 입상

다시 말해 이 시에서 백이와 숙제는 충절의 대명사로, 주무왕은 폭력을 행사하는 부정적 인물로 묘사하고 있다.

일본에서 백이와 숙제의 고사에 대한 연구는 좀 더 진행되어야 하겠지만, 『사기』「백이열전」 계열을 따르는 충절의 상징으로서의 백이와 숙제 이미지가 주류로 자리 잡고 있다.

맺음말

이 책은 사마천이 쓴 『사기』 「백이열전」에서 폭군인 주왕을 없애려는 주무왕의 말고삐를 잡으며 "신하의 신분으로 임금을 치는 것을 인이라 할 수 있습니까?"라며 막아서던 백이와 숙제가 과연 칭송받아 마땅한 존재인가 하는 문제의식에서 시작되었다. 이들은 바로 이 행위로써 충절의 상징이자 대명사로 인식되고 있다.

우선 『사기』 「백이열전」 이전의 기록들에서 보이는 백이와 숙제의 형상은 어떠했는지 살펴보았다. 그런데 놀랍게도 필자가 관심을 두고 있던 이들의 충절 이미지는 『사기』 「백이열전」 이전의 그 어떤 문헌에서도 발견되지 않았다.

유가 경전인 『논어』에서 공자는 이들을 "인을 구하여 인을 얻은" 훌륭한 인물들로 평가하고 있다. 그러나 그들을 충절의 기준으로 평가하고 있다는 근거는 그 어디에서도 찾아볼 수 없었다. 『맹자』에서도 백이 관련 기록은 여러 군데에 걸쳐 등장하며, 대부분 이들을 훌륭하다 칭찬하고 있다. 그러나 칭찬의 근거 역시 이들의 충절은 아니었다. 맹자는 이들을 "성지청자聖之淸者", 즉 "성인 중 맑은 분"으로 평가하고 있다.

도가 경전인 『장자』에는 『사기』 「백이열전」과는 다른 상황들이 등장한다. 우선 이들이 주무왕을 주동적으로 막은 것이 아니라 주무왕의 동생 주공단이 이들을 먼저 찾아갔다는 기록이 그것이다. 주공단은 이들에게 좋은 자리를 제안한다. 그러나 백이와 숙제는 주무왕의 정치를 보고 희망이 없다는 걸 깨닫고 수양산으로 들어가버리고 만다. 다시 말해 폭군인 주왕을 제거하려는 것을 막은 것이 아니라 주무왕의 정치를 보고 절망해 굶어 죽었던 것이다. 이들은 「백이열전」에서처럼 주무왕을 비판하고는 있으나 「백이열전」에서처럼 효와 인이라는 유교적 가치관으로 비판한 것이 아니라 단지 주무왕의 포악한 정치를 비판하였던 것이다. 『장자』에서는 또 백이와 숙제를 명분에 집착하고, 본성을 손상한 어리석은 이들이라 비판하고 있다. 도가적 기준에 의하면, 자연의 순리에 따르지 않고 죽음을 택한 백이와 숙제는 비판받아 마땅한 존재였다.

법가 문헌인 『한비자』에서는 백이를 무익한 신하라고 비판하고 있다. 민중이 아닌 군주를 위해 복무하는 법가의 입장에서 보자면, 신하는 군주가 쉽게 부릴 수 있어야 하는데 백이와 숙제 같은 이들은 자신의 뜻이 너무 확고해 상벌로도 움직이기 쉽지 않기 때문에 무익하다는 것이다.

또 여불위의 『여씨춘추』에도 백이 관련 기록이 있다. 여기서 백이와 숙제는 주무왕의 전쟁을 반대하지는 않는다. 다만 주무왕이 혁명에 성공해 주나라를 건국한 후 벌인 정치에 환멸을 느껴 수양산으로 들어가는 것으로 기록되어 있다. 다시 말해 「백이열전」에서처럼 '불사이군'이란 기득권을 옹호하는 논리가 아닌, 민초의 입장에서 주무왕을 판단하고 비판하였던 것이다.

이처럼 『사기』 이전에는 그 어떤 문헌에서도 주무왕의 혁명을 먼저 막아서는 백이와 숙제의 모습은 보이지 않는다. 다만 주무왕의 정치에 환멸을 느껴 수양산으로 들어가 굶어 죽는 맑고 고결한 백이와 숙제의 모습만이 대부분의 문헌에서 보일 뿐이다.

사마천의 「백이열전」에서 처음 나타난 충절의 상징으로서 백이의 형상은 위진시기에도 굳게 자리 잡지 못한다. 조조는 백이와 숙제를 작위를 버리고 무왕을 꾸짖은 어리석은 이들이라 비판하고 있다. 은운의 『소설』에서도 백이는 어리석은 필부라 비판받고 있을 뿐이다. 그런데 당대의 한유가 「백이송」을 쓰면서부터 백이와 숙제의 충절 이미지는 확고하게 자리 잡기 시작한다. 한유는 충성과 절의의 기준으로 두 주인공을 평가하면서 이들을 우뚝 서서 홀로 나아간 이들이라 높이고 있다. 한유의 「백이송」이후 거의 모든 백이 관련 기록들이 충절이라는 프레임에 갇히게 된다.

물론 송대 개혁과 정치가 왕안석이 「백이론」을 써서 이 충절의 프레임을 깨보려 애쓰지만, 그저 약간의 파열음을 내는 데 그친다. 이후 백이와 숙제는 확고하게 충절의 상징으로 자리매김한다. 송대 보수파 정치인 소식은 「무왕론」을 써서 주무왕의 혁명을 비판하는 한편, 백이와 숙제의 충절을 높이며 충절의 프레임을 더욱 공고하게 한다. 성리학의 기틀을 다진 정이와 주희는 주무왕의 혁명을 막아선 백이와 숙제의 행동을 일정 정도 비판하기도 하지만, 이들 역시 충절 프레임 안에서 논의를 진행하고 있음을 볼 수 있다. 한 가지 흥미로운 것은 북송의 민족 영웅 악비를 죽음에 몰아넣고 금나라와 화친해 중국의 대표 간신에 오른 진회 역시 백이와 숙제의 충절을 높였다는 사실이다.

명대에 들어서 주원장은 「박한유송백이문」에서 한유의 「백이송」을 비판한다. 주무왕의 혁명을 막아선 백이는 명나라를 세운 주원장의 입장에서 보면 자신을 막아선 거나 마찬가지였기에 비판받아 마땅한 인물이었다. 그러나 주원장은 나라가 일정 정도 안정을 찾자 백이를 제왕의 사당에 종사하는 등 그의 충절을 인정한다. 같은 사람이라도 상황에 따라 평가는 달라졌던 것이다.

주원장을 도와 명나라를 건국했던 유기 역시 「사탐」에서 백이처럼 탐욕

없는 자들은 부리기 힘들다며 군주에게 쓸모없는 존재라고 폄하한다. 신속하게 명령을 전달해 일을 해결해야 했던 그였기에, 상벌에도 굴하지 않고 자신의 신념에 따라 행동하는 백이 같은 인물은 필요가 없었던 것이다.

양명학으로 이름 높은 이지는 공자가 백이와 숙제를 두고 "인을 구해 인을 얻었으니 무슨 원망이 있었겠는가?"라고 한 말에 반대해 이들이 원한을 품고 죽었다며 자신의 『분서』 「백이전」에서 주장하고 있다. 그러면서 백이는 자신이 추구하는 바를 따랐기에 성인이 될 수 있었다며, 모든 것을 원만하게 다 갖춘 이는 그 본질을 잃게 되는 것이라고 역설한다.

청대의 황종희는 『명이대방록』을 통해 여태까지 나왔던 백이 관련 글 가운데 가장 근본적이고 깊이 있는 사고를 보여준다. 그는 우선 임금이라는 자리에 대해 근원적인 질문을 던진다. 그는 나라의 주인은 백성이지 임금이 아니라는 당시로서는 파격적인 의견을 낸다. 천하에 큰 해를 끼치는 자는 군주이고, 설령 군주가 없더라도 사람들은 살아갈 수 있다며, 모든 것은 민중을 중심으로 생각해야 한다고 주장한다. 뿐인가. 어리석은 선비들이 걸과 주 같은 폭군도 주벌하여서는 안 된다고 한다며, '불사이군'을 주장하는 이들을 적극 비판하고 나선다. 더불어 백이의 근거 없는 일들을 어리석은 선비들이 제멋대로 전했다고 비판하면서 무왕도 성인이고,

맹자의 말 역시 성인의 말이라고 높인다. 요컨대 황종희는 무왕의 혁명을 막아서는 『사기』「백이열전」속 백이와 숙제의 모습은 근거 없는 것이라며 사마천을 비판했고, 이를 근거로 백이를 충절의 상징으로 만든 한유, 소식 등을 모두 어리석은 선비라며 비판한 것이다.

한편 청초의 소설 『두붕한화』에서는 숙제가 변절하는 내용의 작품을 수록하면서 이를 무조건적으로 비판하지 않는다. 이 작품에선 역성혁명은 무조건 안 된다는 당시 생각 자체를 비판하면서 조대의 교체는 하늘의 안배에 의한 것이라며 이것이 자연스러운 일임을 설득력 있게 풀어나간다.

현대 중국의 혁명가이자 소설가인 노신은 『고사신편』「채미」에서 백이와 숙제를 세상물정 모르는 철없는 늙은이로 그려내고 있다. 낡고 희망 없는 중국을 바꿔보려 했던 노신의 입장에서, '불사이군'을 외치며 주무왕의 혁명을 막아서는 백이와 숙제는 구시대의 낡은 인물에 불과하였던 것이다.

모택동은 정치 상황에 맞춰 필요에 따라 이들을 바라본다. 즉, 주무왕의 혁명전쟁에 함께하지 않았다고 백이를 비판하는가 하면, 또 주무왕의 출병을 막았다고 그들을 지지하기도 하였다. 백이와 숙제는 그의 필요에 따라 언제든지 소환하여 소비해버리는 도구에 불과하였던 것이다.

백이와 숙제는 바로 지금도 그렇게 정치·경제적 필요에 의해 소환되고 있다. 이는 이제묘가 위치해 있던 노룡현 현지를 방문함으로써 필자가 직접 확인해볼 수 있었다. 이 지역을 기반으로 백이와 숙제에 관련된 사항들을 선양하는 중국고죽문화연구중심 관계자와의 만남을 통해 이들의 고사가 문화 콘텐츠로, 또 정치적 필요로 활용되고 있는 현장과 상황을 목도할 수 있었다.

조선의 경우에도 백이와 숙제 관련 기록은 넘쳐흘렀다. 특히 왕조 교체기나 비정상적인 왕위 변동 시기에 백이는 반드시 소환되었다. 고려와 조선의 교체기 태종 이방원은 백이의 행동을 처음에는 비판적으로 묘사하다 나라 상황이 안정되자 백이의 도를 긍정하고 있다. 중국의 예에서도 보이지만, 초대 황제나 새 나라가 막 건국된 경우 충절의 상징으로서 백이를 비판하는 경우가 많지만, 나라가 안정되면 자기 왕조에 충성할 신하를 필요로 하기에 이 충절의 상징을 다시 소환하는 경우가 많다.

조선에서는 백이와 숙제의 충절 이미지가 더 강화되는 경향이 보인다. 단종 복위를 꾀했던 사육신과 생육신의 글에서는 고사리도 먹지 말고 죽었어야 했다고 할 정도로 충절의 프레임은 상황에 따라 극단으로 흐르기도 하였다. 김창흡과 박지원처럼 충절 이미지를 깨는, 왕안석 계열의 백이 관련 기록이 나오기도 하였지만, 이는 결코 조선의 주류가 아니었다. 김창흡은 직접 왕안석의 주장을 인용하면서 이를 받아들였다. 그러나 이를 본 정조는 왕안석, 김창흡의 글을 비판하며 정이, 주희의 설을 따라야 한다고 이야기한다. 박지원은 「백이론」 상·하에서 백이·숙제와 주무왕의 관계를 단순하게 해석하지 않고, 역사의 전체적인 맥락에서 각자의 역할을 담당했던 성인들로 자리매김한다. 박지원은 백이와 숙제를 소환하여 당시 주자학의 도그마에 빠져있던 조선 사회에 '화이부동'의 가치를 전파하려 한 것으로 필자는 해석하고 있다.

매년 북경을 방문했던 연행사들 역시 연행 노정에 있는 이제묘를 반드시 방문해 경건하게 고사릿국을 끓여 먹으며 이들을 추모한다. 이들에게 또 다른 해석은 용납되지 않았다. 그러다 18세기 중엽 박지원의 『열하일기』 속에서 유머를 활용해 백이와 숙제의 경건함을 희화화하며 이들의 충절 이미지를 부수는 기록들이 나오기 시작한다.

나아가 백이와 숙제의 고사는 베트남과 일본에도 널리 퍼져 있다. 현재까지 조사한 바로는 이 두 나라의 기록들에서도 당연히 「백이열전」 속 충절의 이미지가 주류로 자리 잡고 있다.

백이와 숙제의 형상은 전통 시기 한자 문화권에서 충절을 상징하는 대표적인 이미지로 굳게 자리 잡았고, 또한 이는 '불사이군'의 기득권 이데올로기를 떠받치는 데 충실히 작용하였다. 물론 앞서 언급했다시피 이러한 이미지가 등장한 것은 『사기』「백이열전」 이후로, 그 이전의 문헌에서는 쉽게 찾아볼 수 없는 것이었다. 따라서 애당초 백이와 숙제의 이미지는 고정된 것이 아니라, 각각의 상황과 필요에 따라 때마다 적당하게 소환되고 소비되어 왔음을 인식할 필요가 있다.

책머리에

1 졸고, 「계보학적 측면에서 접근한 백이·숙제 고사 연구」, 『중국소설논총』 제16집, 2002. 8.

제1장 선진시대의 백이와 숙제

1 帝曰: "咨四岳, 有能典朕三禮?" 僉曰: "伯夷." 帝曰: "俞, 咨伯! 汝作秩宗. 夙夜惟寅, 直哉惟淸." 伯拜稽首, 讓于夔龍. 帝曰: "俞, 往欽哉!" (『서경』 「순전」)

2 伯夷降典, 折民惟刑. (『서경』 「주서」 「여형」)

3 伯夷能禮於神以佐堯者也. (좌구명, 『국어』 「정어」)

4 송해빈(宋海斌), 『동방덕원(東方德源)』, 북경(北京): 중국문사출판사(中國文史出版社), 2010, 7쪽.

5 송해빈, 앞의 책, 28쪽.

6 伯夷父生西岳, 西岳生先龍(……) (『산해경』 「해내경」)

7 伯夷父, 顓頊師, 今氏姜其苗裔也. (『산해경』 「해내경」)

8 송해빈, 앞의 책, 27쪽.

9 伯夷主禮, 上下咸讓. (『사기』 「오제본기」)

10 송해빈, 앞의 책, 27-28쪽.

11 "(배구는) 황제가 북쪽 변방을 순행할 때 수행하였는데 황제가 계민의 땅에 행차하여 천막을 치고 머물렀다. 이때 고구려는 사신을 보내 먼저 돌궐과 통하니 계민이 감히 숨길 수 없어 이들을 이끌고 황제를

알현했다. 배구가 주장(奏狀)을 올려 아뢰었다. '고구려 땅은 본래 고죽국입니다. 주나라 때 기자에게 봉했고, 한나라 때 세 군으로 나누었으며, 진씨 왕조 역시 요동을 통치하였습니다. 그런데 지금은 신하로 있지 않고 따로 독립적인 나라가 되었으니, 이에 선제께서 골치아파하시며 고구려를 정벌하려 하신지 오래되었습니다.'〔從帝巡於塞北, 幸啓民帳, 時高麗遣使先通於突厥, 啓民不敢隱, 引之見帝, 矩因奏狀曰: '高麗之地, 本孤竹國也. 周代以之封於箕子, 漢世分爲三郡, 晋氏亦統遼東. 今乃不臣, 別爲外域, 故先帝疾焉, 欲征之久矣.'〕"(『수서(隋書)』「배구전(裴矩傳)」)

12 隋裴矩傳: "高麗本孤竹國." 李詹云: "今海州." 今按大明一統志, "永平府有孤竹國君所封地. 又有孤竹三君塚, 又有伯夷叔齊廟." 海州首陽山清風洞有之. 楓皐集曰: "史註中國之首陽有五, 而朝鮮之首陽有一, 合六矣." 唐李渤言: "首陽以朝鮮爲定論." 況與箕邦接壤, 山多薇蕨可異. 我顯廟賜額清聖, 而又廟在孤竹卽遼東入中國路也. 成三問題詩其碑云: '草木亦沾周雨露, 愧君猶食首陽薇.' 與采薇女子語同, 而碑有汙云. 南晦窩曰: "祀以一器薇菜而已, 若顏淵祀則一簞食一瓢飮乎?"(조재삼, 『송남잡지』3 「상제류」「청성묘」)

13 按世稱首陽山, 凡有五處. 或曰: "在河東蒲坂華山之北, 河曲之中." 或曰: "在隴西." 或曰: "在洛陽東北偃師縣." 或云: "在遼城." 或云: "避紂居北海之濱." 雜出於傳記者, 皆有所據. 而地理誌言: "永平府城東南十五里, 有碭山, 一曰, 陽山, 此卽首陽山." 又曰: "盧龍縣南二十里, 有孤竹古城." 今灤河之左, 峒山之陰, 有孤竹祠. 以今考之, 此祠實在山之陰水之左, 而自州城論之, 則政在西北, 謂之在南者何耶? 豈古之縣治, 則在於灤水之北而然耶? 是未可知也.(이갑, 『연행기사』 1778년 2월 17일조)

14 曰: "伯夷·叔齊, 何人也?" 曰: "古之賢人也." 曰: "怨乎?" 曰: "求仁而得仁, 又何怨?"(『논어』「술이」)

15 伯夷·叔齊, 不念舊惡, 怨是用希.(『논어』「공야장」)

16 齊景公有馬千駟, 死之日, 民無德而稱焉. 伯夷·叔齊餓於首陽之下, 民到於今稱之. 其斯謂歟?(『논어』「계씨」)

17 逸民, 伯夷, 叔齊, 虞仲, 夷逸, 朱張, 柳下惠, 少連. 子曰: "不降其志 不辱其身 伯夷叔齊與."(『논어』「미자」)

18 言其直己之心, 不入庸君之朝.

19 이 맥락은 제2장 제2절 '주무왕의 정치에 환멸을 느껴 떠난 백이에서 자세히 다룬다.

20 伯夷, (……) 當紂之時, 居北海之濱, 以待天下之清也.(『맹자』「만장하」)

21 曰: "伯夷伊尹, 何如?" 曰: "不同道. 非其君不事, 非其民不使, 治則進, 亂則退, 伯夷也. 何事非君, 何使非民, 治亦進, 亂亦進, 伊尹也. 可以仕則仕, 可以止則止, 可以久則久, 可以速則速, 孔子也. 皆古聖人也. 吾未能有行焉, 乃所願則學孔子也." "伯夷, 伊尹於孔子, 若是班乎?" 曰: "否! 自有生民以來, 未有孔子也."(『맹자』「공손추상」)

22 孟子曰: "伯夷, 目不視惡色, 耳不聽惡聲, 非其君不事, 非其民不使, 治則進, 亂則退, 橫政之所出, 橫民之所止, 不忍居也. 思與鄉人處, 如以朝衣朝冠, 坐於塗炭也. 當紂之時, 居北海之濱, 以待天下之清也. 故聞伯夷之風者, 頑夫廉, 懦夫有立志."(……) 孟子曰: "伯夷, 聖之清者也; 伊尹, 聖之任者也; 柳下惠, 聖之和者也; 孔子, 聖之時者也.(『맹자』「만장하」)

23 이 맥락은 제2장 제1절 '불사이군 백이의 탄생'에서 자세히 다룬다.

24 이 맥락은 제2장 제2절 '주무왕의 정치에 환멸을 느껴 떠난 백이'에서 자세히 다룬다.

25 孟子曰: "伯夷非其君不事, 非其友不友, 不立於惡人之朝, 不與惡人言; 立於惡人之朝, 與惡人言 如以朝衣朝冠, 坐於塗炭. 推惡惡之心, 思與鄉人立, 其冠不正, 望望然去之, 若將浼焉. 是故, 諸侯雖有善其辭命而至者, 不受也; 不受也者, 是亦不屑就已."(……) 孟子曰: "伯夷隘, 柳下惠不恭, 隘與不恭君子不由也."(『맹자』「공손추상」)

26 民爲貴, 社稷次之, 君爲輕. 是故, 得乎丘民, 而爲天子. 得乎天子, 爲諸侯, 得乎諸侯, 爲大夫.(『맹자』「진심하」)

27 이 맥락은 제4장 제1절 '백이와 숙제의 충절 이미지를 깨려 하다'에서 자세히 다룬다.

28 齊宣王問曰: "湯放桀, 武王伐紂, 有諸?" 孟子對曰: "於傳有之." 曰: "臣弑其君, 可乎?" 曰: "賊仁者謂之賊, 賊義者謂之殘, 殘賊之人謂之一夫. 聞誅一夫紂矣, 未聞弑君也."(『맹자』「양혜왕하」)

29 昔周之興, 有士二人處於孤竹, 曰伯夷叔齊. 二人相謂曰: "吾聞西方有人, 似有道者, 試往觀焉." 至於岐陽, 武王聞之, 使叔旦往見之, 與之盟曰: "加富二等, 就官一列." 血牲而埋之. 二人相視而笑曰: "嘻, 異哉! 此非吾所謂道也. 昔者神農之有天下也, 時祀盡敬而不祈喜; 其於人也, 忠信盡治而无求焉. 樂與政爲政, 樂與治爲治, 不以人之壞自成也, 不以人之卑自高也, 不以遭時自利也. 今周見殷之亂而遽爲政, 上謀而行貨, 阻兵而保威, 割牲而盟以爲信, 揚行以說衆, 殺伐以要利, 是推亂以易暴也. 吾聞古之士, 遭治世不避其任, 遇亂世不爲苟存. 今天下闇, 周德衰, 其並乎周以塗吾身也, 不如避之以絜吾行." 二子北至於首陽之山, 遂餓而死焉. 若伯夷叔齊者, 其於富

貴也. 苟可得已, 則必不賴. 高節戾行, 獨樂其志, 不事於世, 此二士之節也.(『장자』 「잡편」 제28 「양왕」)

30 안동림 역주, 『장자』, 서울: 현암사, 1998, 683쪽.

31 世之所謂賢士, 莫若伯夷叔齊. 伯夷叔齊辭孤竹之君而餓死於首陽之山, 骨肉不葬. 鮑焦飾行非世, 抱木而死. 申徒狄諫而不聽, 負石自投於河, 爲魚鼈所食. 介子推至忠 也, 自割其股以食文公, 文公後背之, 子推怒而去, 抱木而燔死. 尾生與女子期於梁 下, 女子不來, 水至不去, 抱梁柱而死. 此六子者, 無異於磔犬流豕操瓢而乞者, 皆離 名輕死, 不念本養壽命者也.(『장자』 「잡편」 제29 「도척」)

32 是役人之役, 適人之適, 而不自適其適者也.(『장자』 「대종사」)

33 伯夷死名於首陽之下, 盜跖死利於東陵之上, 二人者, 所死不同, 其於殘生傷性均也. 奚必伯夷之是而盜跖之非乎! 天下盡殉也, 彼其所殉仁義也, 則俗謂之君子, 其所殉 貨財也, 則俗謂之小人. 其殉一也, 則有君子焉, 有小人焉. 若其殘生損性, 則盜跖亦 伯夷已, 又惡取君子小人於其間哉!(『장자』 「외편」 제8 「변무」)

34 實無名, 名無實; 名者, 僞而已矣. 昔者堯舜僞以天下讓許由善卷, 而不失天下, 郭祚 百年. 伯夷叔齊實以孤竹君讓, 而終亡其國, 餓死於首陽之山. 實僞之辯, 如此其省 也.(『열자』 「양주」 제7)

35 김학주 역, 『열자』, 을유문화사, 2000, 15-16쪽.

36 楊朱曰: "伯夷非亡欲, 矜淸之郵, 以放餓死. 展季非亡情, 矜貞之郵, 以放寡宗. 淸貞 之誤善之若此."(『열자』 「양주」 제7)

37 古有伯夷叔齊者, 武王讓以天下而弗受, 二人餓死首陽之陵; 若此臣者, 不畏重誅, 不利重賞, 不可以罰禁也, 不可以賞使也. 此之謂無益之臣也, 吾所少而去也, 而世 主之所多而求也.(『한비자』 「고분」 제14)

제2장 진한시대의 백이와 숙제

1 扶義俶儻, 不令己失時, 立功名於天下, 作七十列傳.(사마천, 『사기』 「태사공자서」)

2 이한조, 「백이와 사마천—史記總序로서의 백이열전」, 『대동문화연구』 제8집.

3 末世爭利, 維彼奔義; 讓國餓死, 天下稱之. 作伯夷列傳第一.(사마천, 『사기』 「태사 공자서」)

4 중석몰촉(中石沒鏃):『사기』「이장군열전(李將軍列傳)」에 나오는 말로, 이광이 쏜
  화살 이야기에서 유래한다. 하루는 이광이 명산(冥山)으로 사냥하러 갔다가 풀숲에
  호랑이가 엎드려 있는 것을 보고 급히 화살을 쏘아 맞혔는데 호랑이는 꼼짝도 하지
  않았다. 이상해 가까이 가보니 그가 맞힌 것은 호랑이처럼 생긴 돌이었다. 다시
  화살을 쏘아 보았으나 화살은 계속 튕겨 나올 뿐이었다. 여기서 중석몰촉은 정신을
  한곳에 집중하면 무슨 일이든지 이루어낼 수 있다는 뜻이 되었다.

5 君子疾沒世而名不稱焉.」賈子曰:「貪夫徇財, 烈士徇名, 誇者死權, 衆庶馮生..」「同
  明相照, 同類相求.」雲從龍, 風從虎, 聖人作而萬物睹.」伯夷·叔齊雖賢, 得夫子而
  名益彰. 顔淵雖篤學, 附驥尾而行益顯. 岩穴之士, 趣舍有時若此, 類名堙滅而不稱,
  悲夫! 閭巷之人, 欲砥行立名者, 非附靑云之士, 惡能施于後世哉?(사마천,『사기』
  「백이열전」)

6 이한조,「백이와 사마천-史記總序로서의 백이열전」,『대동문화연구』제8집, 217
  쪽 재인용.

7 "今周見殷之僻亂也, 而遽爲之正與治, 上謀而行貨, 阻丘而保威也, 割牲而盟以爲
  信, 因四內與共頭以明行, 揚夢以說衆, 殺伐以要利, 以此紹殷, 是以亂易暴也. 吾聞
  古之士, 遭乎治世, 不避其任, 遭乎亂世, 不爲苟在. 今天下闇, 周德衰矣. 與其並乎
  周以漫吾身也, 不若避之以潔吾行." 二子北行, 至首陽之下而餓焉. 人之情莫不有
  重, 莫不有輕. 有所重則欲全之, 有所輕則以養所重. 伯夷, 叔齊, 此二士者, 皆出身
  棄生以立其意, 輕重先定也.(여불위,『여씨춘추』권12「계동기」「성렴」)

8 或曰:"天道無親, 常與善人." 若伯夷·叔齊, 可謂善人者, 非邪? 積仁潔行如此而餓
  死. (……) 天之報施善人, 其何如哉? 盜跖日殺不辜, 肝人之肉, 暴戾恣睢, 聚黨數千
  人橫行天下, 竟以壽終. 是遵何德哉? (……) 余甚惑焉, 儻所謂天道, 是邪非邪?(사마
  천,『사기』「백이열전」)

9 임옥균,『왕충』, 서울: 성균관대학교출판부, 2005, 71-72쪽.

10 武王爲殷西伯, 臣事於紂, 以臣伐(君), 夷齊恥之, 扣馬而諫, 武王不聽, 不食周粟, 餓
   死首陽. 高祖不爲秦臣, 光武不仕王莽, 誅惡伐無道, 無伯夷之譏, 可謂順於周矣.(왕
   충,『논형』권19「회국(恢國)」제58)

11 임옥균, 앞의 책, 109쪽.

1 夷齊棄爵而譏武王, 可謂愚暗, 孔子猶以爲'求仁得仁'. 疇之所守, 雖不合道, 但欲清
高耳. 使天下悉如疇志, 卽墨翟兼愛尙同之事, 而老聃使民結繩之道也. 外議雖善,
爲復使令司隷以決之.(조조, 「의전주양봉교」)

2 世嘆伯夷, 欲以厲俗(조조, 「도관산」)

3 伯夷叔齊, 古之遺賢. 讓國不用, 餓殂首山(조조, 「선재행」)

4 漢武帝見見盡伯夷・叔齊形象, 問東方朔, 是何人? 朔曰: "古之愚夫." 帝曰: "夫伯
夷・叔齊, 天下廉士, 何謂愚邪?" 朔對曰: 臣聞賢者居世, 與之推移, 不凝滯於物.
彼何不升其堂, 飮其漿, 泛泛如水中之鳧, 與彼徂游. 天子穀下, 可以隱居, 何自苦於
首陽? 上喟然而嘆(이방 등 모음, 김장환 외 역,『태평광기』7권, 제173 준변(俊辯)
1, 서울: 학고방, 2003)

5 士之特立獨行, 適於義而已, 不顧人之是非, 皆豪傑之士, 信道篤而自知明者也. 一
家非之, 力行而不惑者, 寡矣, 至於一國一州非之, 力行而不惑者, 蓋天下, 一人而已
矣. 若至於擧世非之, 力行而不惑者, 則千百年, 乃一人而已耳. 若伯夷者, 窮天地
亘萬世而不顧者也. 昭乎日月不足爲明, 崒乎泰山不足爲高, 巍乎天地不足爲容也.
當殷之亡, 周之興, 微子賢也, 抱祭器而去之. 武王・周公, 聖也, 從天下之賢士, 與
天下之諸侯而往攻之, 未嘗聞有非之者也. 彼伯夷・叔齊者, 獨以爲不可. 殷旣滅
矣, 天下宗周, 彼二子乃獨恥食其粟, 餓死而不顧. 繇是而言, 夫豈有求而爲哉? 信
道篤而自知明也. 今世之所謂士者, 一凡人譽之, 則自以爲有餘; 一凡人沮之, 則自
以爲不足. 彼獨非聖人而自是如此. 夫聖人, 乃萬世之標準也. 余故曰: "若伯夷者,
特立獨行, 窮天地, 亘萬世而不顧者也." 雖然, 微二子, 亂臣賊子接迹於後世矣.(한
유, 「백이송」)

6 夷齊何待稱揚? 頌夷齊, 爲千古臣道立坊也. 用意全於掉尾見之. 武王伐紂, 所以救
天下也; 夷齊恥食周粟, 所以存臣道也. 二者竝行不悖.(심덕잠, 「평주당송팔가고문
독본(評注唐宋八家古文讀本)」권1)

7 靑雲少年子, 挾彈章臺左. 鞍馬四邊開, 突如流星過. 金丸落飛鳥, 夜入瓊樓臥. 夷齊
是何人, 獨守西山餓?(이백, 「소년자」)

8 이 맥락은 제1장 제3절 '도가 기록 속의 백이와 숙제'에서 자세히 다룬다.

9 有耳莫洗潁川水, 有口莫食首陽蕨. 含光混世貴無名, 何用孤高比雲月. 吾觀自古賢
達人, 功成不退皆殞身. 子胥旣棄吳江上, 屈原終投湘水濱. 陸機雄才豈自保, 李斯

稅駕苦不早. 華亭鶴唳詎可聞, 上蔡蒼鷹何足道. 君不見, 吳中張翰稱達生, 秋風忽憶江東行. 且樂生前一杯酒, 何須身後千載名?(이백, 「행로난」 기삼(其三))

제4장 송대의 백이와 숙제

1 유영표, 『왕안석 시가문학 연구』, 서울: 법인문화사, 1993, 74~83쪽.

2 제임스 류 저, 이범학 역, 『왕안석과 개혁정책』, 서울: 지식산업사, 1991, 143쪽.

3 夫商衰而紂以不仁殘天下, 天下孰不病紂? 而憂者, 伯夷也. 嘗與太公聞西伯善養老, 則欲往歸焉. 當是之時, 欲夷紂者, 二人之心豈有異邪? 及武王一奮, 太公相之, 遂出元元于涂炭之中, 伯夷乃不與, 何哉? 蓋二老, 所謂天下之大老, 行年八十餘, 而春秋固已高矣. 自海濱而趨文王之都, 計亦數千里之遠, 文王之興以至武王之世, 歲亦不下十數, 豈伯夷欲歸西伯而志不遂, 乃死于北海邪? 抑來而死于道路邪? 抑其至文王之都而不足以及武王之世而死邪? 如是而言伯夷, 其亦理有不存者也. 且武王倡大義于天下, 太公相而成之, 而獨以爲非, 豈伯夷乎? 天下之道二, 仁與不仁也. 紂之爲君, 不仁也; 武王之爲君, 仁也. 伯夷固不事不仁之紂, 以待仁而後出, 武王之仁焉, 又不事之, 則伯夷何處乎? 余故曰聖賢辨之甚明, 而後世偏見獨識者之失其本也. 嗚呼, 使伯夷之不死, 以及武王之時, 其烈豈獨太公哉!(왕안석, 「백이론」)

4 孟子論伯夷伊尹柳下惠, 皆曰: "聖人也." 而又曰 "伯夷隘, 柳下惠不恭, 隘與不恭, 君子不由也." 夫動言視聽, 苟有不合於禮者, 則不足以爲大賢人, 而聖人之名, 非大賢人之所得擬也, 豈隘與不恭者, 所得僭哉! 蓋聞聖人之言行, 不苟而已, 將以爲天下法也. 昔者, 伊尹制其行於天下曰: "何事非君, 何使非民? 治亦進, 亂亦進." 而後世之士, 多不能求伊尹之心者, 由是多進而寡退, 苟得而害義, 此其流風末俗之弊也. 聖人患其弊, 於是夷出而矯之, 制其行於天下曰: "治則進, 亂則退, 非其君不事, 非其民不使." 而後世之士, 多不能求伯夷之心者, 由是多退而寡進, 過廉而復刻, 此其流風末世之弊也. 聖人患其弊, 於是柳下惠出而矯之, 制其行於天下曰: "不羞汚君, 不辭小官, 遺佚而不怨, 阨窮而不憫." 而後世之士, 多不能求柳下惠之心者, 由是多汚而寡潔, 惡異而尙同, 此其流風末世之弊也. (왕안석, 「삼성인론」)

5 최재혁, 『소식문예이론』, 서울: 소명출판, 2015, 53쪽.

6 夷齊盜跖俱亡羊, 不如眼前一醉是非憂樂兩都忘.(소식, 「박박주이수」)

7 최재혁, 앞의 책, 59쪽.

8 蘇子曰: 武王, 非聖人也. 昔者孔子蓋罪湯武, 顧自以爲殷之子孫而周人也, 故不敢. 然數致意焉. 曰: "大哉! 巍巍乎堯舜也.", "禹吾無間然.", "其不足於湯武也亦明矣." 曰: "武盡美矣, 未盡善也.", 又曰: "三分天下, 有其二, 以服事殷, 周之德, 其可謂至德也已矣." 伯夷·叔齊之於武王也, 蓋謂之弑君, 至恥之不食其粟, 而孔子予之, 其罪武王也甚矣. 此孔氏之家法也. 世之君子, 苟自孔氏, 必守此法, 國之存亡, 民之死生, 將於是乎在, 其孰敢不嚴? 而孟軻始亂之. 曰: "吾聞武王誅獨夫紂, 未聞弑君也." 自是學者以湯武爲聖人之正, 若當然者, 皆孔氏之罪人也. 使當時有良史如董狐者, 南巢之事, 必以叛書, 牧野之事, 必以弑書, 而(如)湯武仁人也, 必將爲法受惡. 周公作「無逸」曰: "殷王中宗及高宗及祖甲及我周文王玆四人, 迪哲."上不及湯, 下不及武王, 亦以是哉! 文王之時, 諸侯不求而自至. 是以受命稱王, 行天子之事, 周之王不王, 不計紂之存亡也. 使文王在, 必不伐紂, 紂不見伐, 而以考終, 或死於亂, 殷人立君以事周, 命爲二王後, 以祀殷, 君臣之道, 豈不兩全也哉? 武王觀兵於孟津而歸, 紂若不改過, 則殷人改立君, 武王之待殷, 亦若是而已矣. 天下無主, 有聖人者出, 而天下歸之, 聖人所不得辭也, 而以兵取之, 而放之而殺之, 可乎?(소식,「무왕론」)

9 유개(劉愷): 유개는 후한 장제(章帝)·화제(和帝) 때의 황족으로 자가 백예(伯豫)이다. 아버지 유반(劉般)은 자가 백흥(伯興)으로 선제(宣帝)의 현손(玄孫)인데, 거소후(居巢侯)에 봉해졌다. 유반이 죽자 유개가 작위를 세습하여야 하는데, 유개는 아우 헌(憲)에게 양보하고 달아났다. 그 후 화제 영원(永元) 10년(98)에 유사(有司)가 유개의 죄를 아뢰고 처벌할 것을 상주하자, 시중(侍中) 가규(賈逵)가 상소하기를 "공자께서 '예와 겸양으로 나라를 다스린다면 무슨 어려움이 있겠느냐'라고 하셨습니다. 삼가 살펴보니, 거소후 유반의 사자(嗣子) 유개는 평소의 행실이 효성스럽고 우애가 깊으며 겸손하고 고결하여 아우 헌에게 양위하고 몸을 감추었는데, 유사가 그의 선한 마음을 헤아리지 못하고 평소의 법으로 다스리려 하니, 겸양하는 풍속을 기르지 못하고 큰 교화를 이루지 못할까 두렵습니다. 전대의 부양후(扶陽侯) 위현성(韋玄成)과 근간에 능양후(陵陽侯) 정홍(丁鴻), 비후(郿侯) 정표(鄭彪)가 모두 행실을 고상하게 하고 몸을 깨끗이 하여 작위를 사양하였으나 그 봉토를 깎았다는 말을 듣지 못하였고, 모두가 이 세 사람의 일을 높이 평가하고 있습니다. 지금 유개는 전현(前賢)의 덕을 사모하고 우러러보아서 백이의 절개를 갖고 있으니, 마땅히 긍휼히 여기고 용서해서 그의 선공(先功)을 온전히 하여, 우리 조정에서 덕을 숭상하는 아름다움을 더해야 할 것입니다"라고 하니, 화제가 그의 말을 따라 유개를 불러 낭(郎)으로 제수하고, 뒤에 시중으로 승진시켰다(『후한서(後漢書)』「유개전(劉愷傳)」).

10 정홍(丁鴻): 정홍은 후한 장제 때의 명신으로 자가 효공(孝公)이며 영천(潁川) 정릉(定陵) 사람이다. 아버지 정림(丁綝)이 광무제(光武帝) 유수(劉秀)를 따라 정벌에 참여하고 공을 세워 능양후에 봉해지고 자신은 사자가 되었다. 아버지가 죽자, 정홍은 상소하여 아우 성(盛)에게 봉후(封侯)를 계승할 수 있도록 청하였으나, 허락하지 않으므로 아우에게 글을 남기고 도망하였다. 그 뒤에 벗 포준(鮑駿)이 "옛날 백이는 난세였으므로 자신의 뜻을 펼칠 수 있었으나, 『춘추(春秋)』의 뜻에 의하면 집안일로 국사를 폐할 수 없다고 하였다. 지금 그대가 형제의 사사로운 정 때문에 부친의 기업(基業)을 끊으려 하니, 지혜롭다 할 수 있겠는가"라고 충고하자, 정홍이 크게 깨닫고 탄식하며 돌아와 봉후를 이어받았다(『후한서』「정홍전(丁鴻傳)」).

11 오태백(吳太伯): 태백(太伯)은 태백(泰伯)으로 표기하기도 하는데, 고공단보(古公亶父)의 장자이다. 고공단보가 쇠퇴해가는 은나라를 정벌할 마음을 갖고 있었고, 막내인 계력(季歷)이 창(昌)을 낳으니 성덕(聖德)이 있었다. 태백은 제후왕의 자리를 계력에게 물려주기 위해 아우 우중(虞仲)과 함께 형만(荊蠻)으로 도망하였다. 그리하여 막내인 계력이 세습하게 되었는데, 창의 아들 발(發)이 은나라를 멸망시키고 천자가 되니, 이가 바로 무왕이다. 무왕은 천자가 된 뒤에 아버지인 창을 문왕으로, 조고(祖考)인 계력을 왕계(王季)로, 증조고(曾祖考)인 고공단보를 태왕(太王)으로 각각 추존하였다.

12 東漢劉愷, 讓其弟(莉)〔封〕, 而詔聽之, 丁鴻亦以陽狂, 讓其弟, 而其友人鮑駿, 責之以義, 鴻乃就封. 其始, 自以爲義而行之, 其終也, 知其不義而復之, 以其能復之, 知其始之所行, 非詐也, 此范氏之所以賢鴻而下愷也. 其論稱太伯, 伯夷未始有其讓也, 故太伯稱至德, 伯夷稱賢人, 及後世徇其名而昧其致, 於是詭激之行興矣. 若劉愷之徒, 讓其弟, 使弟受非服, 而己受其名, 不已過乎? 丁鴻之心, 主於忠愛, 何其終悟而從義也? 范氏之所賢者, 固已得之矣, 而其未盡者, 請得畢其說. 夫先王之制, 立長, 所以明宗, 明宗, 所以防亂, 非有意私其長而沮其少也. 天子與諸侯, 皆有太祖, 其有天下一國, 皆受之太祖, 而非己之所得專有也. 天子不敢以其太祖之天下與人, 諸侯不敢以其太祖之國與人, 天下之通義也. 夫劉愷·丁鴻之國, 不知二子所自致耶? 將亦受之其先祖耶? 受之其先祖, 而傳之於所不當立之人, 雖其弟之親, 與塗人均耳. 夫吳太伯·伯夷, 非所以爲法也. 太伯將以成周之王業, 而伯夷將以訓天下之讓, 而爲是詭時特異之行, 皆非所以爲法也. 今劉愷擧國而讓其弟, 非獨使弟受非服之爲過也, 將以壞先王防亂之法, 輕其先祖之國, 而獨爲是非常之行, 考之以禮, 繩之以法, 而愷之罪大矣.(소식, 「유개정홍숙현」)

13 안은수, 『중국 송대의 신유학자 정이』, 서울: 성균관대학교출판부, 2002, 36~37쪽.

14 且如孔子言, "不念舊惡, 怨是用希", 則伯夷之度量可知. 若使伯夷之淸旣如此, 又使
念舊惡, 則除是抱石沈河, 孟子所言, 只是推而言之, 未必至如此. 然里人於道, 防其
始, 不得不如是之嚴. 如此而防, 猶有流者, 夷・惠之行不已, 其流必至於孟子所論.
夷是聖人極淸處, 惠是聖人極和處, 聖人則兼之而時出之. 淸和何止於偏? 其流則必
有害. (『하남정씨유서(河南程氏遺書)』권제15 『이천선생어일(伊川先生語一)』; 송
해빈, 『동방덕원』, 232쪽 재인용)

15 武王伐紂, 伯夷只知君臣之分不可, 不知武王順天命誅獨夫也. (『하남정씨유서』권
제21하 『이천선생어팔상(伊川先生語八上) 이천잡록(伊川雜錄)』; 송해빈, 『동방덕
원』, 233쪽 재인용)

16 맹자의 백이 관련 언급은 이미 제1장 제2절 '유가 기록 속의 백이와 숙제'에서
자세히 다루었다.

17 宏博其才, 高尙其志, 富貴非所願, 功名奚足計, 深愧五斗而折腰, 尤恥二姓而復仕,
歸休怡情詩酒之地, 噫! 先生其得夷齊之心而不效夷齊之迹也歟. (주희, 「도연명유
상찬」)

18 낙촉당쟁(洛蜀黨爭): 정호와 정이의 고향이 낙양(洛陽)이고, 소식의 고향이 사천성
인 촉지방이었기에 그들의 대립을 낙촉당쟁이라 불렀다. 사건의 발단은 이렇다.
사마광이 죽었을 때 관리들이 명당(明堂)의 의식에 참가한 후 바로 조문을 가려
하자, 정이는 노래한 날에 또 곡을 하는 것은 옛 예법에 맞지 않는다고 반대하였다.
그럼에도 대신들이 조문을 하러 가자 사마광의 아들에게 조문을 받지 못하게 했다.
소식은 예의와 절차 문제와 관련하여 이렇게 고지식하고 융통성 없는 정이의 태도에
대해 심한 농담으로 비웃었다. 이로 인해 소식과 정이와의 사이에 갈등이 생겨났고,
이를 기화로 촉발된 대립이 낙촉당쟁이다(조규백, 『한국 한문학에 끼친 소동파의
영향』, 서울: 명문당, 2016, 110~114쪽).

19 或曰: "穡與玄寶, 於行爲前輩, 有斯文之雅, 故舊之情, 子力攻之如此, 無乃薄乎?"
昔蘇軾, 於朱文公爲前輩, 文公以軾敢爲異論減禮樂壞名教, 深訶力詆無少假借. 乃
曰: "非敢功訶古人. 成湯曰: '予畏上帝不敢不正', 予亦畏上帝故不敢不論." 夫軾之
罪, 至於立異論減禮法耳, 以朱子之仁恕, 功之至以成湯誅桀之辭, 並稱之. 況黨異
姓而沮王氏者, 祖宗之罪人, 而名教之賊魁也, 豈以前輩之故而貸之也?(『고려사』,
권119, 열전32 「정도전」, 『삼봉집(三峰集)』권3 「상도당서(上都堂書)」)

20 先天下之憂而憂, 後天下之樂而樂. (범중엄, 「악양루기」)

21 高賢邈已遠, 凜凜生氣存, 韓范不時有, 此心誰與論. (진회, 「제범문정공서백이송후

(題范文正公書伯夷頌後)」)

22 小雅盡廢兮, 出車采薇矣. 戎有中國兮, 人類熄矣. 明王不興兮, 吾誰與歸矣. 抱春秋
    以沒世兮, 甚矣吾衰矣.(문천상,「화이제서산가」)

제5장 명대의 백이와 숙제

1 忽見頌伯夷之文, 乃悉觀之, 中有疵焉。疵者何? 曰過天地、小日月是也。伯夷
    過天地、小日月, 吾不知其爲何物, 此果誣耶妄耶?(주원장,「박한유송백이문」)

2 송해빈,『동방덕원』, 342쪽.

3 이해임,「조선전기 중앙관료의『맹자』에 대한 인식-『실록』과 경연(經筵) 자료를
    중심으로」,『태동고전연구』제40집, 2018, 10~13쪽.

4 客有短吳起于魏武侯者, 曰:"吳起貪不可用也." 武侯疏吳起. 公子成入見曰:"君奚
    爲疏吳起乎?"武侯曰:"人言起貪, 寡人是以不樂焉." 公子成曰:"君過矣, 夫起之
    能, 天下之士莫先焉: 惟其貪也, 是以來事君, 不然君豈能臣之哉? 且君自以爲與殷
    湯・周武王孰賢? 務光・伯夷天下之不貪者也, 湯不能臣務光, 武王不能臣伯夷,
    今有不貪如二人者, 其肯爲君臣乎? 今君之國, 東距齊, 南距楚, 北距韓・趙, 西有虎
    狼之秦, 君獨以四戰之地處其中, 而彼五國頓兵坐視, 不敢窺魏者何哉? 以魏國有吳
    起以爲將也."(……) 武侯曰:"善." 復進吳起.(유기,「사탑」)

5 士貴爲己, 務自適, 如不自適而適人之道, 雖伯夷叔齊同爲淫僻. 不知爲己, 惟務爲人,
    雖堯舜同爲塵垢秕糠.(이지,『분서(焚書)・답주이로(答周二魯)』)

6 眞西山云:"此傳姑以文取," 楊升庵曰:"此言甚謬." 若道理有戾, 卽不成文, 文與道豈
    二事乎? 益見其不知文也. 本朝又有人補訂「伯夷傳」者, 異哉!" 又曰:"朱晦翁謂孔子
    言伯夷求仁得仁, 又何怨', 今太史公作「伯夷傳」滿腹是怨, 此言殊不公也." 卓吾子
    曰:"何怨'是夫子說,"是怨'是司馬子長說, 翻不怨以爲怨, 文爲至精且妙也. 何以怨?
    怨以暴之易暴, 怨虞・夏之不作, 怨適歸之無從, 怨周土之薇之不可食, 遂含怨而餓
    死, 此怨曷可少也? 今學者唯不敢怨, 故不成事.(이지,『분서』「백이전(伯夷傳)」)

7 夫有伯夷之行, 則以餓死爲快; 有士師之冲, 則以不見羞汙爲德: 各從所好而已. 若
    執夷之清而欲兼柳之和, 有惠之和又欲幷夷之清, 則惠不成惠, 夷不成夷, 皆假焉耳.
    屈子者夷之倫, 揚雄者惠之類, 雖相反而實相知也, 實未嘗相痛念也.(이지,『분서』
    「반소(反騷)」)

8 이 맥락은 제4장 제1절 '백이와 숙제의 충절 이미지를 깨려 하다'에서 자세히 다룬다.

제6장 청대의 백이와 숙제

1 쉬딩바오 지음, 양휘웅 옮김, 『황종희 평전』, 서울: 돌베개, 대구, 2009, 214쪽.

2 有生之初, 人各自私也, 人各自利也. 天下有公利而莫或興之, 有公害而莫或除之. 有人者出, 不以一己之利爲利, 而使天下受其利; 不以一己之害爲害, 而使天下釋其害. 此其人之勤勞, 必千万于天下之人. 夫以千萬倍之勤勞, 則己又不享其利, 必非天下之人情所欲居也. 故古人之君, 量而不欲入者, 許由 · 務光是也; 入而又去之者, 堯 · 舜是也; 初不欲入而不得去者, 禹是也.(황종희, 『명이대방록』「원군」)

3 豈古之人有所異哉? 好逸惡勞, 亦猶夫人之情也. 後之爲人君者不然. 以爲天下利害之權皆出於我, 我以天下之利盡歸於己, 以天下之害盡歸於人, 亦無不可. 使天下之人不敢自私, 不敢自利, 以我之大私爲天下之公. 始而慚焉, 久而安焉, 視天下爲莫大之産業, 傳之子孫, 受享無窮. (……) 此無他, 古者以天下爲主, 君爲客, 凡君之所畢世而經營者, 爲天下也. 今也以君爲主, 天下爲客, 凡天下之無地而得安寧者, 爲君也. (……) 然則爲天下之大害者, 君而已矣! 向使無君, 人各得自私也, 人各得自利也. 嗚呼! 豈設君之道固如是乎?(황종희, 『명이대방록』「원군」)

4 古者天下之人愛戴其君, 比之如父, 擬之如天, 誠不爲過也. 今也天下之人, 怨惡其君, 視之如寇仇, 名之爲獨夫, 固其所也. 而小儒規規焉以君臣之義無所逃于天地之間, 至桀紂之暴, 猶謂湯武不當誅之, 而妄傳伯夷 · 叔齊無稽之事, 乃兆人萬姓崩潰之血肉, 曾不異夫腐鼠. 豈天地之大, 于兆人萬姓之中, 獨私其一人一姓乎? 是故武王聖人也, 孟子之言, 聖人之言也.(황종희, 『명이대방록』「원군」)

5 황종희 지음, 강관권 옮김, 「황종희와 명이대방록」『명이대방록』, 대구: 계명대학교출판부, 2010, 136~137쪽.

6 쉬딩바오 지음, 양휘웅 옮김, 『황종희 평전』, 서울: 돌베개, 2009, 468쪽.

7 쉬딩바오, 앞의 책, 473쪽.

8 쉬딩바오, 앞의 책, 216쪽 재인용.

9 쉬딩바오, 앞의 책, 216~217쪽.

10 황종희 지음, 강관권 옮김, 「황종희와 명이대방록」『명이대방록』, 대구: 계명대학교

출판부, 2010, 135쪽.

11 홍상훈, 「박학홍사과와 문연을 통해 보는 청 전기 문인 집단의 의식」『중국문학』 57집, 2008, 212쪽.

12 '誰料近來借名養傲者旣多, 而托隱求征者益復不少, 滿山留得些不消耕種, 不要納稅的薇蕨粃粮, 又被那會起早占頭籌的采取淨盡. 弄得一付面皮薄薄澆澆, 好似曬干癟的菜葉, 幾條肋骨彎彎曲曲, 又如破落戶的窓櫺. 數日前也好挺着胸脯, 裝着膀子, 直撞橫行. 怎奈何腰胯裏, 肚皮中軟當當, 空洞洞, 委實支撐不過. 猛然想起人生世間, 所圖不過"名""利"二字. 我大兄有人稱他是聖的, 賢的, 淸的, 仁的, 隘的, 這也不枉了丈夫豪杰. 或有人兼着我說, 也不過是順口帶契的. 若是我趁着他的面皮, 隨着他的跟脚, 卽使成得名來, 也要做個趁鬧幇閑的餓鬼. 設或今朝起義, 明日興師, 萬一 偶然脚蹋手滑, 未免做了招災惹禍的都頭. 如此算來, 就象地上拾着甘蔗楂的, 漸漸嚼來, 越覺無味. 今日回想, 猶喜未遲. 古人云: "與其身後享那空名, 不若生前一杯熱酒." 此時大兄主意堅如金石, 不可動搖, 若是我說明別去, 他也斷然不肯. 不若今日乘着大兄後山采薇去了, 扶着這條竹杖, 携着莉筐, 慢慢的挨到山前, 觀望觀望, 若有一些空隙, 就好走下山去.'(애납거사, 『두봉한화』 제7칙 「수양산숙제변절」, 북경: 인민문학출판사, 1984, 70쪽)

13 卽使路上有人盤問, 到底也不失移孝作忠的論頭.(애납거사, 앞의 책, 70쪽)

14 叔齊伸頭將左右前後周圍一看, 道: "我叔齊眞僥幸也! 若不是這張利嘴滿口花言, 幾根枯骨幾乎斷送在這一班口裏, 還要僭慊癆風氣哩."(애납거사, 앞의 책, 72쪽)

15 正在盧空橫擬之際, 心下十分喧熱, 抬頭一望, 却見五雲深處縹緲皇都.(애납거사, 앞의 책, 73쪽)

16 "近來人心奸巧, 中藏難測, 不可被他逞着這張利口嘴漏了去!" 分付衆人帶去, 正待仔細盤詰個明白. 叔齊心裏才省得這班人就是洛邑頑民了, 不覺手忙脚亂, 口裏尙打點幾句支吾的說話, 袖中不覺脫落一張自己寫的投誠呈子稿兒. 衆人拾起, 從頭一念, 大家拳頭巴掌雨點相似, 打得頭破腦開.(애납거사, 앞의 책, 74쪽)

17 只因伯夷生性孤僻, 不肯通方, 父親道他不近人情, 沒有容人之量, 立不得君位, 承不得宗跳. 將死之時, 寫有遺命, 道叔齊通些世故, 諳練民情, 要立叔齊爲君.(애납거사, 앞의 책, 67쪽)

18 那城中市上的人也聽見夷·齊扣馬而諫, 數語說得詞嚴義正, 也便激動許多的人, 或是商朝在籍的縉紳告老的朋友, 或是半鵬不恷的假斯文·僞道學, 言淸行濁. 這一班始初躱在靜僻所在, 苟延性命, 只怕人知; 後來聞得某人投誠·某人出山, 不說心中有

320

些懼怕, 又不說心中有些艷羨, 却表出自己許多淸高意見, 許多溪刻論頭. (애납거사, 앞의 책, 68쪽)

19 衆獸道: "拜上你家頭領! 叔齊乃是我輩恩主, 若要動手, 須與我們山君講個明白. 不然我們幷力而來, 你們亦未穩便!" 不一時, 那頑民的頭目與那獸類的山君, 兩邊齊出陣前, 俱各拱手通問一番. 然後山君道: "叔齊大人乃我輩指迷恩主, 今日正要奉上天功令, 度世安民, 刈除惡孽, 肅淸海宇, 敷奏太平, 你如何把他行害?"(애납거사, 앞의 책, 74쪽)

20 齊物主逐將兩邊的說話仔細詳審, 開口斷道: "衆生們見得天下有商周新舊之分, 在我視之, 一興一亡, 就是人家生的兒子一樣, 有何分別? 譬如春夏之花謝了, 便該秋冬之花開了, 只要應着時令, 便是不逆天條. 若據頑民意見, 開天辟地就是個商家到底不成, 商之後不該有周, 商之前不該有夏了. 你們不識天時, 妄生意念, 東也起義, 西也興師, 却與國君無補, 徒害生靈!"(애납거사, 앞의 책, 75쪽)

21 滿口詼諧, 滿胸憤激. 把世上假高尙與狗彘行的, 委曲波蘭, 層層寫出. 其中有說盡處, 又有餘地處, 俱是冷眼傷懷, 偶爲發泄. 若據腐儒見說翻駁叔齊, 便以爲唐突西施矣. 必須體貼他幻中之眞, 眞中之幻. 明明鼓勵忠義, 提醒流俗, 如煞看虎豹如何能言, 天神如何出現, 豈不是痴人說夢!(애납거사, 앞의 책, 76쪽)

22 或是半膽不尬的假斯文·僞道學, 言淸行濁. (애납거사, 앞의 책, 68쪽)

23 明明鼓勵忠義, 提醒流俗. (애납거사, 앞의 책, 76쪽)

24 頃者東方友人書來, 謂弟盍亦聽人一薦. 薦而不出, 其名愈高. 嗟乎! 此所謂釣名者也.(고염무, 『정림문집(亭林文集)』권4「여인서이십사(與人書二十四)」; 竹村則行, 「康熙十八年博學鴻詞科と淸朝文學の 出發」, 구주대학중국문학회(九州大學中國文學會) 편, 『중국문학논집(中國文學論集)』제9호, 62~63쪽 재인용)

25 縱然博得虛名色, 袖裏應持二十四金.(맹삼(孟森), 「기미사과록외록(己未詞科錄外錄)」; 竹村則行, 「康熙十八年博學鴻詞科と淸朝文學の 出發」, 구주대학중국문학회 편, 『중국문학논집』제9호, 63쪽 재인용)

26 老天爺, 你年紀大, 耳又聾來眼又花. 你看不見人, 聽不見話. 殺人放火的享着榮華, 吃素看經的活活餓殺. 老天爺, 你不會做天, 你塌了罷.(애납거사, 『두붕한화』제11칙「당도사사효생수」, 북경: 인민문학출판사, 117쪽)

27 天地造化之氣, 不足者助之, 有餘者損之. 夏商以前, 人生極少, 故天運多生聖賢, 以生養萬民. 至周家八百年太平以後, 人生極多, 則暴惡亦多, 良善極少. 天道惡惡人之多, 故生好殺之人, 彼爭此戰. (……) 助金主返江以亂中原, 賜元太子金橋以存其

後, 原非天道無知, 乃損其有餘故也.(애남거사, 『두붕한화』 제12칙 「진재장논지담천」, 북경: 인민문학출판사, 140~141쪽)

28 패트릭 한난의 경우, 「수양산숙제변절」을 포함해 『두붕한화』의 전체적인 분위기는 새로운 조대인 청조에 대해 꺼려하면서도 받아들이는 입장을 취하고 있다고 이야기하고 있다. 또한 이와 동시에 명조에 대한 충성심에 대해서도 약간은 비판을 가하고 있다고 밝히고 있다. 이에 대해서는 Patrick Hanan, *The Chinese Vernacular Story*, Massachusetts; Harvard University Press, 1981, 200쪽.

29 자세한 상황은 졸고, 『『두붕한화』제7칙 「수양산숙제변절」, 또 다른 해석의 가능성에 대하여」, 『중국어문논총』 제22집, 중국어문연구회, 2002를 참고할 것.

제7장 현대 중국의 백이와 숙제

1 환등기 사건: 1906년 1월 센다이의학전문학교에서 세균학 수업을 듣고 있던 노신은 환등기를 통해 비춰진 사진 한 장을 보게 된다. 그 사진 속엔 한 일본인이 무슨 본보기처럼 두 눈이 가린 채 무릎이 꿇린 중국인의 목을 베려고 칼을 치켜든 채 서 있었고, 그 주위를 둘러싸고 이 광경을 멍하니 바라보고만 서 있는 중국인들이 있었다. 이 한 장의 사진이 노신의 운명을 바꿔놓는다. 이제부터 그에게 중요해진 것은 중국인의 신체 치료가 아니라 의식 개조였다.

2 "生在戰鬪的時代而要離開戰鬪而獨立(……)"(노신, 「논'제삼종인'」『남강북조집』, 『노신전집』, 제4권, 440쪽)

3 모택동, 「잘 가시오, 스튜어트 선생!〔別了, 司徒雷登〕」, 『동방덕원』, 419쪽 재인용.

4 『동방덕원』, 419쪽 재인용.

5 필자는 2019년 1월 23일부터 25일까지 진황도시(秦皇島市)와 노룡현을 방문해 중국고죽문화연구중심 관계자와 함께 이제묘 유적지를 답사했다.

제8장 조선의 백이와 숙제

1 이방원, 「하여가」

2 정몽주, 「단심가」

3 上曰: "昔夷齊不仕于周, 汝必有夷齊之志, 然後出此言也. 今當放歸田里." 異日: "臣

罪當誅, 得歸田里, 澤至渥也. 然臣有夷齊之心, 則當早退, 豈至于今日乎? 得爲諫官, 不得一貢微忠, 遠歸田里, 是可恨也."(『태종실록(太宗實錄)』 7권, 태종 4년(1404) 갑신 5월 3일(계묘))

4 태종 관련 사황은 국사편찬위원회 편, 『한국사』 22, 서울: 탐구당, 2003, 36~47쪽을 참고할 것.

5 議政府請詰前司憲掌令徐甄, 命勿問. 甄居衿州, 有詩云: "千載新都隔漢江, 忠良濟濟佐明王. 統三爲一功安在! 却恨前朝業不長." 改恨字書嘆字, 示田可植, 可植以告參贊金承霔, 承霔言於政府, 請執甄問作詩之意. 上曰: "前朝之臣, 不忘前朝, 其情也. 昔張良爲韓復讐, 君子是之. 吾李氏豈能與天地無窮哉? 儻李氏之臣, 有如此者, 可嘉也, 宜置而勿問." 厥後御廣延樓視事, 顧左右曰: "徐甄所作詩, 不足問也." 大司憲柳廷顯對曰: "臣等欲問." 上曰: "甄以前朝之臣, 追慕作詩, 不亦善乎!" 司諫李椬進曰: "甄雖前朝之臣, 身在我朝, 不可不問." 上曰: "甄不北面於我, 豈可謂我之臣乎! 卿等必欲問之, 則以伯夷之道爲非, 然後可問." 代言韓尙德進曰: "此詩上句, 雖美我朝, 下句則慕前朝而發." 上曰: "甄於前朝, 官至掌令, 不見用於今而追慕之, 奚爲不可! 若罪甄, 則吉再方除職而去之, 是亦不可乎?" 事遂寢.(『태종실록』 23권, 태종 12년(1412) 5월 17일(경자))

6 西山何所有, 深谷多芳薇. 采采者誰子, 叔齊與伯夷. 食粟良可恥, 采薇非爲饑. 姬氏除暴亂, 八百會不期. 天下皆稱聖, 斯人獨是非. 高節凜千祀, 綱常以扶持.(송해빈, 『동방덕원』, 247쪽에서 재인용)

7 김천택 편, 권순회, 이상원, 신경숙 주해, 『청구영언』 주해편, 서울: 국립한글박물관, 2017, 21쪽.

8 주의식: 조선 후기 시조 작가로, 자는 도원(道源), 호는 남곡(南谷)이다. 숙종 때 무과에 급제하여 칠원현감(漆原縣監)을 지냈다. 노래를 짓고 부르는 데 뛰어난 재주가 있었으며, 김천택(金天澤)은 그에 대하여 『청구영언』에서 "그는 시조에만 능할 뿐 아니라, 몸가짐이 공손하고 마음씨가 고요하여 군자의 풍도가 있었다"고 하였다. 시조는 『청구영언』, 『해동가요』, 『가곡원류』 등의 가곡집에 14수가 전하며, 주로 자연·탈속·계행(戒行) 및 회고와 절개를 주제로 다루었다.

9 宣德戊申六月丁酉, 初封晋平大君, 後改封咸平, 又改晋陽, 又改首陽.(『세조실록』 총서)

10 天命武王, 翦彼殷商. 縱曰誅罪, 實是不祥. 千載之下, 口實可傷. 故彼夷齊, 觸犯鋒鋩. 叩馬以諫, 其言孔臧. 業已定矣, 不可中止. 左右欲兵, 呂抉義士. 天下宗周, 夷齊乃

恥. 隱于首陽, 采薇餓死. 采薇歌曰: "登彼西山兮, 采其薇矣. 以暴易暴兮, 不知其非矣." 愚謂夷齊之所以言如此者, 蓋周武王雖伐罪弔民, 其時父喪在殯, 尙不葬其屍, 而於衰絰之中, 以臣伐君, 則武王之暴, 尤甚於紂. 且紂之暴, 則身衰老死, 尙或可悛, 有亡而爲後世之懲惡. 周武之暴則莫甚於當日, 而傳臭於萬世者甚大. 何以言之? 蓋不葬從戎, 爲後世不孝者之源, 以臣弑君, 爲後世簒位者之本. (김시습, 「백이숙제찬」)

11 風雨蕭蕭拂釣磯, 渭川魚鳥已忘機. 如何老作鷹揚將, 空使夷齊餓採薇. (김시습, 「제서사가위천어조도」)

12 御勤政門, 受朝參, 入御思政殿, 召王世子及臨瀛大君璆, 蓬原府院君鄭昌孫, 領議政申叔舟, 左議政具致寬, 刑曹判書金礩, 兵曹判書尹子雲, 承旨諸將等設酌. 上命世子進酒, 令叔舟 · 昌孫 · 允成, 奉酒甁從之曰: "此正商山四皓也." (『세조실록』 33권, 세조 10년 4월 5일 정해 1번째 기사, '신숙주 · 정창손 · 홍윤성에 대해 상산사호라고 칭하다')

13 胡昭字孔明, 潁川人. 少而博學, 不慕榮利, 有夷 · 晧之節. (『태평광기』 9권, 서울: 학고방, 2003, 238쪽)

14 耘谷先生銘/ 先生, 原州人, 姓元氏, 諱天錫, 字子正, 高麗國子進士, 見麗氏政亂, 隱居獨行, 號曰耘谷先生. 及麗亡, 入雉嶽山, 終身不出. 太宗累召不至, 上高其義. 嘗東遊, 幸其廬, 先生避匿不見. 上下溪石上, 召守廬嫗, 厚賜之, 官其子泂, 爲墓川監務. 後人名其石曰太宗臺, 臺在雉嶽覺林寺傍. (……) 吾聞君子隱不遺世, 先生雖逃世自隱, 非忘世者也. 守道不貳, 以潔其身, 伯夷之言曰: "古之士, 遭治世, 不避其任, 遇亂世, 不爲苟存. 天下暗矣, 不如避之以潔吾行." 故其傳曰: "歲寒然後知松柏之後凋. 擧世泯亂, 淸士乃見." 孟子曰: "伯夷, 非其君不事, 非其民不使, 治則進, 亂則退, 伯夷, 聖人之淸者也." 先生蓋白夷之倫也. 鄕人爲之立祠以祀之, 祠在州北三十里七峯. 其贊曰: "巖穴之士, 趣舍有時. 縱不列於世, 能不降其志. 不辱其身, 敎立於後世. 則禹稷夷齊一也, 先生可爲百代之師者也." (『기언』 제18권 중편 「구묘丘墓」 2 「운곡耘谷 선생 묘명墓銘」)

15 至夷齊諫伐事, 則七聖皆迷, 捴輪於荊公一隻眼. 始出於莊周寓言, 馬遷傳之, 韓愈頌之, 流傳千百年, 牢不可破, 至荊公而方碎其說. (김창흡, 「일록(日錄) 기해(己亥)」 『삼연집(三淵集)』 권33 한국문집총간 166집)

16 이 맥락은 제1장 제3절 '도가 기록 속의 백이와 숙제'에서 자세히 다룬다.

17 이 맥락은 제4장 제1절 '백이와 숙제의 충절 이미지를 꺼려하다'에서 자세히 다룬다.

18 冉有曰夫子章/ 夷齊諫伐一事, 漢唐諸子傳以爲信史, 程朱諸賢仍以爲實蹟. 數千載

之間, 有一王介甫疑之, 著伯夷論而斷以爲無是. 我東金三淵深許介甫之獨見. 其言
曰: "七聖皆迷, 摠輪荊公一隻眼. 諫伐事始出於莊周寓言, 馬遷傳之, 昌黎頌之, 流傳
千百年, 牢不可破, 至荊公方碎其說." 又曰: "以暴易暴, 出於伯夷之口, 則伯夷爲一
怪物. 大抵諫伐事, 夷齊若果有此, 則可與讓國之事, 同爲炳烺之大節矣. 孔孟之論
夷齊, 宜乎首提此事, 不應如是埋沒. 而重言復言, 一不及此. 此外經傳亦無徵信之
語, 此甚大可疑也." 三淵之言, 未免太乖激, 而臣亦以爲諫伐一事, 未敢信. 馬肝,
不至爲不知味. 只知夷齊之求仁得仁, 則這便是仁人, 何論叩馬一事之有是無是. 雖
知之, 未必爲益, 知其人之仁. 雖不知之, 亦若知味者未必食馬肝. 王介甫之論, 難乎
免於文人之好奇. 近世處士金昌翕之許以千古隻眼, 可謂從訛傳訛, 乖激與否不須
說. 吾則惟知程夫子朱夫子之註解, 敬之信而守之篤, 嘗聞於朱夫子之說曰: "夷齊叩
馬而諫.", 程夫子之說曰: "諫伐而餓." 於是乎吾於程朱兩夫子之訓, 固無間然.(『홍
재전서』 제123권 노론하전 2 「술이편」 「염유왈부자장」)

19 史記武王伐紂, 伯夷叩馬而諫, 武王旣改殷命, 伯夷恥之, 餓死首陽山.論曰: 伯夷之
諫武王, 不見於經. 此齊東野人之言, 而司馬遷取之以爲之史, 此不足信也. 雖然, 信
斯書也, 容有可議. 夫伯夷者, 所謂天下之大老賢人也, 西伯嘗禮養之. 當是時, 左右
欲兵之. 嗚呼, 以先王禮養之臣, 而天下之所謂大老賢人也, 而左右直欲兵之於前, 則
武王尙謂"非我也兵也." 向微太公, 伯夷其免矣乎? (……) 武王釋箕子之囚, 封比干
之墓, 式商容之閭, 獨不致意於伯夷, 玆曷故焉? 嗚呼, 其生也, 禮養之如文王, 其去
也, 不臣之如箕子, 義之表章之如商容, 其死也, 封之如比干可也. 吾故曰: 湯伯夷武
王同道. 爲其爲天下後世慮也. 湯放桀而天下迫然而莫之怪, 則湯固已慮之曰: "吾恐
後世, 以吾爲口實." 武王乃踵而行之, 天下又迫然而不怪, 則其爲後世慮誠大矣. 故
伯夷之非武王, 非非其擧也, 明其義而已矣. 武王之不封伯夷, 非忘之也, 顯其義而已
矣, 其慮後世天下同也. 嗚呼, 禮養之不足以明其義於後世也, 表章之不足以明其義
於後世也, 不臣之不足以明其義於後世也, 封之不足以厚伯夷也.(박지원, 『연암집』
제3권 「공작관문고」 「백이론」 상)

20 이현식, 「연암 박지원 문학 속의 백이 이미지 연구」, 『동방학지』 123집, 2004,
362~365쪽.

21 孔子稱古之仁人, 箕子微子比干是也. 三人者之行各不同, 猶不失乎仁之名. 孟子稱
古之聖人, 伊尹柳下惠伯夷是也. 三人者之行各不同, 猶不離乎聖之號(……) 嗚呼,
以余觀乎殷, 其有五仁乎? 何謂五仁? 伯夷太公是也. 夫五仁者, 所行亦各不同, 皆有
丁寧惻怛之志. 然而相須則爲仁, 不相須則爲不仁矣. 微子之爲心也曰: '殷其淪喪,
我與其不可諫而諫之, 孰若存殷之祀也.' 遂行, 是微子須諫於比干耳. 比干之爲心也

曰: '殷其淪喪, 我與其不可諫而不諫, 寧孰諫也.' 遂諫而死, 是比干須傳道於箕子耳.
箕子之爲心也曰: '殷其淪喪, 我不傳道而誰傳道也.' 遂陽狂爲奴, 箕子若無所相須者
也. 雖然, 仁人之心, 未嘗一日而忘天下, 則是箕子須拯民於太公耳. 太公之爲心也,
自以殷之遺民也. 曰: '殷其淪喪, 小師行王子死太師囚, 我不拯其民, 將天下何哉?'
遂伐紂, 太公亦若無所相須者也. 雖然, 仁人之心, 未嘗一日而忘後世, 則是太公須明
義於伯夷耳. 伯夷之爲心也, 自以殷之遺民也. 曰: '殷其淪喪, 小師行王子死太師囚,
我不明其義, 將後世何哉?' 遂不宗周. 夫是五君子者, 豈樂爲者哉? 皆不得已也.
(……) 吾故合伯夷太公之道於殷之三仁焉, 是亦孔子之志也. 不稱太公, 蓋難言也.
至於伯夷亦稱其德曰: "求仁得仁, 又何怨乎?" 雖然, 不敢係之於三仁者, 蓋爲武王諱
之歟? 或曰: "如五仁而爲仁, 不亦勞乎?" 曰: "非斯之謂也, 其理則然也. 若夫一事而
爲仁, 隘與不恭, 惡得掩淸和之爲聖哉?"(박지원, 『연암집』 제3권 「공작관문고」 「백
이론」 하)

22 薇卽豌豆之野生者也. 亦名坐水, 以其蔓生溝渠傍也. 亦名大巢菜, 以其似小巢菜也.
小巢, 一名翹搖, 形肖合歡木而至小, 卽今之ㅈ괴밥. 大巢, 略肖豌豆, 葉橢圓, 莖微
稜, 花紫, 實細. 本草無實, 而其圖亦作短莢, 知其謂無實者, 比之豌豆之多實故爾.
其莖葉可作蔬羹, 實亦充穀食, 故夷齊采而食之. 孔疏據陸璣解之, 是矣. 朱子因胡
氏, 疑其爲微蕨, 微蕨卽今之紫蕨也. 說史記者, 遂謂夷齊食蕨鱉, 字書則云, 薇似蕨,
有芒味苦. 夷齊食之, 三年顏色不變, 夫蕨屬柔莖, 安可耐久服, 況亡商在大寒之候
乎? 東俗, 貰使每齎乾蕨, 及過淸聖廟下, 煮以下飯, 尤爲笑資矣. (유희, 『시물명고』)

23 薇似蕨而差大, 有芒而味苦. (주희, 『시집전』)

24 장유승, 「오백열일곱 번째 이야기, 백이·숙제는 고사리를 먹지 않았다」, 『고전산
문』, 한국고전번역원, 2019년 8월 14일자.

25 김철(金哲)·진아위(秦亞偉)의 연구에 따르면 명대 연행록에 등장하는 백이·숙제
관련 기록은 91건이고, 청대 연행록에는 246건이 등장한다고 한다. 金哲·秦亞偉,
「朝鮮朝文人對"夷齊"的接受與認知—以"燕行錄"中伯夷叔齊記錄爲中心」, 『當代韓
國』 2014년 제3기, 61쪽.

26 허봉, 『조천기』 1574년 7월 24일조.

27 東西夾以長廊月臺, 遶以石欄, 墻下列碑甚多. 一元御史中丞馬祖常撰, 一成化甲午
吏部尚書商輅撰, 太常寺卿劉珝書, 一嘉靖庚戌行人張廷綱撰, 一永平府申明祀典之
碑, 知府王璽等立, 一嘉靖庚戌, 提學御史院鴉遣盧龍知縣等, 以薇二品玄酒二盞致
祭而撰文. 直正堂之後, 又由逸民肇跡門爲揖遜堂, 堂前東爲盥薦門, 西爲齊明門,
堂之北是爲淸風臺, 臺上建采薇亭, 東西累石爲砌以上, 東扁小門曰高蹈風塵, 西曰

大觀寶宇. 亭前左右石門, 亦刻百世山斗萬古雲霄'八大字, 亭扁曰'淸風高節', 曰'北
海之濱'. 一廟之勝萃於此. 灤河自北而來, 到臺下分爲二派, 有石嶼正當其心, 上搆
墨氏廟, 卽孤竹君也. 下流折而南去, 洲渚縈紆, 波瀾湛淨, 杳有奧邃深遠之意. 眞關
內奇絶之地也. 余等初至廟門少歇, 遂上正堂, 行再拜禮, 瞻仰回思, 心神颯爽. 還下
于故處, 酌露酒數杯徹. (……) (허봉, 『조천기』 1574년 9월 13일조)

28 권협, 『연행록』 1597년 2월 28일조, 4월 24일조를 참고할 것.

29 평진(平津): 한무제(漢武帝) 때 정승이었던 평진후(平津侯) 공손홍(公孫弘)을 말한
다. 승상의 자리에 있으면서도 무명 이불을 덮고 현미밥〔脫粟〕을 먹어 겉으로는
검소하고 근신하는 듯했으나 실은 간사한 소인이었다.

30 왕부(王裒): 진(晉) 나라 때 효자이다. 아버지 의(儀)가 사마소(司馬昭)에게 억울하
게 죽음을 당하자, 평생 서쪽으로 향해 앉지 않고 진(晉)에 신하 노릇 하지 않음을
표시했다. 『시경』을 읽다가 육아편(蓼莪篇)에 이르러 눈물이 비 오듯 하니 그 문인
들이 육아편을 덮고 읽지 않았다 한다.

31 방맹(逄萌): 한(漢)나라 때 사람이다. 왕망(王莽)이 한 나라를 찬탈하자 그는 가족을
이끌고 바다를 건너 요동으로 옮겨 갔다.

32 過平津別業, 布被脫粟, 眞賢耶? 中火王裒古里, 想見其廢詩涕泣. 而逄萌舊墟, 浮海
何之? 淸聖遺踪, '盍歸乎來?' 避紂當時, 於焉豹隱, 而養老君亡. 觀政斯急, 則叩馬一
節, 千載凜凜, 孤山無語, 香火凄涼, 不堪嗚呼!是日行五十里, 宿昌樂縣南關裏.
(……)(홍익한, 『조천항해록』 1624년 9월 19일조)

33 (……) 守廟秀才, 古有今無, 久廢葺理. 殿廡傍屋, 後亭碑閣, 率皆頹圮, 松杉寂寞,
舊逕苔生. 墨胎舊里, 若過數年, 將作荒蕪之境. 而獨砥柱亭, 風景絶勝, 人多遊賞,
以故能得新修後. 至若形勝則長城北迤, 勢若連雲, 灤水南流, 縈廻廟後. 水淸沙白, 鳧
雁嗈嗈, 峰巒秀麗, 霜葉爛熳, 是必畿東第一江山. 旣拜淸聖, 又得勝賞, 塵念頓減,
萬事如雲. 孟子所謂'懦夫立, 頑夫廉'之說, 誠驗矣. (……) 路邊岸上, 有一石碁局,
亦甚蕭洒. 河之北岸, 栗棗成林, 里落繁盛. 村前峭壁臨流, 畫閣縹緲. 意謂某人亭
榭, 問諸土人, 卽佛廟也. 華人崇佛之酷, 胡至此極? 如此淸絶之地, 不搆亭榭, 迺造
佛宇, 抑何心也? 蠢民愚氓, 固不足論, 而曾賞皇都禁苑, 佛宇道觀, 旁午相望. 古人
所謂'上有好者, 下必有甚焉'之說, 儘非欺余哉. 大城雄府則處處皆立佛祠, 雖殘里孤
村, 亦皆搆焉. 以故竟日長途, 相望不絶, 大明之亡, 安知不由於此乎?(인평대군, 『연
도기행』 「일록」 1656년 9월 16일조)

34 (……) 一行到牌樓下, 皆下馬, 至第二門, 伯氏具冠帶. 余脫敝衣着道袍, 就正殿楹
內, 行再拜禮, 伯夷叔齊, 冕服並坐. (……) 賣魚者甚多, 鱗重脣, 鮒皆有之, 我國所

無之魚亦多, 大抵皆白魚之類也. 廚房到此, 例以乾蕨作羹, 今亦未免, 可笑. 飯後逐行. (……) (김창업, 『연행일기』 1712년 12월 21일조)

35　展謁後, 自淸風臺, 轉至水上高阜, 設席而坐, 副使書狀亦至. 水淸碧, 游魚可數. 招住近人, 使之網來, 其人輩言若給扇柄, 可以網. 出給扇, 使之網魚, 魚終不能得. 渠輩亦不過得扇而止.(이의현, 『임자연행잡지』)

36　蓋中州陸沈, 今幾百年, 王澤已竭, 遺民盡亡. 雖未知其盡有思漢之心, 而被髮左袵, 漢人尙以爲恥. 且淸人之待漢人, 反不如奴隷及諸國之人, 收用之典, 用權之道, 與淸人自別. 有戰則驅漢軍於先鋒, 必置死地, 戰勝則漢軍之賞最薄. 其他凡百, 無事不然, 漢人又安得心服也? 聞順治之初, 漢人不忍剃髮, 或闔門循義, 或杜門終身, 不見至親, 或逃於海, 或隱於山, 可悲可哀者甚多. 想其當時, 卽爲歸服於順治者, 淸議必當峻斥. 而時移事往, 當初守義之士, 或多先貞而後瀆, 於是有作'西山薇蕨喫精光, 一朝夷齊下山來'之詩以譏之. 尤侗又作'西山移文'. 侗本明季名下士也, 屢擧不中, 順治下江南初年, 卽爲赴擧. 豈或以此見擯於時議, 故作此以詆之耶? 又聞甲申以後, 朝士之儒生者, 一切以失節論, 但士子之爲親屈者則或容恕之. 然往往文字間皇明時事, 亦多追詆者. 至於滄桑之貿易, 文物之淪喪, 未嘗不徘徊低仰感慨悲咤, 幾令觀者欲涕. 江南景物, 雖使依舊, 安得見曩時之事也? 如尤侗者首附淸人, 受知康熙, 榮寵備至. 故其文集率多贊揚淸人之語, 而至作明季士人碑文, 則淸朝追贈, 不以爲榮. (……) 康熙爲修明史, 招聘山林講學之士, 使之共與編緝, 而江南士子, 亦多不肯就云. 以此揆之, 豈士論尙未盡死耶?(이갑, 『연행기사』 「문견잡기」 하)

37　이와 관련하여서는 졸고, 「두붕한화」 제7칙 「수양산숙제변절, 또 다른 해석의 가능성」, 『중국어문논총』 제22집, 2002를 참고할 것.

38　淸旣以外國入中國, 而明之遺民, 或有不心服者. 康熙慮其橫議煽動人心, 又或著書譏嘲. 設博學鴻詞科, 勒聚天下之宿儒, 取五十人, 而皆拜翰林院檢討以放之, 能得駕馭之術. (……) 上降旨, 取中人員, 俱爲翰林官. 其杜越·傅山·王方穀等, 文學素著, 念其年邁, 從優加銜, 以示恩榮. 于是已仕者, 授講讀宮坊編修等, 其未仕者, 槪授檢討, 總充史館官, 纂修明史.(이덕무, 『청장관전서』 「앙엽기」 3 「박학홍사과」)

39　홍상훈, 「박학홍사과와 문연(文宴)을 통해 보는 청 전기 문인 집단의 의식」, 『중국문학』 57집, 2008, 212쪽.

40　이 맥락은 제6장 제1절 '백이 충절 이미지의 근본을 흔들다'에서 자세히 다룬다.

41　中國之稱首陽山, 有五處: 河東蒲坂·華山之北, 河曲之中有山曰首陽, 或云在隴西, 或云在洛陽東北, 又偃師西北有夷齊廟, 或云遼陽有首陽山, 雜出於傳記, 而孟子曰: "伯夷避紂, 居北海之濱." 我國海州亦有首陽山以祠夷齊, 而天下之所不識也. 余謂

箕子東出朝鮮者, 不欲居周五服之內, 而伯夷義不食周粟, 則或隨箕子而來, 箕子都平壤, 夷齊居海州歟? 我東野言稱大連小連海州人, 此何所考焉? 門牆列刻唐·宋歷代致祭之文, 廟之在永平久矣. 或曰洪武初移建于府東北阿, 景泰中復建於此云. 有行宮, 制如姜女北鎭諸宮, 而守者禁之, 不可見矣.(박지원, 『열하일기』「관내정사」「이제묘기」)

42 『차상찬전집』2「各方面으로 본 黃海道 十七郡」「海州는 第二開城」, 284쪽.(띄어쓰기는 필자)

43 앞의 책, 287쪽.(띄어쓰기는 필자)

44 (……) 昨日夷齊廟中火時, 爲供薇雞之蒸, 味甚佳. 沿道失口者久矣, 忽逢佳味, 欣然適口. 爲之一飽, 不識其舊例也. 路值急雨, 外塞內壅, 所食未化, 滯在胸間, 一噫則薇臭衝喉. 遂服薑茶, 中猶未平, 問:"方秋非時, 廚房薇蕨何從生得?" 左右曰:"夷齊廟例爲中火站, 必供薇蕨, 無論四時. 廚房自我國持乾薇而來, 至此爲羹, 以供一行, 此故事也. 十數年前, 乾糧廳忘未持來, 至此闕供, 其時乾糧官爲書狀所棍, 臨河痛哭曰: '伯夷叔齊, 伯夷叔齊, 與我何讎? 與我何讎?' 以小人愚見, 薇蕨不如魚肉, 聞伯夷等采薇而食乃餓死云, 薇蕨眞殺人之毒物也." 諸人者皆大笑. 太輝者, 盧參奉馬頭也, 初行, 爲人輕妄. 行過棗莊, 棗樹爲風雨所折, 倒垂牆外, 太輝摘啖其靑實, 腹痛暴泄不止. 方虛煩悶渴, 及聞薇毒殺人, 乃大聲呼慟曰:"伯夷熟茱殺人, 伯夷熟茱殺人!" '叔齊'與'熟茱'音相近, 一堂哄笑.(박지원, 『열하일기』「관내정사」1780년 7월 27일조)

45 余居白門時, 爲崇禎紀元後一百三十七年, 三周甲申也. 三月十九日乃毅宗烈皇帝殉社之日, 鄕先生與同閈冠童數十人, 詣城西宋氏之儋屋, 拜尤庵宋先生之遺像, 出貂裘撫之, 慷慨有流涕者. 還至城下, 扼腕西向而呼曰:"胡!" 鄕先生爲旅酬者設薇蕨之茱. 時禁酒, 以蜜水代酒, 盛畵瓷盆, 盆之款識曰:"大明成化年製", 旅酬者必俯首視盆中, 爲不忘『春秋』之義也. 遂相與賦詩, 一童子題之曰:"武王若敗崩, 千載爲紂賊. 望乃扶夷去, 何不爲護逆? 今日『春秋』義, 胡看爲胡賊." 坐者皆大笑, 鄕先生撫然, 爲間曰:"兒不可使不早讀『春秋』, 惟其不早辨, 故乃爲此怪談也. 可賦卽景." 又有一童子題之曰:"采薇不眞飽, 伯夷終餓死. 蜜水甘過酒, 飮此亡則冤." 鄕先生皺眉曰:"又一怪談." 一坐皆大笑. 至今二十七年, 遺老盡矣, 復以伯夷之薇致此紛紜. 異鄕風燈, 爲記故事, 因失睡.(박지원, 『열하일기』「관내정사」1780년 7월 27일조)

46 殿內設一龕, 扁曰:'古之賢人'. 卽乾隆筆. 有兩塑像, 並肩而坐, 東夷西齊, 而其像酷相類, 但伯像差瘦勁, 俱戴冕被袞捧笏, 而俱王者儀. 蓋殷曰:'昪', 周曰:'冕'. 夷齊之不昪而冕, 抑未知其故也. (……) 蓋廟南之名首陽山者, 未可必信, 故有蒲左隴西之句, 世傳孤竹城, 卽孤竹國建都之地. 夫伯夷叔齊, 義不食周粟, 以餓死爲自靖之道, 則奉

身逃隱, 猶恐不深, 何必復歸於已讓之國都也哉? 且況季爲國君, 坐視二兄之餓死, 而若是忍乎? 是山之非首陽, 不待辨說而明矣. (이해응, 『계산기정』 1804년 2월 8일조)

제9장 한자 문화권의 백이와 숙제

1 https://baike.baidu.com/item/%E8%8E%AB%E6%8C%BA%E4%B9%8B/10476349?fr=aladdin 참조.

2 流金礫石, 天地爲爐. 而於斯時兮, 伊周鉅儒, 北風其涼, 雨雪載塗. 而於斯時兮, 夷齊餓夫. 噫用之則行, 捨之則藏. 惟我與爾, 有如是夫.

3 大火流金, 天地爲爐. 汝於是時, 伊周大儒. 北風其涼, 風雪載途. 汝於是時, 夷齊餓夫. 噫! 用之則行, 舍之則藏, 唯吾與汝有是夫!(방효유, 「선자명」)

4 이 자료는 대만중앙연구원 문철소(文哲所)에서 출간한『베트남한남문헌목록제요(越南漢喃文獻目錄提要)』작업에 참여했던 상해사범대학 주욱강(朱旭强) 교수가 제공해준 것이다. 주욱강 교수에게 이 자리를 빌려 감사의 뜻을 전한다.

5 及進朝, 適外國進扇, 元帝命公與高麗使各贊一題. 高麗使先成, 其辭曰:「薀隆虫虫, 伊尹周公. 冬雨雪凄凄, 伯夷叔齊.」公構思未定, 望他筆管知之, 遂因其意而繹之曰: 「流金爍石, 天地爲爐. 汝於斯時兮, 伊周巨儒. 北風其涼, 雨雪載塗. 汝於斯時兮, 夷齊餓夫. 噫! 用之則行, 捨之則藏. 惟我與爾, 有是夫?」旣成進呈, 天子御筆圈「噫」句, 批「兩國壯元」. 이 내용은『공여첩기(公餘捷記)』,『신괴현령록(神怪顯靈錄)』,『인물지(人物志)』,『남천진이집(南天珍異集)』,『남사사기(南史私記)』,『노창조록(老窓粗錄)』,『명신명유전기(名臣名儒傳記)』에도 나온다.

6 神乃節義名臣, 二張兄弟. 累蒙贈封上等神.「御敵」二字, 乃陳仁宗時加封也. 後人有對聯云:「死能走魏漢諸葛, 生不臣周殷伯夷.」祠在安豐如月江口, 如月壯元撰所奉事神. 祭文有句云:「伯夷生不臣周, 甘飲山中之藥; 諸葛死能走魏, 浪吟天上之詩.」

7 忠貞懸日月, 伯夷雖死不從周.

8 故伯夷恥周人之粟而甘食首陽之薇; 仲子辭卿相之榮而自樂田園之趣, 豈非以其不義之富貴, 於我乎浮雲哉?

9 若伯夷叔齊, 舍孤竹之封, 而隱于首陽, 未有祿位于朝者也, 于君臣之義分亦微矣, 而恥食周粟以死, 孔子亦謂之仁.

10 伯夷之不仕周, 誓守綱常之正; 管寧之不臣魏, 恐流僭竊之汙.

11 白居易『醉吟先生傳』云: "仰面長呼太息曰: '吾生天地間, 才與行不逮于古
    人遠矣! 而富于黔婁, 壽于顔回, 飽于伯夷, 樂于榮啓期, 健于衛叔寶, 幸
    甚! 幸甚! 予何求哉?'"

12 剪商計就意戎衣, 宇宙茫茫孰識非. 君去中原幾周武, 春風吹老首陽薇.

13 http://www5a.biglobe.ne.jp/~shici/jpn32.htm

1. 국내서

노신, 조관희 역주,『중국소설사략』, 서울: 살림출판
　　사, 1998.
노장시,『한유평전』, 서울: 연암서가, 2013.
마단 사럽 외, 임헌규 편역,『데리다와 푸꼬 그리고
　　포스트모더니즘』, 서울: 인간사랑, 1991.
미우라 쿠니오, 이승연 옮김,『왕안석: 황하를 거스른
　　개혁가』, 서울: 책세상, 2005.
박지원, 신호열 · 김명호 옮김,『연암집』1~3, 서울:
　　돌베개, 2007.
배병삼 주석,『(한글세대가 본) 논어』, 서울: 문학동
　　네, 2002.
성백효 옮김,『맹자집주』, 서울: 전통문화연구회, 2005.
쉬딩바오, 양휘웅 옮김,『황종희 평전』, 서울: 돌베개,
　　2009.
안동림 역주,『장자』, 서울: 현암사, 1993.
안은수,『중국 송대의 신유학자 정이』, 서울: 성균관
　　대학교출판부, 2002.
여불위, 김근 역주,『여씨춘추』, 서울: 민음사, 1994.
열어구, 김학주 역주,『열자』, 서울: 을유문화사, 2000.
왕수이자오, 조규백 옮김,『소동파 평전: 중국의 문호
　　소식의 삶과 문학』, 파주: 돌베개, 2013.
왕충, 성기옥 옮김,『논형』, 서울: 동아일보사, 2016.
유영표,『왕안석 시가문학 연구』, 서울: 법인문화사,
　　1993.

유평근 · 진형준, 『이미지』, 서울: 살림출판사, 2001.

이기동 역해, 『맹자강설』, 서울: 성균관대학교출판부, 1994.

이익, 최석기 옮김, 『성호사설』, 서울: 한길사,1999.

이지, 김혜경 옮김, 『분서 1』, 서울: 한길사, 2004.

이지, 김혜경 옮김, 『분서 2』, 서울: 한길사, 2004.

이지, 김혜경 옮김, 『속 분서』, 서울: 한길사, 2007.

임어당, 진영희 옮김, 『소동파 평전, 그는 누구인가』, 서울: 지식산업사, 1987.

임옥균, 『왕충』, 서울: 성균관대학교출판부, 2005.

정약용, 이지형 역주, 『역주 논어고금주』, 서울: 사암, 2010.

제임스 류, 이범학 옮김, 『왕안석과 개혁정책』, 서울: 지식산업사, 1991.

조규백, 『한국 한문학에 끼친 소동파의 영향』, 서울: 명문당, 2016.

조재삼, 『송남잡지』, 서울: 아세아문화사, 1986.

조재삼, 강민구 역, 『(교감국역) 송남잡지』 1~13, 서울: 소명출판, 2008.

차상원 역주, 『서경』, 서울: 명문당, 1979.

차상찬전집편찬위원회 편, 『차상찬전집』 2, 춘천: 청오차상찬기념사업회, 2019.

최재혁, 『소식 문예이론』, 서울: 소명출판, 2015.

사마천, 정범진 외 옮김, 『사기열전』 상중하, 서울: 까치, 1995.

한영, 임동석 역주, 『한시외전』, 서울: 예문서원, 2000.

한유, 오수형 역해, 『한유산문선』, 서울: 서울대학교출판문화원, 2010.

허목 저, 하현주 외 옮김, 『(국역) 기언』, 서울: 민족문화추진회, 2006.

황종희, 강판권 옮김, 『명이대방록』, 대구: 계명대학교출판부, 2010.

2. 국외서

魯迅, 「論'第三種人'」 『南腔北調集』, 『魯迅全集』 第4卷, 北京: 人民文學出版社, 1981.

魯迅, 「采薇」 『故事新編』, 『魯迅全集』 第1卷, 烏魯木齊, 新疆人民出版社, 1995.

魯迅, 『中國小說史略』, 上海: 上海古籍出版社, 1998.

馬說, 『河南人惹誰了』, 海口: 海南出版社, 2002.

孟廣來·韓日新 編, 『故事新編硏究資料』 上下, 齊南: 山東文藝出版社, 1984.

謝冰瑩 等編譯, 『新譯四書讀本』, 臺北: 三民書局印行, 1985.

石昌渝, 『小說』, 北京: 人民文學出版社, 1994.

石昌渝,『中國小說源流論』, 北京: 三聯書店, 1994.

宋坤 主編,『東京第一府』, 北京: 中國文史出版社, 2014.

宋坤 主編,『詩話孤竹』, 北京: 線裝書局, 2018.

宋坤 主編,『中國孤竹文化』, 北京: 中國文史出版社, 2015.

宋海斌 著,『東方德源』, 北京: 中國文史出版社, 2010.

宋海斌 著,『夷齊夢』, 北京: 中國文史出版社, 2014.

艾納居士,『豆棚閑話』, 北京: 人民文學出版社, 1984.

楊伯峻 譯注,『論語譯注』, 北京: 中華書局, 1980.

劉向,『戰國策』1-3, 上海: 上海古籍出版社, 1985.

張俊,『淸代小說史』, 杭州: 浙江古籍出版社, 1997.

趙以武 主編,『毛澤東評說中國歷史』, 廣州: 廣東人民出版社, 2000.

左丘明 編纂, 大野峻 譯, 新釋漢文大系 46-47『國語』上下, 東京: 明治書院, 1975.

畢桂發 主編,『毛澤東評說歷代帝王』, 北京: 解放軍出版社, 2002.

漢 司馬遷,『史記』, 臺北: 宏業書局, 1983(再版).

胡士瑩,『話本小說槪論』, 北京: 中華書局, 1980.

黃錦鋐 註譯,『新譯莊子讀本』, 臺北: 三民書局印行, 1978.

Patrick Hanan, *The Chinese Short Story*, Massachusetts; Harvard University Press, 1973.

Patrick Hanan, *The Chinese Vernacular Story*, Massachusetts; Harvard University Press, 1981.

Sheldon Hsiao-peng Lu, *From Historicity to Fictionality*, Stanford: Stanford University Press, 1994.

3. 논문

강혜정, 「백이·숙제 고사의 수용 양상과 그 의미」, 『한민족문화연구』 34, 2010.

김민호, 「계보학적 측면에서 접근한 백이·숙제 고사 연구」, 『중국소설논총』 제16집, 2002.8.

김민호, 「백이·숙제는 본래 충절의 상징이었을까? ―『사기』 「백이열전」 이전 백이·숙제 이미지 고찰」, 『중국문학연구』 제75집, 2019.5.

김민호, 「조선 문헌에 보이는 백이·숙제 고사 연구」, 『중국소설논총』 제59집, 2019. 12.

김민호, 「『豆棚閑話』第7則「首陽山叔齊變節」, 또 다른 해석의 가능성에 대하여」, 『중국어문논총』 제22집, 중국어문연구회, 2002.6.

김민호, 『중국 화본소설의 변천 양상 연구』, 고려대학교 박사학위논문, 1998. 12.

김영은, 「백이론의 전통과 박지원의 백이론 연구」, 한양대학교 석사학위논문, 2010.

김주백, 「왕안석의 산문에 대한 일고찰」, 『한문학논집』 22, 2004.

민혜경, 『청대 화본소설의 연구』, 고려대학교 박사학위논문, 1996.12.

백진우, 「조선후기 사론 산문 연구」, 고려대학교 석사학위논문, 2011.

이인호, 「『사기』의 허구성과 사마천의 인생관」, 『중국어문논총』 28, 2005.

이한조, 「백이와 사마천―史記總序로서의 백이열전」, 『대동문화연구』 제8집

이현식, 「연암 박지원 문학 속의 백이 이미지 연구」, 『동방학지』 123, 2004.

이홍식, 「조선시대 백이 담론의 사적 흐름과 제 양상」, 『고전문학과 교육』 26, 2013.

이홍식, 「조선후기 백이 수용의 한 양상―연암 박지원의 「백이론」 상하 다시 읽기」, 『한국고전연구』 23, 한국고전연구학회, 2011.

정우봉, 「한문 산문의 분석 방법과 실제 비평―조선시대 「백이열전」 비평자료를 중심으로」, 『한국 한문학 연구의 새 지평』, 소명출판, 2005.

조성산, 「17세기 후반~18세기 초 김창협·김창흡의 학풍과 현실관」, 『역사와현실』 51, 한국역사연구회, 2004.

천성원, 「조선 후기 「백이전(伯夷傳)」 논의와 그 의미」, 계명대학교 석사학위논문, 2011.

한영규, 「한말 일제하 나주유림의 일민의식과 백이 이해―겸산(謙山) 이병수(李炳壽, 1855~1941)를 중심으로」, 『반교어문연구』 19, 반교어문학회, 2007.

竹村則行, 「康熙十八年博學鴻詞科と淸朝文學の出發」, 九州大學中國文學會編 『中國文學論集』 題9號.

총서 𝄪 知의회랑 을 기획하며
arcade of knowledge

대학은 지식 생산의 보고입니다. 세상에 바로 쓰이지 않더라도 언젠가는 반드시 인류에 필요할 지식을 생산하고 축적하며 발전시키는 일을 끊임없이 해나갑니다. 오랫동안 대학에서 생산한 지식은 책이란 매체에 담겨 세상의 지성을 이끌어왔습니다. 그 책들은 콘텐츠를 저장하고 유통시키며 활용하게 만드는 매체의 차원을 넘어, 인간의 비판적 사유 능력과 풍부한 감수성을 자극하는 촉매의 역할을 충실히 해왔습니다.

이와 같은 '책을 읽는다'는 것은 단순히 지식과 정보를 습득하는 데 멈추지 않고, 시대와 현실을 응시하고 성찰하면서 다시 그 너머를 사유하고 상상함을 의미합니다. 그러므로 '세상의 밑그림'을 그리는 책무를 지닌 대학에서 책을 펴내는 것은 결코 가벼이 여겨선 안 될 일입니다.

이제 우리는 다양한 방식으로 존재하는 지식과 정보, 그리고 사유와 전망을 담은 책을 엮어 현존하는 삶의 질서와 가치를 새롭게 디자인하고자 합니다. 과거를 풍요롭게 재구성하고 미래를 창의적으로 기획하는 작업이 다채롭게 펼쳐질 것입니다.

대학의 심장부에 해당하는 도서관이 예부터 우주의 축소판이라 여겨져 왔듯이, 그곳에 체계적으로 배치된 다양한 책들이야말로 이른바 학문의 우주를 구성하는 성좌와 다름없습니다. 우리는 그 빛이 의미 없이 사그라들지 않기를, 여전히 어둡고 빈 서가를 차곡차곡 채워가기를 기대합니다.

앎을 쉽게 소비하는 시대를 살고 있지만, 다양한 앎을 되새김함으로써 학문의 회랑에서 거듭나는 지식의 필요성에 우리는 공감합니다. 정보의 홍수와 유행 속에서도 퇴색하지 않을 참된 지식이야말로 인간이 가야 할 길에 불을 밝혀줄 수 있기 때문입니다. 앞으로 대학이란 무엇을 하는 곳이며, 왜 세상에 남아 있어야 하는 곳인지 끊임없이 되물으며, 새로운 지의 총화를 위한 백년 사업을 시작하겠습니다.

총서 '知의회랑' 기획위원
안대회 · 김성돈 · 변혁 · 윤비 · 오제연 · 원병묵

지은이 **김민호**

고려대학교 중어중문학과를 졸업하고, 같은 대학원에서 문학 석사·박사학위를 받았다.
현재 한림대학교 중국학과 교수로 있다. 중국사회과학원 문학연구소, 스탠포드대학 아시
아태평양연구소(APARC), 하버드대학 페어뱅크 중국연구센터 등에서 방문학자를 지냈다.
박사학위 논문으로 『중국 화본소설의 변천 양상 연구』를 썼고, 화본소설의 주요 배경인
송대 개봉開封의 사회·문화상을 기록한 『동경몽화록』을 번역했다. 『조선 선비의 중국견
문록』, 『중화미각』(공저) 등의 저서가 있다. 최근에는 연행록과 표해록에 기록되어 있는
중국에서의 조선인과 외국인의 교류 양상에 관심을 갖고 연구를 진행 중이다.

知의회랑
arcade of knowledge
012

충절의 아이콘, 백이와 숙제
서사와 이미지 변용의 계보학

1판 1쇄 인쇄 2020년 4월 20일
1판 1쇄 발행 2020년 4월 30일

지 은 이 김민호
펴 낸 이 신동렬
책임편집 현상철
편   집 신철호·구남희
마 케 팅 박정수·김지현

펴 낸 곳 성균관대학교 출판부
등   록 1975년 5월 21일 제1975-9호
주   소 03063 서울특별시 종로구 성균관로 25-2
전   화 02)760-1252~4 팩스 02)762-7452
홈페이지 http://press.skku.edu

ISBN 979-11-5550-409-3 93820

ⓒ 2020, 김민호
값 24,000원

⊙ 잘못된 책은 구입한 곳에서 교환해 드립니다.
⊙ 이 저서는 2015년 정부(교육부)의 재원으로 한국연구재단의 지원을 받아
　수행된 연구임(NRF-2015S1A6A4A01011832).